UNA PROMESA MORTAL

LOS MISTERIOS DE LA DETECTIVE KAY HUNTER

RACHEL AMPHLETT

CAPÍTULO 1

Estelle Hastings-Jones hizo una mueca cuando el extremo de una rama baja golpeó la carrocería del coche deportivo, y el fuerte chasquido resonó a través de la lluvia que golpeaba el parabrisas.

A su lado, su marido Mark agarraba el volante de cuero, con el potente motor deseoso de avanzar a pesar del estrechamiento del camino frente a ellos.

Justo cuando pensaba que no podía ser más precario, la rueda delantera izquierda se hundió en un profundo bache con un golpe que sacudió su columna vertebral, y Mark maldijo entre dientes.

—La maldita página web no decía nada sobre que el camino a este lugar fuera inexistente —murmuró—. ¿Quién fue el último en pasar por aquí, los putos romanos?

—Guillermo el Conquistador, según…

—No te pases de lista. —A pesar de sus palabras, ella vio la leve sonrisa que pasó por sus labios bajo el resplandor de las luces del salpicadero—. ¿Cuánto falta para llegar?

Ella entrecerró los ojos mirando su teléfono móvil, cuidando de proteger la pantalla de Mark para no arruinar su visión nocturna. —Unos cuatrocientos metros. Las instrucciones que me enviaron por correo decían que buscáramos un nuevo conjunto de puertas y un buzón verde de metal fijado a uno de los pilares. Hay un panel de seguridad debajo del buzón para el código de entrada.

—De acuerdo.

Bajando su móvil, Estelle observó los profundos charcos que bordeaban el camino, su mirada viajando luego hacia el espeso follaje que se curvaba sobre el coche como un túnel muy por debajo de la tierra, y se estremeció a pesar de que la calefacción del coche le calentaba los pies.

—Tal vez deberíamos haber reservado en ese hotel más adelante en la A20 en lugar de aquí —dijo.

—Estaban completos, ya te lo dije. No había habitación en la posada —dijo Mark, mirándola de reojo —. Además, no veo ningún lugar para dar la vuelta, ¿tú sí?

Ella frunció los labios e intentó relajarse.

La mano de él encontró su muslo. —Estoy seguro de que el lugar vale todo esto. Nos dará la oportunidad de recargar energías y relajarnos antes de conducir a casa mañana, ¿verdad?

—Pronto lo sabremos, es aquí, a la izquierda.

Un par de gruesas puertas con marco de acero surgieron de la vegetación bajo el resplandor de los faros del coche, bloqueando su camino. Las tablas de madera se asemejaban a las de una torre de un castillo, dando la impresión de una fortaleza impenetrable por la que solo unos pocos elegidos podían pasar con seguridad.

Mark redujo la velocidad del coche hasta casi detenerse, acercando el morro hacia las puertas. —¿Cuál es el código?

—5371.

Bajó la ventanilla, maldijo cuando el viento azotó la lluvia contra su cara, y extendió la mano hacia el panel de seguridad.

Estelle oyó el suave *bip* del teclado, y luego un leve zumbido cuando el mecanismo de la puerta se puso en marcha.

Mientras Mark conducía el coche entre las rendijas abiertas, el camino cambió de asfalto de décadas de antigüedad a grava recién colocada que crujía bajo los neumáticos y salpicaba en los pasos de rueda.

Automáticamente redujo la velocidad para evitar dañar la pintura.

El camino de entrada se ensanchó, y Estelle vio que sus manos se relajaban cuando apareció a la vista una impresionante propiedad Tudor.

Los focos se encendieron cuando estaba a unos cientos de metros, bañando el área de estacionamiento y el frente de la casa con un suave tono que les daba la bienvenida, y sintió que parte de la tensión en sus hombros se desvanecía.

Las cortinas se habían dejado abiertas en la planta baja, por lo que podía ver la cálida luz de las lámparas en las habitaciones iluminando las paredes, y movió los dedos de los pies con anticipación.

—Me voy a meter en el jacuzzi antes de hacer cualquier otra cosa esta noche —murmuró.

—Suena bien, pero primero puedes ayudarme con las

maletas. —Mark sonrió, apagó el motor y se inclinó para besarla—. Ya no estamos en el sur de Francia, pero creo que va a ser un final perfecto para las vacaciones antes de regresar a Cumbria.

Ella sonrió, con la mano en el tirador de la puerta. —¿Traigo algo del champán con nosotros?

—Buena idea. No tenemos que irnos hasta las once mañana, así que trae dos.

Con eso, se lanzaron a la lluvia, riendo mientras les caía encima cuando recuperaban sus maletas del maletero del coche y corrían hacia la puerta principal, sus zapatos levantando salpicaduras de la grava empapada.

Mark introdujo el mismo código en el panel de seguridad junto a la puerta, y entonces Estelle se encontró en un amplio pasillo, con un suelo de baldosas carmesí y blanco que había sido pulido hasta un alto brillo.

Con sus tacones resonando sobre la superficie, dejó caer su maleta en la base de una escalera de roble y levantó la cabeza para maravillarse con la lámpara de araña que brillaba sobre sus cabezas.

—Hay una nota allí —dijo Mark, señalando con la barbilla hacia un par de sillas ocasionales antiguas y una mesa a juego.

Un sobre estaba apoyado contra una lámpara de lectura, y cuando Estelle lo abrió, suspiró. —Oh, esto es encantador. Es de Penelope y Stephen, los dueños del lugar. Dice: "Sírvanse el vino y las bebidas sin alcohol de la nevera, así como los dulces y aperitivos que hemos dejado para ustedes en la mesa de la cocina. Nuestra limpiadora, Katrina, habrá estado aquí unas horas antes de su llegada, así que deberían encontrar todo en orden", y luego ha dejado su número de teléfono por si hay algún problema.

—Suena fabuloso. Tendremos que usar esa página web de reservas de nuevo. —Mark leyó la nota por encima de su hombro y luego le acarició el cuello con la nariz—. Vamos a poner ese champán en la nevera, y luego podemos explorar.

Quitándose los zapatos, lo siguió descalza a través de una puerta en la parte trasera del pasillo, jadeando cuando entró en una cocina modernizada con una brillante cocina de gas de ocho quemadores de acero inoxidable integrada en una encimera central.

El perímetro del espacio había sido diseñado con una mezcla de superficies de trabajo y armarios hábilmente disimulados. Un jarrón de lilas desprendía un sutil aroma desde su posición en una enorme mesa de comedor preparada para doce personas, y fruta fresca había sido dispuesta en un cuenco de cristal junto a paquetes de diferentes aperitivos en la encimera central.

Cuando Estelle abrió la nevera, sus ojos se abrieron de asombro. —Incluso nos han dejado filetes frescos y verduras. Y quesos, y...

—Bueno, *estamos* pagando seiscientas libras por una noche —respondió Mark—. Aunque tengo que admitir que es un bonito detalle.

Mientras Mark depositaba el champán en la nevera y sacaba una botella de vino complementaria originaria del Valle del Loira, ella buscó un sacacorchos, maravillándose con la artesanía de los muebles mientras los cajones se cerraban silenciosamente.

Encontrando un par de copas de cristal, se volvió hacia

él y sonrió. —¿Qué tal si buscamos ese jacuzzi?

—Guía el camino. —Sus ojos brillaron—. Ya nos preocuparemos por las maletas más tarde.

Estelle insistió en explorar las habitaciones de la planta baja antes de subir, maravillándose con las estanterías del suelo al techo en la biblioteca, y luego arrullando sobre los lujosos muebles en la sala de estar antes de entrelazar sus dedos con los de Mark y subir las escaleras hacia un amplio rellano.

Arrugó la nariz y se detuvo bajo un cuadro al óleo que representaba un paisaje bucólico. —Huele raro aquí arriba.

Olfateando, Mark frunció el ceño. —¿No decía la nota que su limpiadora había estado aquí antes?

—Sí, lo decía. ¿N-no crees que hayan robado el lugar, verdad? —El agarre de Estelle en su mano se apretó—. Es decir, se oyen todo tipo de cosas sobre lo que hacen los ladrones además de robar, ¿no?

—No creo que haya habido un robo. No noté ninguna ventana rota ni nada parecido abajo, ¿tú sí? Y la puerta principal estaba cerrada porque tuvimos que usar el código de acceso.

Ella se mordió el labio. —Asumimos que lo estaba… No intenté abrirla hasta después de que ingresaras el código.

—Pero hizo clic. La cerradura hizo clic, estoy seguro. — Mark le apretó la mano, luego la soltó y le entregó la botella de vino—. Revisaré las habitaciones primero. Espera aquí.

—No, iré contigo. —Agarrando la botella por el cuello, cuadró los hombros—. Empecemos por el frente de la casa.

Girando a la derecha en lo alto de las escaleras, ella lo siguió por el rellano con vista al pasillo embaldosado de abajo, las luces de la araña centelleando hacia ella, burlándose.

El olor no persistía en este lado, y cuando Mark abrió la puerta del primer dormitorio, lo oyó suspirar de alivio ante la vista de una habitación inmaculada con literas a juego y un mural de figuras de acción cubriendo una pared. Habían dejado una laptop en un escritorio de tamaño infantil con su contraseña y el código wi-fi de la familia garabateados en una nota pegada a la pantalla junto con una invitación a los huéspedes a usarla si lo necesitaban.

—No creo que hayan sido robados —dijo él—. Eso es justo el tipo de cosas que se habrían llevado.

—¿Entonces de dónde viene ese olor? —Estelle caminó por el rellano hasta la siguiente habitación y de nuevo encontró un dormitorio ordenado con dos camas individuales. Se había aplicado una decoración sencilla a las paredes, complementada por cortinas de colores brillantes que ella cerró antes de cerrar la puerta.

—Ni idea. Tal vez hay una fuga en el baño.

—Dios, será mejor que revisemos. Si tenemos que llamar a un fontanero a esta hora de la noche…

Olfateó mientras cruzaban de vuelta al otro lado del rellano. —Definitivamente es más fuerte de este lado.

Mark abrió otra puerta. —Este es el baño principal.

Al encender las luces, Estelle parpadeó cuando los brillantes focos LED resplandecieron sobre los azulejos recién limpiados, un ligero aroma a cítricos emanando de la ducha de cascada del ancho de la habitación en un extremo y la brillante bañera.

No había agua acumulada alrededor de la base del bidé o el inodoro, y cuando levantó la tapa, un aroma similar a limón se elevó en el aire.

—Bueno, no hay fugas aquí.

—Tal vez viene del baño en suite entonces. —Mark ya estaba caminando hacia el extremo más alejado de la casa antes de que ella lo alcanzara—. Si no, podría ser una de las tuberías de alcantarillado debajo del suelo.

A pesar de su preocupación, Estelle sonrió ante sus palabras. —Una vez constructor, siempre constructor.

—Puede que dirija la empresa estos días, pero todavía recuerdo algunos de los problemas que solíamos tener en las obras. —Empujó la puerta para abrir el dormitorio principal, luego se detuvo de repente, emitiendo un ruido de arcadas—. Jesucristo.

—¿Mark? ¿Qué pasa?

No respondió, y en su lugar retrocedió unos pasos tambaleándose. —Oh, Dios mío.

Estelle frunció el ceño y pasó junto a él.

Entonces vio a la mujer tendida en la cama, las sábanas sucias retorcidas bajo su cuerpo inerte, y las manchas de sangre salpicando los lujosos cojines que habían sido dispuestos a lo largo del cabecero.

Una herida cavernosa partía la garganta alabastrina de la mujer de lado a lado, dejando un oscuro charco de sangre coagulada que cubría su sudadera. Sus ojos estaban abiertos de par en par con terror mientras su boca había jadeado su último aliento.

Estelle gritó.

CAPÍTULO 2

La inspectora Kay Hunter se subió la capucha de su chaqueta impermeable y salió del cálido coche oficial, escudriñando la escena que tenía ante sí.

En el camino de entrada se habían instalado reflectores que iluminaban un sendero demarcado que iba desde el grupo de vehículos atascados en la grava empapada hasta los escalones de entrada de la imponente residencia de estilo Tudor.

La división de tráfico había establecido un bloqueo más arriba en el camino, desviando a cualquier conductor extraviado que se perdiera las señales de advertencia en la carretera de Faversham y enviando a los vehículos por una ruta enrevesada que les aseguraría un conocimiento profundo del campo de Kent para cuando llegaran al final.

Kay se metió las manos en los bolsillos e intentó ignorar el hecho de que una de sus botas se había agrietado desde la última lluvia torrencial.

En su lugar, observó la escena de una investigación de

asesinato en sus primeras etapas, posando su mirada en dos agentes uniformados en los límites del área acordonada.

El más corpulento de los dos (Kyle Walker) había vuelto al trabajo a tiempo completo hacía doce semanas después de un período de enfermedad, algo que Kay sabía muy bien era consecuencia directa de haber estado presente cuando un colega recibió un disparo y Kyle casi perdió su propia vida en el proceso. Estaba de pie con la cabeza inclinada hacia su radio bajo un toldo que se había instalado para proporcionar un mínimo de refugio, con el techo de lona ondeando con la brisa.

A su lado, Aaron Stewart se erguía sobre su colega, su imponente figura desmentía a un hombre que era un padre y esposo devoto. Estaba hablando con una pareja de unos cincuenta años, ambos envueltos en mantas cálidas.

Dos furgonetas pertenecientes al equipo de la jefa de Investigación de la Escena del Crimen, Harriet Baker, estaban estacionadas directamente frente a los escalones de entrada de la propiedad, con las puertas laterales abiertas y un flujo constante de técnicos moviendo equipos y cajas de muestras vacías hacia el interior de la casa.

Kay miró por encima del hombro al oír pasos crujiendo sobre la grava para ver al oficial Ian Barnes apresurándose hacia ella, con un traje de protección envolviendo su fornida figura.

El rostro de su colega mayor era sombrío, sus ojos revelaban el horror que había presenciado dentro de la casa.

—Jefa. Harriet está lista cuando lo estés. —Se pasó una mano por el cabello mojado, sacudiendo el agua al suelo—. Pensé que quizás querrías ver lo que tenemos antes de hablar con la pareja que la encontró. Kyle ha conseguido reservarles una habitación en un hotel de la carretera por una noche; su hermana conoce a alguien allí, así que estarán en el alojamiento del personal, pero…

—Fuera de todo esto y en un entorno más cálido.

—Exactamente, y a mano si necesitamos hablar con ellos de nuevo por la mañana antes de que regresen a casa en Cumbria.

—De acuerdo, echemos un vistazo. —Kay cuadró los hombros y luego lo siguió hasta la cinta que los separaba de la escena del crimen. Después de registrarse, devolvió el portapapeles a Kyle con un breve asentimiento de agradecimiento—. Me alegro de verte, agente Walker.

—Me alegro de estar de vuelta, jefa —bajó la voz—. Aunque es una lástima por las circunstancias.

—En efecto.

Barnes le entregó una bolsa de plástico sellada que contenía un juego limpio de trajes de protección contra riesgos biológicos, luego señaló una gran carpa blanca junto a los escalones de entrada.

—Póntelos aquí, jefa.

Agradecida de que uno del equipo de Harriet hubiera pensado en colocar una lona azul sobre el suelo mojado dentro de la carpa, Kay se puso la ropa protectora, se ajustó los botines a juego sobre sus zapatos y tomó un par de guantes de Barnes.

—¿Qué sabes hasta ahora? —dijo mientras se cambiaba, alzando la voz sobre el repiqueteo de la lluvia en el delgado techo de poliéster.

—Mark y Estelle Hastings-Jones, la pareja que habla con Aaron, reservaron este lugar hace un par de meses como punto de parada en su camino de regreso de unas vacaciones en coche por Francia. Los propietarios, Penelope y Stephen Brassick, pasan mucho tiempo en Nueva York; Stephen trabaja como actuario para una empresa de inversiones internacional, así que alquilan este lugar a través de uno de esos sitios exclusivos. Cuando Mark y Estelle llegaron, notaron un olor mientras exploraban el piso de arriba. Encontraron a la víctima en el dormitorio principal. En la cama.

Barnes se volvió a colocar la capucha protectora de su traje sobre la cabeza, luego sostuvo la solapa de la tienda para Kay y se dirigió a los escalones de entrada. Se detuvo en el vestíbulo para dejar pasar a un par de técnicos de investigación de la escena del crimen que bajaban las escaleras con una caja de evidencias cargada.

—No es agradable, jefa.

—¿Lesiones?

—¿Por dónde empezar? —Suspiró—. Tiene moretones en la cara, un ojo completamente cerrado, y quien le hizo todo eso luego le cortó la garganta.

—Jesús. ¿Está Lucas aquí?

—Vino y se fue; recibió una llamada para otra escena en Rochester cinco minutos antes de que llegaras, pero dijo que llamará con una hora para la autopsia cuando esté de vuelta en la oficina mañana.

—Gracias. —Kay respiró hondo, luego se subió la mascarilla cuando los dos técnicos pasaron junto a ella—. Guíame.

Observó la decoración ostentosa mientras subían las escaleras, las brillantes bombillas de la araña casi la cegaron mientras ascendían. Se preguntó si los propietarios volverían alguna vez después de esto, su mente girando luego hacia las tareas que asignaría a su equipo, y los testigos potenciales que tendrían que ser localizados y entrevistados lo más rápido posible.

—¿Qué hay de los vecinos? —preguntó cuando llegaron al rellano—. ¿Quién está hablando con ellos?

Barnes negó con la cabeza, el movimiento arrugando la capucha que cubría su cabello.

—No hay suficiente personal, jefa. Aaron está esperando que llegue otra patrulla desde Sevenoaks, y luego se repartirán las entrevistas entre ellos. Solo hay otras tres propiedades por aquí, así que no llevará mucho tiempo.

—Aun así, es un retraso que podríamos evitar… —Kay contuvo su frustración y miró a su alrededor.

Las obras de arte en las paredes no eran de su gusto, pero parecían tan caras como el resto de su entorno, y sus botas cubiertas se hundían en la gruesa y mullida alfombra que cubría el suelo en todas las direcciones.

A pesar de la mascarilla, podía oler el inconfundible hedor de la muerte.

Guardaron silencio mientras Barnes la guiaba hacia una puerta al final del rellano, y sintió que sus botines de plástico resbalaban cuando sus pies encontraron el camino protector elevado que los técnicos de Harriet habían instalado para que nadie pisara la alfombra tan cerca de la víctima del asesinato.

Cada fibra debajo del camino sería analizada antes de que terminaran su trabajo aquí, y no se estaba dejando nada al azar en cuanto a contaminación cruzada.

El hedor a orina y heces penetró la mascarilla de Kay

cuando entró en la habitación, y comenzó a respirar más superficialmente, intentando contrarrestar el asalto. Aun así, tuvo que evitar que se le escapara un grito ahogado cuando Barnes se hizo a un lado y vio el cuerpo de la mujer tendido sobre la cama extragrande.

Una maraña de cabello castaño oscuro jaspeado con raíces grises ocultaba la mayor parte del rostro de la víctima, pero incluso desde la puerta Kay podía ver las feas marcas que cubrían sus cuencas oculares y pómulos.

Sus vaqueros habían sido bajados hasta las rodillas, y un entrecruzado de arañazos cubría sus muslos y abdomen, algunos más profundos que otros.

Un escalofrío le recorrió los hombros cuando observó la profunda herida que había destrozado la garganta de la mujer, su sudadera de color pálido apenas visible a través de la sangre coagulada que se había acumulado de su cuerpo roto.

—Buenas noches, Kay.

Su cabeza se alzó bruscamente al escuchar la voz familiar y vio a una de las técnicas vestidas con traje observándola desde el lado de la cama.

—Harriet.

La jefa de Investigación de la Escena del Crimen era la única persona a quien Kay cedería el paso durante su tiempo allí, y tenía a la experta en alta estima.

—Si caminas entre las banderas amarillas, puedes unirte a mí aquí. Casi hemos terminado de procesarla, y luego la moveremos para poder tomar muestras de la ropa de cama.

Barnes hizo un gesto a Kay para que avanzara. —Ya he visto suficiente, jefa. Esperaré aquí.

Resistiendo el impulso de tomar una respiración profunda, Kay caminó cuidadosamente entre las banderas de plástico que Harriet había indicado, asintiendo en agradecimiento a un técnico que movió su caja de equipo fuera del camino, luego dirigió su atención a la jefa del equipo.

—Habéis estado ocupados.

—Estábamos teniendo una noche tranquila hasta esto —dijo Harriet—. Menos mal, porque creo que vamos a estar aquí un buen rato todavía.

—No te entretendré mucho entonces. ¿Qué puedes decirme hasta ahora?

—Bueno, una vez que retiramos la sábana, descubrimos todos estos arañazos en sus piernas y abdomen también. —Harriet hizo una pausa y trazó los patrones con sus dedos enguantados.

—¿Algún ADN?

—Hemos tomado muestras de todo, pero creo que estos fueron hechos con un cuchillo, la hoja profundizando más a medida que avanzaba el ataque. Lucas confirmará en la autopsia si esto se hizo con el mismo cuchillo que acabó con su vida.

Kay tragó saliva. —¿Quieres decir que fue torturada y luego le cortaron la garganta?

—Eso creo, pero por supuesto Lucas tendrá la opinión final sobre eso. Yo solo puedo informar lo que veo de las heridas aquí. Mira también cómo sus uñas se clavan en la sábana debajo de ella.

—¿Esas son marcas de ligaduras alrededor de sus muñecas?

—Causadas por una cuerda fina, un cordón… todavía

lo estamos buscando, no te preocupes —añadió Harriet, luego puso su mano en el brazo de Kay—. Mira sus pies.

Se movieron hacia el pie de la cama, y los ojos de Kay se abrieron de par en par.

—¿Qué demonios…?

—Alguien usó la plancha de pelo de allí para quemar las plantas de sus pies y sus dedos.

—Jesucristo.

—Curiosamente, no fue amordazada ni silenciada de ninguna manera. Lucas y yo echamos un vistazo antes de que él se fuera, y no hay indicios de que se le haya forzado material en la boca. Se ha mordido la lengua en algún momento.

—Mierda…

Harriet suspiró. —Este es un caso difícil, Kay. Dios sabe qué más encontrará Lucas durante la autopsia.

Kay recorrió con la mirada todas las lesiones una vez más. —¿Y nadie escuchó esto?

—Aparentemente no… los vecinos más cercanos están al final del camino, a unos cuatrocientos metros, y el control no recibió llamadas sobre disturbios antes de que Mark Hastings-Jones lo reportara —dijo Barnes desde su posición en el camino demarcado—. Los dueños de este lugar le dijeron a Aaron que querían un sitio privado, apartado.

—¿Logró contactarlos?

—Dejaron un número de teléfono de contacto para que los huéspedes llamaran en caso de que hubiera algún problema. —Sus ojos se nublaron—. Aunque no creo que esperaran algo como esto.

—Aun así, necesitaremos entrevistarlos formalmente. ¿Conocen a la víctima?

—Es su limpiadora, Katrina Hovat.

—Encontramos su abrigo y bolso abajo en una despensa junto a la cocina —dijo Harriet, viendo la sorpresa de Kay—. Licencia de conducir, llaves de casa, todo.

—¿Dirección de casa?

—La tengo anotada —dijo Barnes, y dio una palmadita en el bolsillo de su pecho bajo el traje de protección—. He avisado por radio al control para que envíen una patrulla allí lo antes posible.

—¿Cómo llegó aquí?

—Su coche está estacionado en la parte de atrás, probablemente porque es más fácil acceder a la despensa desde allí... ahí es donde se guardan todas las cosas de limpieza, como la aspiradora.

—Tengo a un par de técnicos analizando su coche en este momento —dijo Harriet—. Te avisaré si encontramos algo útil.

—Gracias. ¿Tenía su propio juego de llaves de este lugar también?

—No era necesario —dijo Barnes—. La puerta trasera usa el mismo código de seguridad que la puerta delantera y los dueños confirmaron que eso es lo que ella habría usado.

—¿Y quién le hizo esto? ¿Cómo entró? —Los ojos de Kay se posaron en la forma rota sobre la cama—. ¿Alguna señal de allanamiento?

—Ninguna —dijo Harriet.

—Jefa, me pregunto si ella conocía a su atacante, y por

eso lo dejó entrar por las puertas de la entrada, y luego le abrió la puerta principal —dijo Barnes.

—Hemos tomado huellas dactilares del sistema de teclado, así que te haré llegar los resultados de esas en su momento —añadió Harriet.

—Hay una cosa —dijo Barnes—. No hemos localizado un teléfono móvil suyo en ninguna parte todavía.

—¿No estaba en su bolso?

—No, y en ninguna parte de las habitaciones que hemos registrado hasta ahora —dijo Harriet—. Haremos una búsqueda más exhaustiva aquí una vez que se haya movido su cuerpo, así que te avisaré si eso cambia algo.

—De acuerdo. —Kay sintió que se formaba condensación en su mascarilla y reprimió el impulso de quitársela de la cara—. ¿Puedes mostrarme la despensa, Ian? Me gustaría ver dónde se encontraron sus cosas, y su coche.

—Te llamaré con una actualización sobre mis hallazgos mañana en algún momento —dijo Harriet—. Y haré que dos de mis técnicos vayan a su piso a primera hora de la mañana.

—Gracias.

Mientras seguía a Barnes de vuelta abajo, los pensamientos de Kay volvieron a la cantidad de llamadas telefónicas que tendría que hacer antes de que terminara la noche.

Gran parte de su papel como Oficial Superior de Investigación se dedicaba a organizar un gran equipo de personas, muchas de las cuales ocupaban roles especializados y, por lo tanto, no estaban basadas en la comisaría de Maidstone. Aún más eran ahora contratistas privados, ya que la fuerza policial había renunciado a la experiencia interna en favor de ayuda externa para ahorrar costes.

Y luego estaban las maniobras políticas que tendrían lugar por necesidad: obtener más oficiales para unirse a su investigación, aunque la mayoría ya estaban escasamente distribuidos por toda la División Oeste y sobrecargados de trabajo.

Al llegar a la cocina, se detuvo un momento junto a la encimera central, incapaz de apartar la mirada de los costosos gabinetes y el diseño elegante.

—Ignora las huellas —dijo Barnes, sacándola de sus pensamientos—. Ya hemos establecido que pertenecen a Mark y Estelle.

—¿Qué hay de Katrina y su atacante? ¿Alguna huella que les pertenezca?

Él negó con la cabeza. —Penelope Brassick le dijo a Kyle cuando la llamó que Katrina debía empezar aquí a las siete de esta noche. No empezó a llover hasta las ocho.

Kay observó las encimeras por lo demás impecables y los azulejos pulidos. —Y ella habría limpiado si hubiera hecho algún desorden.

—Cuando entreviste a los Brassick por la mañana, tendré una mejor idea de la rutina habitual de Katrina si la conocen. Ya les he enviado un correo electrónico rápido para solicitar sus horarios para establecer una videollamada.

Echando una última mirada a través de la puerta trasera a los técnicos de la escena del crimen trabajando alrededor del coche de la víctima, Kay sacudió la cabeza con tristeza, luego se volvió hacia su colega.

—Harriet tiene razón, Ian. Quien le hizo esto es malvado.

—Y peligroso, jefa. —Sus ojos se endurecieron—. Si esto es de lo que son capaces y no lo hemos visto antes, entonces podrían haber estado haciendo esto durante mucho tiempo.

—Eso es lo que me temo.

CAPÍTULO 3

Kay caminaba de un lado a otro sobre la alfombra desgastada frente a la pizarra blanca, su mirada recorriendo el patrón desteñido que evidenciaba las numerosas investigaciones de asesinatos que habían puesto a prueba las habilidades investigativas de su equipo en el pasado.

Seis horas después de regresar a casa de la escena del crimen de anoche, su alarma había sonado y ella había emergido a una mañana empapada por la lluvia, las calles de Maidstone inundadas de charcos fangosos y cunetas obstruidas por escombros.

Aferrándose a un vaso humeante de café para llevar, levantó la cabeza al oír a sus colegas caminando hacia donde ella esperaba, el delator chirrido de la desgastada silla del agente Gavin Piper cortando a través de la charla y el bullicio general.

Logró esbozar una sonrisa mientras la agente Laura Hanway se apresuraba para alcanzarlo mientras se ataba el pelo en un moño desaliñado. La detective más joven había regresado de vacaciones apenas el día anterior, pero había insistido en ser asignada a la investigación tan pronto como se enteró de la noticia. Las oscuras ojeras traicionaban su anterior insistencia de que estaba lista para contribuir al equipo, y Kay no tenía duda de que la mujer se arrepentiría de la decisión a media tarde.

—Mejor asegúrate de que la máquina expendedora esté llena de cápsulas de café —murmuró a una agente uniformada más cercana a la pizarra—. Creo que Laura las va a necesitar.

La agente Debbie West sonrió.

—No te preocupes, jefa, Barnes ya ha preguntado por eso. Y también hay bebidas energéticas para Gavin.

—Cargado y listo, jefa. —Gavin levantó una lata mientras se hundía en su silla y equilibraba un cuaderno sobre su rodilla.

—Genial, así que tendré que lidiar con dos detectives hiperactivos para las once —dijo Kay—. Menos mal que vais a estar ocupados.

Una ráfaga de risas educadas salpicó la sala de incidentes, y luego ella hizo un gesto a Barnes para que se uniera a ella.

—Bien, a trabajar —dijo—. Para aquellos que no han conocido al oficial Ian Barnes, él actuará como mi oficial superior de investigación adjunto en este caso. Ian, ¿quieres darnos una actualización rápida antes de que reparta las tareas de esta mañana?

—Jefa. —Barnes se desabrochó la chaqueta y esperó hasta que Kay se hubiera movido a una silla libre—. Gracias a Debbie y al equipo administrativo por imprimir estas fotografías y cargar las declaraciones de los testigos de anoche en HOLMES2 tan rápidamente esta mañana. Lo que sabemos hasta ahora es que la víctima es Katrina Hovat. Tenía cuarenta y tres años y trabajaba a tiempo parcial como limpiadora para Penelope y Stephen Brassick, los dueños de la casa donde fue encontrada asesinada anoche. La pareja que la encontró, Mark y Estelle Hastings-Jones, alquilaron la casa a través de un sitio web especializado en alquileres a corto plazo de casas y tenían previsto quedarse solo una noche en su camino de regreso al norte después de unas vacaciones en coche por el sur de Francia. Ahora se están quedando en el alojamiento del personal del hotel en la A20 entre aquí y Charing mientras verificamos sus declaraciones con lo que obtengamos de la empresa de alquiler, etcétera.

Hizo una pausa para tomar un sorbo de café y luego hizo una mueca.

—Mierda, pensé que el nuevo proveedor iba a ser una mejora, Debs.

—Lo es. Son más baratos —respondió ella sin perder el ritmo.

Una risa pesarosa pasó entre los oficiales reunidos, luego Barnes se volvió hacia las fotografías y se quedaron en silencio.

—Lucas confirma que hará la autopsia esta mañana, pero sabemos que después de que Katrina fuera torturada, su asesino intentó estrangularla antes de cortarle la garganta. El arma aún no ha sido recuperada. También me ha dicho que las marcas en su cuello sugieren que alguien usó guantes y sus manos en lugar de una ligadura como con la que le ataron las muñecas. La extensión total de sus lesiones es horrible, y eso antes de que Lucas nos diga qué más sufrió. Mientras tanto, el equipo de Harriet terminó de procesar la casa a las tres de la madrugada, así que no esperen un informe completo hasta mucho más tarde hoy. Lo que Harriet ha podido decirnos es que quien hizo esto era profesional; cree que usaron ropa protectora similar a la que usamos nosotros en las escenas del crimen. Tiene conjuntos de huellas dactilares para analizar, pero creemos, dado los tipos de lugares donde se encontraron, que pertenecen a Mark y Estelle, los Brassicks o Katrina. Los Brassicks nos están proporcionando huellas a través de una agencia en Nueva York para eliminarlos como sospechosos lo antes posible. Si algo no coincide, entonces lo perseguiremos como una pista válida. El equipo de Harriet acaba de llegar al piso de Katrina esta mañana y nos dará una actualización una vez que haya sido procesado. —Se volvió hacia Kay y levantó una ceja—. Creo que eso es todo hasta ahora, jefa.

—Gracias, Ian. —Kay intercambió lugares con él y miró a cada uno de los miembros de su equipo por turno —. Quien le hizo esto a Katrina parece estar bien versado en métodos de tortura. Los cortes y rasguños en sus piernas y abdomen le habrían causado una cantidad increíble de dolor, pero ninguno estaba cerca de una arteria principal. No estaba amordazada, así que tenían la intención de hacerla hablar. La pregunta es, ¿sobre qué? ¿Por qué fue atacada en la casa de los Brassicks y no en su piso? ¿Qué sabía que era tan importante para ellos?

—Eso demuestra una gran confianza por parte de quien la asesinó, jefa —dijo Gavin—. Y un conocimiento de su rutina.

—No es que tuviera mucha rutina —dijo Kay—. Solo

iba y limpiaba para los Brassicks mientras estaban fuera si la casa estaba reservada. Si estaban en casa, entonces iba una vez a la semana.

—¿Cuánto tiempo llevan en Nueva York? —dijo Laura.

Kay miró por encima de las cabezas de sus colegas hasta que encontró a Kyle Walker.

—¿Kyle? ¿Puedes ponernos al día?

—Claro, jefa. —El agente uniformado se levantó de su asiento—. Cuando hablé con Stephen Brassick anoche, dijo que esta era una visita de tres meses para ellos; típicamente tiene que ir allí a trabajar de dos a cuatro veces al año. Cuando no está en Nueva York, sus empleadores pueden enviarlo a sus oficinas en Zúrich, o trabaja desde casa y toma el tren a Londres dos veces por semana. Depende mucho de lo que necesiten sus clientes.

—¿Cuándo se fueron los Brassicks a Nueva York esta vez?

—Hace unas diez semanas, así que deben volver en dos semanas. —Hizo una mueca—. Aunque dijo que probablemente se irán a casa de sus padres cuando regresen y venderán la casa.

—Gracias. ¿Qué hay de Mark y Estelle Hastings-Jones? ¿Tienen alguna coartada para su tiempo antes de llegar a la casa para que podamos descartarlos?

—El señor Hastings-Jones repostó gasolina en la estación de servicio justo al salir de la M20 quince minutos antes de llegar a la casa, jefa —dijo Kyle—. Y tenía el recibo para probarlo. He solicitado las grabaciones de las cámaras de seguridad de la gasolinera para verificarlo.

—Bien, gracias.

—¿Crees que los Brassicks podrían haber sido el objetivo, no Katrina? —preguntó Gavin.

—Es una posibilidad —respondió Kay, anotando su sugerencia en la pizarra—. Me gustaría que tú y Laura hicierais la entrevista en video que Debbie está organizando con ellos para más tarde hoy. Averiguad si han recibido alguna amenaza durante el último año más o menos, y qué saben sobre los antecedentes de Katrina. Aaron, ¿en qué punto estás con las declaraciones de los vecinos?

El agente alzó la voz para que se le pudiera oír. —Están todas completas, jefa, y las ingresaremos en HOLMES2 después de la reunión. Como sospechábamos, dado lo aislada que está la casa de los Brassicks, ninguno de ellos oyó nada y se quedaron extremadamente impactados por la noticia de la muerte de Katrina. Dicho esto, solo un vecino la vio alguna vez, y fue únicamente cuando su coche tuvo una rueda pinchada en el camino hace unas cuatro semanas. Sin embargo, ninguno de los vecinos utiliza los servicios de limpieza de Katrina, y ninguno de ellos conoce a los Brassicks más que de vista.

—De acuerdo, gracias. Laura, cuando tú y Gavin habléis con los Brassicks, ¿podéis preguntarles por qué Katrina estuvo allí hace cuatro semanas? Si tenían invitados alquilando la casa entonces, me gustaría tener sus datos.

—Lo haré, jefa.

—Pasando al coche de Katrina… Laura, de nuevo, ¿puedes hacer un seguimiento con el equipo de Harriet sobre eso y contactar con la Agencia de Licencias de Conducir y Vehículos para ver cómo es su historial de conducción? Aaron mencionó que un vecino habló de un pinchazo, así que averigua dónde lo reparó también.

Kay dirigió su atención a Gavin. —Me gustaría que asistieras a la autopsia esta mañana. Llévate a Laura contigo. Lucas ha confirmado que será a las once y cuarto, así que eso os da tiempo a ambos para ocuparos de estas otras tareas antes de dirigiros al hospital Darent Valley.

El agente frunció el ceño, pero centró su atención en su libreta.

Ella empatizaba con él: una autopsia nunca era una parte fácil de presenciar en ninguna investigación, pero aún menos cuando una víctima había sido torturada. Sin embargo, sabía que tanto él como Laura ganarían mucho de la experiencia y aplicarían lo que aprendieran en futuras investigaciones.

—Bien, antes de que me dirija al piso de Katrina con Ian, ¿dónde está Nadine? —Kay esperó hasta que una menuda agente uniformada se levantó de una silla en los márgenes del grupo, con las mejillas encendidas—. Todos, conozcan a la agente Nadine Fenning, que se une a nosotros hoy desde Tonbridge.

Esperó hasta que cesó una ronda de saludos corteses, luego continuó. —Kyle, me gustaría que trabajaras con Nadine y Debbie para revisar los perfiles de redes sociales de Katrina. En primer lugar, necesitamos los datos de sus familiares más cercanos con urgencia. No quiero que su familia se entere de su asesinato a través de las noticias o cualquier otra cosa hasta que hayamos tenido la oportunidad de hablar con ellos. Después de eso, buscad lo obvio: cualquier cosa que muestre posibles discusiones que se volvieron desagradables, o incidentes donde hubiera sido amenazada. Tratad de hacerse una idea de qué tipo de persona era cuando no estaba trabajando. También necesitamos averiguar qué más estaba haciendo laboralmente. Se las arreglaba para mantener un coche y alquilar un piso, así que debe haber tenido bastantes clientes para sus servicios de limpieza. Esperemos que Dave Morrison haya encontrado algo que nos ayude al registrar el piso, pero el ángulo de las redes sociales también es importante.

—¿Alguna noticia sobre su teléfono móvil? —preguntó Laura.

—Aún no. Harriet confirmó justo antes de esta reunión que no lo encontraron durante el registro de la propiedad de los Brassicks, ni en el bolso de Katrina ni en su coche. —Kay golpeó su bolígrafo contra la pizarra, luego giró sobre sus talones—. Aaron, ¿puedes organizar una búsqueda urgente del camino desde la casa de los Brassicks hasta la carretera principal? Tal vez su asesino se deshizo del teléfono después de abandonar la escena.

—Comenzaré en cuanto terminemos aquí, jefa.

Kay recorrió con la mirada las notas arremolinadas que ahora se entrecruzaban en la pizarra blanca y sintió una renovada energía recorrerla mientras se enfrentaba a su equipo.

—Bien, todos, eso es todo por ahora. Vamos a encontrar a un asesino.

CAPÍTULO 4

Ian Barnes maldijo por lo bajo mientras un pequeño coche destartalado daba marcha atrás para ocupar el único espacio que quedaba en la calle de Katrina Hovat, y luego fulminó con la mirada al conductor mientras pasaba a su lado.

A su lado, Kay sonrió.

—Tendrás que acostumbrarte a esta tontería de caminar pronto, ¿sabes? ¿Adónde van tú y Pia?

—A los Pirineos.

—Mucho caminar allí. Mucho aire fresco, comida saludable…

—Ya basta, jefa. —Sacudió la cabeza, incapaz de contener la sonrisa que se formaba—. Supongo que tú y Pia han estado cotilleando otra vez, ¿no?

—Puede que hayamos tomado un café el otro día —respondió con indiferencia—. Y *puede* que ella haya insinuado que debo dejar de comprarte almuerzos por un tiempo.

—¿Viste el mejunje que tuve que llevar al trabajo

ayer? Es decir, ¿desde cuándo las nueces y los trozos de melón pertenecen a una ensalada?

Su colega se rio de su indignación.

—Las nueces son buenas para las proteínas. Y aún quedan cinco meses…

Él gruñó en respuesta, y luego se enderezó cuando un SUV salió de un espacio cerca del cruce con la siguiente hilera de casas adosadas de ladrillo rojo.

—Bingo.

Dirigiéndose hacia la casa subdivida donde se encontraba el piso de Katrina, Barnes esquivó montones de caca de perro y notó que la acera llena de baches estaba marcada con áreas remendadas por las compañías de servicios públicos, dejando una superficie irregular que hizo que Kay maldijera varias veces antes de que llegaran a la propiedad.

Se detuvo en el muro de ladrillo bajo y decrépito que separaba la casa de tres pisos de la calle y observó el jardín delantero descuidado.

Un movimiento en la puerta principal comunitaria llamó su atención, y luego el agente Dave Morrison asomó la cabeza.

—Oficial, jefa. ¿Queréis subir?

—Buenos días, Dave. ¿Quién está aquí contigo?

—Un novato, Sean Gastrell —dijo el agente—. Acaba de terminar el período de prueba y sabe lo que hace, así que lo he dejado arriba con el equipo de Harriet para que aprenda más.

Barnes sonrió. No muchos agentes experimentados elegirían manejar un cordón y dejar que alguien más estuviera en el meollo de una investigación, pero ese no era el estilo de Dave.

—¿Cómo le va?

—Bien. Parece que realmente ha escuchado lo que le enseñaron para empezar, y ha estado haciendo algunas preguntas inteligentes en comparación con algunos de los otros jóvenes que la central nos ha enviado en el pasado. —Dave le guiñó un ojo—. Creo que es un buen elemento, oficial.

—Lo tendré en cuenta. Veremos qué podemos hacer.

Kay garabateó su firma debajo de la de Barnes y sacó guantes protectores de su bolso, entregándole un par de repuesto.

—¿Serán suficientes estos, Dave, o quieren que nos pongamos los trajes completos?

—Los guantes están bien, jefa.

—¿Qué hay de los otros dos residentes? —dijo Barnes—. ¿Has tenido oportunidad de hablar con ellos?

—El de ahí en este piso está en el trabajo en este momento. Hablé con el tipo de arriba que acaba de regresar de un turno de noche en Ashford. Afortunadamente, él también es el propietario, así que me dio el número de teléfono del otro inquilino. Lo llamaré de nuevo más tarde para organizar la toma de declaración. También le mencioné al propietario, Harry Knowles, que probablemente querríais hablar con él también.

—Genial, gracias. Bien, jefa, después de ti. —Barnes hizo un gesto a Kay para que avanzara, subiendo las escaleras tras ella y tratando de no sonar demasiado sin aliento cuando llegaron arriba.

Ella le sonrió por encima del hombro, pero no dijo nada.

En respuesta, él puso los ojos en blanco, pasó junto a ella y asomó la cabeza por la puerta abierta del piso tres.

—¿Hola?

Un joven policía con el pelo corto color arena y unos sorprendentes ojos verdes salió de una habitación a la derecha del estrecho pasillo, con una libreta y un bolígrafo en las manos.

—¿Oficial?

—Oficial Ian Barnes, y esta es la oficial superior de investigación para este caso, la inspectora Kay Hunter.

Los ojos del policía se abrieron ligeramente.

—Es un honor estar en su equipo, jefa.

—Oh, yo no iría tan lejos todavía. —Kay sonrió—. No has trabajado conmigo antes.

—Aun así… —Las mejillas del policía se pusieron rojas.

—¿Qué has observado hasta ahora? Sean, ¿verdad?

—Sí, jefa. Bueno, Gareth y Patrick, los de la científica, llegaron hace dos horas y han procesado la sala de estar, el baño y el dormitorio hasta ahora. Es un lugar pequeño, así que no les está llevando mucho tiempo… —Hizo un gesto para que cruzaran el umbral y los guio hacia un área de estar que se fusionaba con una pequeña cocina.

Una mesa de madera desnuda y sencilla se encontraba cerca del horno, acompañada por dos sillas desparejadas y descascarilladas, mientras que la sala de estar consistía en un par de sillones, una estantería y no mucho más.

—¿No hay televisor? —dijo Barnes.

—Había uno hasta hace poco —dijo Sean. Señaló la

pintura descolorida en la pared frente a los sillones, y luego una línea de polvo en un mueble debajo—. Parece que se ha ido.

—¿Robado?

—No hay señales de allanamiento, Ian. —Uno de los investigadores de la escena del crimen salió del dormitorio más allá en el pasillo y se bajó la máscara—. Creo que lo empeñó. Encontramos un recibo de eso y de un ordenador portátil en el dormitorio.

Entregó un par de bolsas de plástico para evidencias, y Barnes miró los nombres en la parte superior del recibo.

—Gracias, Gareth. Conozco este lugar. Son legítimos, lo cual ayudará. —Se los entregó a Kay y sacó su teléfono móvil—. Deberíamos enviar a alguien para que vaya allí y recupere el portátil como evidencia.

Sean se aclaró la garganta.

—Ya lo he hecho, oficial, justo antes de que ustedes subieran. Pensé que podría ser importante.

—Buen trabajo, agente. ¿Sabes a quién enviaron?

—No, la central no proporcionó un nombre, solo dijeron que enviarían a alguien lo antes posible.

—Está bien. —Barnes devolvió las bolsas para que los de la científica pudieran registrarlas correctamente como evidencia—. ¿Algo más?

—No realmente. —El técnico de investigación de la escena del crimen se encogió de hombros—. Ciertamente no fue atacada aquí; no hay señales de allanamiento y hay polvo por todas partes.

Kay frunció el ceño.

—Trabajaba como limpiadora. Me sorprende eso.

—Ya sabes lo que dicen de los albañiles, jefa. —

Barnes sonrió—. Están demasiado ocupados para trabajar en sus propias casas la mitad del tiempo. Podría haber sido lo mismo para Katrina. Quiero decir, la limpieza no paga mucho; debe haber tenido más de un trabajo, me imagino.

—¿Algo que lo sugiera? —Kay volvió su atención al técnico de Investigación de la Escena del Crimen.

—Sí, espera un momento. —El técnico desapareció de nuevo en el dormitorio y luego salió con una bolsa de pruebas más voluminosa—. Tenemos una carpeta con todas sus facturas de servicios públicos y extractos bancarios, así que os los enviaremos más tarde. Eché un vistazo rápido a los extractos bancarios y hay depósitos regulares en efectivo. Esta agenda de citas también estaba en la mesita de noche.

—Así que vende el portátil y cambia a un sistema en papel —murmuró Barnes mientras Kay hojeaba las páginas.

—Y solo en las últimas cuatro semanas —dijo ella—. Aunque no hay nombres aquí, solo iniciales.

—Necesitamos encontrar ese teléfono móvil. —Barnes miró al técnico—. Supongo que no…

El hombre negó con la cabeza.

—Lo siento. Casi hemos terminado aquí y no hemos encontrado nada.

—¿No estaba escondido en ningún sitio como en la cisterna del inodoro?

—Nada de eso, no. —Señaló los diversos enchufes alrededor del piso—. Incluso revisamos detrás de esos como medida de rutina.

—Necesitaremos que envíen esta agenda a la sala de incidentes lo antes posible —dijo Kay.

—Tan pronto como terminemos aquí, nos aseguraremos de que los registros de evidencia estén completos y podréis tener todo.

—¿Está bien si echamos un vistazo por nuestra cuenta?

—Adelante. Solo dadnos cinco minutos para ordenar en el dormitorio.

Mientras Sean se alejaba para pararse junto a la puerta principal, Barnes se acercó a los armarios de la cocina, abriéndolos uno tras otro con una creciente sensación de inquietud.

—Incluso Emma comía mejor que esto cuando estaba en la universidad —dijo, cerrando otra puerta—. Katrina no vivía de mucho más que cereales y comida enlatada, por lo que se ve.

—El refrigerador no está mucho mejor —llegó la respuesta amortiguada de Kay. Cerró de golpe el compartimento del congelador y se enderezó—. Solo medio litro de leche, una barra de pan que está muy pasada de fecha y media bolsa de guisantes congelados.

—No ha aparecido nada en el sistema en relación con los servicios sociales, jefa. —Barnes se frotó la barbilla—. Laura hizo una comprobación rápida esta mañana y Katrina no estaba recibiendo ningún tipo de beneficios.

—Lo que sugiere que quizás tenía otro trabajo además de la limpieza a tiempo parcial. Pero, ¿por qué vender su televisor? No se obtiene mucho por esos de segunda mano hoy en día, no con todas las tiendas teniendo rebajas de nuevos productos cada mes. ¿Y por qué vender eso y el portátil a una casa de empeños en lugar de en línea? Habría ganado un poco más de dinero de esa manera.

—Tal vez necesitaba el dinero con urgencia,

especialmente si necesitaba comprar comida. Y quizás esperaba poder permitirse comprarlos de vuelta en algún momento. —Suspiró—. Bueno, aparte de esa agenda y los extractos bancarios, no tenemos mucho con qué trabajar, ¿verdad?

Kay se dirigió hacia la puerta.

—Será mejor que esperemos que Kyle y Nadine tengan más suerte con las cuentas de redes sociales.

<h1 style="text-align:center">CAPÍTULO 5</h1>

Gavin metió las manos en los bolsillos de sus pantalones y entrecerró los ojos al mirar las imponentes y grandes ventanas del hospital de Gravesend, tratando de ignorar la sensación de náuseas que lo invadía.

Por más que lo intentara, nunca podía enfrentar la perspectiva de una autopsia con el estoicismo de Kay, a pesar de saber que lo que aprenderían durante el proceso podría ser fundamental para la investigación.

—Vamos a llegar tarde si te quedas ahí parado mucho más tiempo —gruñó Laura, mirándolo por encima del techo del coche—. Y me estás poniendo más nerviosa.

Él se aflojó la corbata, se aclaró la garganta y luego se dirigió hacia una puerta de cristal tintado a la izquierda de la enorme estructura, manteniéndola abierta para ella.

Las suelas de sus zapatos chirriaron sobre las baldosas pulidas, haciendo eco en las paredes de yeso que estaban desnudas, salvo por un tablón de anuncios obligatorio cubierto de carteles de seguridad y un extintor fijado a un soporte debajo de este.

Una escalera los llevó al segundo piso, y siguieron el pasillo pasando por los departamentos de rayos X y resonancia magnética hasta una puerta solitaria al final del corredor.

Gavin casi pudo sentir un escalofrío acariciando sus hombros cuando empujó la puerta para entrar en la suite de la morgue.

Una figura delgada y pálida flotaba detrás de un único escritorio, levantando las cejas en señal de bienvenida. —Pensé que no lo lograríais. ¿El estacionamiento fue un infierno como siempre?

—Algo así. ¿Ya habéis empezado, Simon?

—No, aún no —dijo una voz agitada detrás de él.

Gavin se giró para ver al patólogo forense, Lucas Anderson, en la puerta, equilibrando dos vasos de café para llevar y una tableta.

Entregándole una de las bebidas a su asistente, hizo un gesto con la barbilla hacia un pasillo oscuro a un lado. —Ustedes dos, id a cambiaros. Os veré allí. —Lucas hizo una pausa para tomar un sorbo de su café—. Y os advierto desde ahora, no es fácil.

Laura palideció. —¿Tan malo es?

—Id a preparaos. —Los ojos del patólogo se suavizaron—. Cuanto antes empecemos, antes podréis volver a Maidstone y contarle a Kay lo que encontremos.

—Eso no es tranquilizador —murmuró Gavin mientras seguía a Laura, y luego se dirigió al vestuario de hombres.

Mientras se ponía un gorro protector sobre el cabello y se ataba los pantalones holgados a la cintura, trató de concentrarse en su respiración, intentando desesperadamente bajar su ritmo cardíaco. Kay le había dicho en el pasado que su reacción era normal, que era una señal de que se preocupaba por las víctimas para las que buscaban justicia, pero en este momento eso hacía poco para calmar la energía nerviosa que corría por sus venas.

Vio su reflejo en el espejo sobre un pequeño lavabo en la esquina de la habitación y se detuvo, notando que estaba tan pálido como lo había estado Laura.

Katrina Hovat había sido brutalmente agredida y luego asesinada, sola y aterrorizada.

Le debía hacer su trabajo lo mejor posible.

Cuadrando los hombros, abrió la puerta de un tirón y se subió la mascarilla mientras Laura salía del otro vestuario, su largo cabello oculto bajo el gorro, sus facciones mortalmente pálidas.

—¿Lista? —dijo él.

Ella asintió, pero no dijo nada en respuesta, y luego se puso a caminar a su lado.

Al atravesar las puertas dobles al final del corto pasillo, Gavin entró en la sala de examen e inmediatamente captó la triste visión del cuerpo de Katrina expuesto, el daño a su ligera complexión aún más evidente al ser iluminado por las potentes luces de arriba.

Lucas estaba inclinado sobre su abdomen, con un bisturí en la mano, y los miró por encima de su mascarilla cuando se acercaron. —Espero que no os importe, pero he empezado; tengo ocho de estos que hacer hoy, incluyendo dos para Essex.

—¿Falta de personal otra vez? —preguntó Laura.

—Como siempre. —Simon Winter se movió desde su posición junto a un portátil y preparó una sierra eléctrica para Lucas—. No hemos tenido un fin de semana libre en más de un mes.

—Bueno, es lo que hay. —Lucas tomó la sierra de él y encendió un interruptor—. Apartaos un momento, vosotros dos, no tardaré.

Gavin desvió la mirada, notando que Laura se dio la vuelta y de repente pareció interesarse en una pila de archivos médicos en el escritorio de Simon mientras la hoja de la sierra chirriaba.

Finalmente, el horrible sonido disminuyó, y volvió a mirar hacia la mesa de examen mientras Lucas comenzaba a extraer órganos vitales y pasárselos a Simon para que los pesara.

—Bien, aparte de las lesiones que sufrió durante el ataque, diría que nuestra víctima tenía bajo peso para su edad con una considerable pérdida de masa en el abdomen. Podéis ver cómo la piel cuelga suelta aquí.

—Kay y Barnes enviaron un mensaje antes diciendo que apenas había comida en su apartamento. —Gavin se acercó, más valiente ahora que lo peor parecía haber pasado—. ¿Estaba desnutrida?

—Iba camino a estarlo. Esta piel suelta sugeriría una pérdida de peso rápida, ciertamente. —Lucas se movió hacia los hombros de Katrina y giró suavemente su cráneo en sus manos—. Quien intentó estrangularla antes de usar un cuchillo tenía dedos razonablemente largos, fuertes también. Mirad cómo los moretones marcan su piel aquí. Luego tenemos los golpes en su cara.

—¿La golpearon con los puños? —preguntó Laura, su interés despertado.

—Yo diría que sí. Pero luego también fue golpeada con

algo. Así que tendréis que verificar con la evidencia que encontró el equipo de Harriet para ver si podéis encontrar un arma. Mirad, podéis ver profundas hendiduras aquí donde algo afilado se incrustó en su piel con cada golpe.

—¿Quizás un adorno? —dijo Gavin.

—Tal vez. No he encontrado rastros de madera o metal, así que eso podría ayudaros a reducir las opciones. Y la forma en que su garganta ha sido cortada… para mí, sugiere frustración por parte de su asesino porque la estrangulación no funcionó. Mirad qué profunda es la herida de entrada inicial aquí.

Lucas colocó suavemente la cabeza de Katrina de vuelta en un bloque de soporte y trabajó su camino por su cuerpo, enumerando cada una de las lesiones para que Gavin pudiera anotarlas.

—Aquí tenemos moretones significativos y rasguños en sus muslos, y aquí… —Lucas hizo una pausa y parpadeó—. Bueno, como dije, es uno de los peores asesinatos que he visto en mucho tiempo.

—¿Fue violada? —susurró Laura.

El patólogo asintió.

—¿Algún semen que podamos usar para el análisis de ADN? —preguntó Gavin.

—No fue penetrada de la… manera normal. —Lucas mantuvo su mirada—. Quien le hizo esto usó un objeto contundente. Le he pedido a Harriet que vuelva a la casa para ver qué puede encontrar.

Gavin escuchó la brusca inhalación de Laura, sintió la bilis subiendo por su garganta y apartó la mirada del cuerpo de Katrina por un momento, apretando los puños.

—Jesús —murmuró Laura.

Parpadeando, trató de volver a centrarse en las preguntas que planteaban las heridas de la mujer. —¿Ha habido otros ataques como este recientemente? Me refiero, fuera del área de Maidstone. No recuerdo nada parecido en nuestra jurisdicción.

—Nada con lo que haya tenido que lidiar desde que Kay encerró a Jozef Demiri —respondió Lucas—. Pero preguntaré a mis colegas y te lo haré saber.

—Gracias.

Conmocionado, Gavin siguió a Laura fuera de la sala de examinación y se detuvo frente al vestuario de hombres cuando la oyó sorber ruidosamente.

—Oye, ¿quieres que paremos en algún sitio tranquilo a tomar algo de camino de vuelta?

Ella se volvió entonces, y él vio el enrojecimiento en sus ojos mientras contenía las lágrimas. Volvió a sorber y asintió. —Sí. Buena idea, gracias.

—Los atraparemos, no te preocupes. —Se arrancó la máscara protectora y aflojó el mono en el cuello, de repente sintiendo demasiado calor en el estrecho pasillo—. Encontraremos al cabrón que le hizo eso.

Laura se limpió los ojos y luego abrió de una patada la puerta del vestuario de mujeres. —Puedes apostar a que lo haremos, Piper.

CAPÍTULO 6

Laura se inclinó y ajustó la webcam fijada en la parte superior de la pantalla del ordenador, mirando fijamente la imagen que se reflejaba.

Se había metido en el baño de mujeres del pub que Gavin había encontrado junto a la M2 de camino a Maidstone, arreglando las manchas de rímel bajo sus ojos y volviendo a aplicarse el pintalabios, pero no pudo hacer nada con la expresión atormentada de sus ojos que se sumaba a un aspecto ya de por sí afectado por el *jet lag*.

Cuando regresó a la mesa que Gavin había encontrado en un rincón apartado, él ya se había bebido la mitad de su café y miraba al vacío.

Había llamado a Leanne, su novia, tan pronto como llegaron a la comisaría, diciéndole que trabajaría hasta tarde, y no dijo nada más sobre la autopsia hasta que Dave Morrison preguntó.

Habían compartido los detalles más escasos con el agente uniformado, y este se había marchado negando con la cabeza.

Ahora, intentó apartar de su mente el recuerdo de la sala de examen de Lucas y en su lugar recorrió con la mirada la lista de preguntas que ella y Gavin habían preparado para su videoconferencia con Penelope y Stephen Brassick.

Debido a las cinco horas de diferencia horaria, el sol ya se estaba poniendo tras los edificios cuando Gavin entró, con el pelo recién lavado y una clara fragancia a sándalo acompañándole.

—¿Te has duchado? —le provocó suavemente mientras él tomaba asiento a su lado—. ¿Te das cuenta de que no pueden olerte?

—Todavía puedo oler ese maldito depósito —dijo él.

—Lo siento.

Él exhaló.

—Yo también. No quise hablarte mal. ¿Cómo estás?

—Creo que voy a tomarme un trago fuerte cuando llegue a casa. Uno grande.

—¿Tienes alguien allí con quien puedas hablar?

—Tyler y yo rompimos el mes pasado.

—Siento oír eso.

—No lo sientas. —Sonrió—. Tenías razón, es un idiota.

Gavin soltó una risa ahogada, luego inclinó la cabeza hacia la pantalla cuando se estableció la conexión y apareció una mujer de pelo negro de unos cuarenta años.

Llevaba una chaqueta de traje gris claro sobre una camisa azul pálido; la pared detrás de ella era una serie de pequeños azulejos cuadrados de color crema.

—¿Detectives Piper y Hanway? Soy la detective Adrienne DaCosta, de la Comisaría 10. Somos la comisaría local de los Brassick, así que pensé en tomarme un momento para presentarme —dijo, luego levantó una delgada carpeta de manila—. También soy quien está en contacto con su agente para obtener sus huellas dactilares con fines de eliminación, así que se las enviaré por correo electrónico mientras hablan con ellos.

Laura alzó un poco la voz para contrarrestar la inestable conexión a internet.

—Gracias por su ayuda con eso y por ayudar a organizar esta entrevista, detective DaCosta.

—No hay de qué. —La mujer arqueó las cejas al oír voces más allá de su pantalla, luego volvió a mirar—. El señor y la señora Brassick están aquí, así que se los pasaré. Saben que pueden llamarme si hay algún problema técnico o si necesitan más ayuda desde este lado.

—Gracias. —Laura esperó mientras la detective cogía la carpeta y dejaba paso a una pareja de unos cincuenta y tantos años, con rostros sombríos.

Penelope Brassick vestía impecablemente, un collar de perlas acentuaba un vestido azul marino a medida que desafortunadamente no hacía nada por las oscuras ojeras bajo sus ojos, mientras que su marido llevaba una chaqueta de traje negra sobre vaqueros y una camisa blanca. La barba incipiente cubría su barbilla, y no de una manera elegante.

Laura se dio cuenta de que probablemente ninguno de los dos había dormido mucho desde que Aaron Stewart los llamó con la noticia del asesinato de Katrina la noche anterior.

—Señor y señora Brassick, gracias por hacer tiempo para hablar con nosotros hoy —comenzó.

—Por favor, llámennos Stephen y Penelope. —El hombre se pasó una mano por el cabello castaño que se le estaba quedando ralo, luego hizo un gesto hacia su esposa —. Lo siento, todavía estamos en shock. N-no puedo creer que algo así le haya pasado a Katrina. En nuestra casa…

Laura les dio un momento, luego miró sus preguntas.

—¿Cuánto tiempo llevaban empleando a Katrina?

—No la empleamos nosotros; vino a través de una agencia en Maidstone —explicó Penelope, su voz traicionando el más leve acento estadounidense adoptado —. No estábamos contentos con el servicio que nos estaba dando la agencia anterior, así que llamé a varias para encontrar a alguien más, y nos enviaron a Katrina.

—Pudimos ver de inmediato que era una trabajadora concienzuda —añadió Stephen—. Era el tipo de persona a la que no había que decirle las cosas dos veces y no tenía miedo de tomar la iniciativa.

—Hovat no suena a un apellido inglés, ¿de dónde era originalmente?

—De la República Checa.

—¿Cuánto tiempo llevaba limpiando para ustedes?

—De forma intermitente durante seis meses. Empezó en el año nuevo. —El hombre alargó la mano y apretó la de su esposa—. Parece que ha sido más tiempo que eso… en el buen sentido.

—Era divertido tenerla cerca —dijo Penelope, secándose los ojos con un pañuelo—. Quedé tan impresionada la primera vez que la hice venir a limpiar semanalmente mientras estábamos en casa. Nos daba tranquilidad tenerla disponible para limpiar también cuando alquilábamos la casa.

—Dijeron que nunca tuvieron problemas con ella o su trabajo —dijo Gavin—. Pero, ¿hubo alguna vez en que sintieran que estaba preocupada por algo?

—En absoluto. Como dijo Stephen, era concienzuda.

—Y esperaría que supiera que podía hablar con nosotros si estaba preocupada por algo —añadió su marido.

—Los agentes que llegaron primero a la escena notaron que tienen cámaras de seguridad en el exterior de su casa... —Laura se interrumpió cuando Penelope levantó la mano.

—Cualquier cosa que necesiten, lo que sea, estaremos encantados de proporcionarla. Stephen tiene acceso a la transmisión de las cámaras en su portátil, así que si nos dan una dirección de correo electrónico, les concederemos acceso administrativo en lugar de intentar descargar los archivos desde aquí.

—Pueden ser bastante grandes, especialmente porque funcionan toda la noche si el zorro local anda por ahí —añadió su marido.

—Se lo agradecemos, gracias. Dijeron que Katrina no les mencionó ninguna preocupación la última vez que la vieron, pero ¿parecía distraída en algún momento, quizás revisando su móvil con más frecuencia o haciendo llamadas en privado?

La pareja se miró y luego volvió a mirar a Laura.

—No que yo recuerde —dijo Stephen.

—Yo tampoco —añadió Penelope.

—Una última pregunta: ¿podrían darme los datos de contacto de la agencia a través de la cual consiguieron a Katrina?

—Claro —La otra mujer sacó su teléfono móvil del bolso y recitó el número—. Solía hablar con alguien llamada Madeleine cuando quería que Katrina limpiara mientras estábamos fuera.

—Gracias, y gracias por su tiempo hoy, especialmente en circunstancias tan difíciles —dijo Laura, cerrando su libreta—. ¿Hay alguien a quien necesiten que llamemos, tal vez un cerrajero local para restablecer su sistema de seguridad?

—No se preocupe, puedo hacerlo en línea a través de un sistema diferente al de las cámaras y establecer un nuevo código de acceso —dijo Stephen. Esbozó una sonrisa irónica—. La tecnología, ¿eh?

CAPÍTULO 7

Una brillante y soleada mañana de junio recibió a Kay al día siguiente cuando aparcó en la comisaría de Palace Avenue.

Colgándose el bolso al hombro y sujetando su tarjeta de identificación al cinturón del pantalón, equilibró un termo de acero inoxidable en una mano y pasó por la puerta trasera a un pasillo pintado de beige, saludando con un gesto a Ellis Hughes en la recepción.

—¿Noche tranquila? —preguntó, mirando a través de una gruesa ventana de cristal en una puerta que los separaba del bloque de celdas.

—Por una vez. —El sargento uniformado la miró por encima de sus gafas—. Quizás quieras hablar con Gavin y Laura cuando subas, jefa, si me permites decírtelo.

Kay frunció el ceño. —¿La autopsia?

—Los dos parecían conmocionados cuando regresaron ayer por la tarde. —Hughes negó con la cabeza tristemente—. Y tienen suficiente experiencia estos días como para que se necesite mucho para perturbarlos.

—Gracias. Agradezco el aviso. —Logró esbozar una pequeña sonrisa—. Espero que a estas alturas la mayoría del equipo sepa que pueden hablar conmigo sobre cualquier cosa, pero un recordatorio de vez en cuando no viene mal.

—Exactamente lo que pensaba, jefa. —Le guiñó un ojo—. Ahora será mejor que subas antes de que se te enfríe el café.

—Nos vemos luego.

Kay empujó una puerta interior de seguridad que conducía a la escalera y miró hacia abajo al estacionamiento.

Todos los coches pertenecientes a los miembros de su equipo que tenían espacios asignados estaban presentes, y el resto estaban ocupados por vehículos policiales de diversas formas y tamaños. Aceleró el paso cuando vio una motocicleta familiar aparcada junto al coche de Barnes, con su conductor esperando al lado de una caja abierta, y llegó al descansillo cuando Laura emergía del pasillo del segundo piso, con determinación en su paso.

—Buenos días, jefa.

—Buenos días. ¿Cuál es la prisa?

Como respuesta, Laura levantó una bolsa de evidencias que contenía un viejo portátil. —Kyle Walker encontró esto en una casa de empeños en la ciudad a última hora de ayer.

—¿Es de Katrina?

—Sí, el dueño todavía tiene su televisor también. Al parecer, ella estaba de acuerdo con que vendiera eso, pero planeaba volver por esto.

—Ah, eso explica por qué vi a Andy Grey afuera.

—Ha venido a recogerlo; ninguno de nosotros puede ir a Northfleet hasta esta tarde, y supuse que querrías que le echara un vistazo lo antes posible.

—Estás en lo correcto. Gracias. —Kay se movió a un lado para dejar pasar a la otra mujer—. ¿Laura?

La detective más joven se detuvo unos escalones más abajo y miró por encima del hombro. —¿Sí, jefa?

—Ven a verme si necesitas desahogarte sobre la autopsia de ayer, ¿de acuerdo? No puede haber sido fácil de manejar.

—Tienes razón en eso, jefa. —Se echó un mechón de pelo detrás de la oreja—. Y gracias, es posible que lo haga. Gavin y yo nos detuvimos a tomar un café de camino de vuelta, pero…

—A veces es bueno charlar con alguien diferente, ¿verdad?

—Sí. Especialmente con uno como ese. ¿Hablarás con Gavin también?

—Lo haré. También me aseguraré de que Barnes lo sepa en caso de que se sienta más cómodo hablando de ello con otro hombre.

—Gracias. —Laura levantó la computadora portátil—. Debería irme.

—Esperaré hasta que vuelvas antes de comenzar la reunión.

Cuando entró en la sala de incidentes, los finos vellos de la nuca se le erizaron de anticipación. Ya había varios oficiales sentados en sus escritorios, con las cabezas inclinadas hacia las pantallas de los ordenadores o con los teléfonos en las orejas, sus voces compitiendo con el zumbido de la impresora y fotocopiadora sobrecargadas y el ruido de los miembros del equipo llamándose entre sí con peticiones urgentes.

Todo era urgente ahora.

Colocando su bolso debajo de su escritorio, Kay se acercó a la pizarra donde Barnes estaba de pie, con la mandíbula apretada.

—Me encontré con Laura de camino aquí —dijo.

—Kyle hizo un buen trabajo al asegurar el portátil tan rápidamente. ¿Andy estaba abajo?

—En el estacionamiento, esperándola. Con suerte, dada la antigüedad de ese portátil, no le llevará mucho tiempo acceder a él una vez que esté de vuelta en la sede. —Sorbió su café—. Hazme un favor, ¿habla con Gavin esta mañana y asegúrate de que esté bien después de la autopsia? Eché un vistazo al informe de Lucas anoche, y fue una lectura desgarradora.

Él asintió. —Lo leí cuando llegué, y no te preocupes, hablaré con él.

—Gracias. —Se giró cuando la puerta de la sala de incidentes se abrió y Laura reapareció, con las mejillas sonrojadas por haber subido corriendo los dos tramos de escaleras—. ¿Todo bien con Andy?

—Dice que la llamará tan pronto como tenga algo, jefa.

—De acuerdo. Empecemos entonces. —Le dio a su equipo un momento para sentarse en las sillas o apoyarse en los escritorios más cercanos a la pizarra, y luego dirigió su atención a Kyle—. Buen trabajo con el portátil. ¿Cómo vais tú y Nadine con el diario de Katrina?

El alto oficial cedió a su colega, haciéndole un gesto para que se adelantara.

Nadine le dio una sonrisa nerviosa de agradecimiento.

—Hasta ahora no hemos tenido suerte obteniendo nombres de él, jefa, solo un sistema de iniciales que Katrina usaba, pero lo que sí establecimos son sus patrones de trabajo. Nunca tenía citas entre las ocho de la mañana y las seis de la tarde de domingo a jueves, lo que para nosotros sugiere que estaba haciendo el trabajo alrededor de un empleo principal para ganar dinero extra.

—¿Hay algo allí que sugiera cuál podría ser ese trabajo principal?

—No en el diario, jefa. Si estamos en lo cierto y ella estaba trabajando en dos empleos, entonces los mantenía separados. —Nadine se sonrojó—. Incluso probamos ese viejo truco de frotar un lápiz sobre papel de calco para intentar leer cualquier marca en las páginas, pero no había nada.

—Valía la pena intentarlo de todos modos, gracias. —Kay terminó de escribir en la pizarra y luego golpeó el extremo del bolígrafo contra su barbilla—. ¿Cómo os fue con los perfiles de redes sociales?

Nadine hizo un gesto a Kyle, y luego se sentó.

—Encontramos un par de perfiles de Katrina, pero aunque solía publicar regularmente, no ha estado activa en ninguno de ellos durante unas catorce semanas, jefa —comenzó Kyle, entregándole algunas páginas impresas—. Tampoco hemos encontrado ningún familiar cercano. He verificado los obituarios locales contra algunas publicaciones que compartió hace unos años y parece que ambos padres están muertos, y no tenía hermanos. Su situación laboral se actualizó por última vez hace dos años y la he rastreado hasta un centro de cuidados para ancianos en las afueras de la ciudad. No encontré nada en ninguno de sus perfiles que sugiriera que alguien la hubiera amenazado o intimidado.

Kay revisó las impresiones mientras escuchaba. —Y sin embargo, pasó de publicar al menos dos veces por semana sobre cosas divertidas que hacía o veía a retirarse completamente de repente.

—La gente está perdiendo el interés en algunas plataformas de redes sociales por problemas de privacidad —sugirió Barnes.

—Cierto. Buen trabajo encontrando los detalles del empleador, Kyle. ¿Son locales?

—Lo son, y me tomé la libertad de concertar una cita para que te reúnas con ellos mañana por la mañana, jefa. Espero que esté bien.

—Perfecto, gracias. ¿Qué hay de los amigos listados en estos perfiles?

—Todavía estamos rastreando y contactando a tantos como sea posible con miras a concertar citas para entrevistas a partir de esta tarde, jefa. Nos estamos concentrando en las personas con las que parecía interactuar más antes de quedarse en silencio.

—Bien. Trabaja con Debbie para asignar a otros tres oficiales que te ayuden con las entrevistas. Cuanto antes las hagamos, mejor. Pasemos a los extractos bancarios. ¿Gavin?

—Jefa, no creo que todos los trabajos de limpieza en el diario de Katrina se pagaran en su cuenta bancaria —dijo el detective—. Hay dos pagos semi-regulares en su cuenta, uno de Maid By Us, que es la agencia contratada para limpiar la casa de Penelope y Stephen Brassick, y otro pago regular que solo tiene un número de referencia y ningún nombre de empresa. Las cantidades de ese segundo pago siguen siendo las mismas, aunque son más grandes que las de Maid By Us, y se pagan cada dos semanas…

Kay frunció el ceño. —Eso sugiere que proviene de su trabajo principal, entonces.

—Eso es lo que pensamos —dijo Laura—. Pero es como dijo Nadine: Katrina estaba haciendo mucho trabajo extra por su cuenta si ese diario es indicativo de algo, y Gavin y yo pensamos que probablemente serían trabajos pagados en efectivo.

Un gemido colectivo pasó por la sala de incidentes.

—Si le pagaban en efectivo, entonces no hay muchas esperanzas de que averigüemos quién le pagó —dijo Barnes.

—Y eso suponiendo que todos fueran trabajos de limpieza —agregó Nadine, luego se sonrojó.

Kay añadió sus sugerencias a la pizarra. —No descartemos nada por el momento. Con suerte, una vez que Andy logre descifrar ese portátil, podrá encontrar acceso a un diario basado en la nube con más información, o al menos una lista de contactos.

—Jefa, la otra cosa sobre las cuentas bancarias es la falta de gastos salientes —dijo Laura—. Todo son costos de vida diarios, comida, alquiler, facturas de servicios públicos… no hay gastos discrecionales, ni caprichos, nada.

—Eso concuerda con lo que vimos en su piso: la mayoría de los armarios estaban vacíos, y por supuesto faltaba el televisor. —Kay suspiró, recorriendo con la mirada sus notas—. Entonces, tenemos a una mujer que trabaja en más de dos empleos, no gasta dinero excepto en lo esencial… ¿Se ha retirado de su círculo social debido a la vergüenza o al miedo? ¿Por qué el subterfugio con las iniciales en el diario? ¿Y alguien más tenía acceso a su piso?

—Jefa, si esas citas en su diario eran pagadas en efectivo, probablemente no quiera que el fisco se entere de ellas —dijo Barnes—. Especialmente si, como sugirió Nadine, esos podrían no haber sido trabajos de limpieza sino otra cosa.

Kay hizo una pausa, apartando el flequillo de sus ojos con un resoplido. —De acuerdo, es un buen punto. Sigamos con las tareas que tenemos hoy, entrevistemos a sus amigos y luego veamos qué dicen sus empleadores mañana. Podéis retiraos, todos.

CAPÍTULO 8

Kay miraba fijamente el bloque de pisos de cuatro plantas, entrecerrando los ojos mientras el sol de primera hora de la tarde brillaba en las ventanas del último piso.

Cada piso tenía un pequeño balcón con vistas a la calle, y algunos residentes habían colocado coloridas macetas llenas de diversas plantas frondosas. Un residente emprendedor había erigido un enrejado, y ella vislumbró los grandes tomates que colgaban de las enredaderas que cubrían su estructura. Otros residentes simplemente optaban por tender su ropa, sin duda aprovechando al máximo la orientación oeste.

Un zumbido constante de tráfico llegaba desde el sistema de sentido único que rodeaba el suburbio, en contraste con los alegres gritos de los niños que jugaban un partido improvisado de fútbol en el pequeño parque detrás de ella.

Bajó la mirada al notar movimiento a su lado.

—¿Cuál es el suyo? —dijo Barnes, cubriéndose los

ojos—. Por favor, dime que no está en el último piso a menos que haya ascensor.

Kay sonrió. —Piso 3, un piso arriba. Deberías estar bien. Pensé que ibas al gimnasio con Pia ahora.

—Así es. Todavía me duele de la sesión del jueves por la noche, así que cuanto menos tenga que hacer hoy, mejor.

Se dirigió hacia la puerta principal comunitaria del edificio, manteniéndola abierta para ella y luego señalando con la barbilla hacia la parte trasera del edificio. —Dos pisos en cada planta entonces. Deben ser de un tamaño decente.

—Mucha luz también —dijo Kay, mirando hacia el hueco de la escalera que brillaba con focos empotrados en las paredes de yeso—. Aunque creo que preferiría uno de los que dan al río. Hay más que ver.

—Y más que pagar también. Recuerdo cuando se construyeron estos. —Barnes comenzó a subir las escaleras—. Este bloque era el más barato de los tres.

Cuando llegaron al siguiente piso, se hizo a un lado para dejarla pasar. —¿Cómo conocía esta mujer a Katrina?

—Kyle dice que parece que solían trabajar juntas en un pub del centro hasta hace unos años. —Kay se detuvo frente a la sólida puerta de madera del número tres y bajó la voz—. Annabelle Menzies estaba divorciada y criando a su hijo sola en ese momento. Por las fotos que Kyle imprimió de las redes sociales, parecía que ella y Katrina eran bastante cercanas, y luego, cuando Katrina dejó el pub para trabajar en la residencia de ancianos, se encontraban de vez en cuando socialmente. Aunque nada en los últimos tres meses.

Llamó a la puerta, sacó su placa de su bolso y exhaló.

Ser portadora de malas noticias nunca era fácil, y menos aún en circunstancias tan horribles.

Momentos después, una mujer con profundas líneas cruzando su frente y el pelo recogido en un moño descuidado abrió la puerta, entrecerrando los ojos al verlos.

—¿Qué está pasando?

—¿Annabelle Menzies? Soy la inspectora Kay Hunter, y este es mi colega el oficial Ian Barnes. Me preguntaba si podríamos hablar un momento, por favor.

—¿Sobre qué?

Kay bajó su placa. —Probablemente sea mejor si hablamos dentro.

—Eso lo decidiré yo. ¿De qué quieren hablarme?

—Es sobre su amiga, Katrina Hovat. Lo siento, tenemos malas noticias.

Los ojos de Annabelle se agrandaron, su mano aferrándose más fuerte a la puerta. —¿Está bien?

—¿Podemos pasar? Por favor.

La mujer se hizo a un lado antes de caminar por un corto pasillo hacia una sala de estar que, como Kay había predicho, daba al parque y al partido de fútbol de abajo.

Estaba ordenada y funcional, con estanterías prefabricadas de una conocida tienda departamental llenando una pared a ambos lados de un pequeño televisor. Un par de sofás ocupaban el espacio en el centro con una mesa de café de cristal ocupando la mayor parte de una alfombra peluda blanca y gris.

Oyó a Barnes cerrar suavemente la puerta principal

antes de unirse a ella, y luego hizo un gesto hacia uno de los sofás. —¿Está bien si nos sentamos, Annabelle?

La mujer asintió, enroscando sus pies debajo de ella mientras se sentaba en el extremo más alejado de uno de ellos con la espalda hacia la ventana y se mordisqueaba una uña mientras Barnes sacaba su libreta.

—No hay una manera fácil de dar noticias como esta —comenzó Kay—. Lamento tener que decirle que Katrina fue encontrada muerta el viernes por la noche, y que estamos tratando su muerte como sospechosa.

La mandíbula de la mujer cayó, su rostro palideciendo. —¿Muerta? ¿Cómo?

—Me temo que no puedo compartir los detalles con usted en este momento, pero me gustaría pedir su ayuda para encontrar al responsable.

—¿Está diciendo que fue asesinada? —Las lágrimas corrían por las mejillas de Annabelle, y se las limpió con el dorso de la mano—. ¿Por qué?

—Vamos a hacer todo lo posible para averiguar por qué, pero ¿le importaría responder algunas preguntas sobre Katrina? —Kay suavizó su voz—. Realmente nos ayudaría.

En respuesta, Annabelle se desenroscó del sofá y salió corriendo de la sala de estar, sus sollozos audibles a través de las finas paredes.

—Dios, odio esta parte del trabajo —murmuró Barnes.

—Yo también.

Kay oyó el inodoro descargarse, luego el sonido de Annabelle sonándose la nariz antes de que la mujer volviera a la sala de estar y se derrumbara en el sofá, abrazando sus rodillas mientras miraba fijamente la alfombra.

—Lo siento.

—Está bien. Es una reacción perfectamente normal en estas circunstancias. —Kay le dio un momento para que se calmara, y esperó hasta que los ojos de la mujer encontraron los suyos—. Encontramos sus datos en las redes sociales; parecía que usted y Katrina eran bastante cercanas. ¿Es correcto?

Annabelle asintió. —Solíamos trabajar en un pub del centro por las noches un par de veces a la semana, solo para ganar algo de dinero extra después de nuestros divorcios. Al dueño le gustaba que trabajáramos allí porque teníamos más experiencia que algunos de los jóvenes, y aguantábamos menos tonterías de los clientes que el personal más joven. Solíamos reírnos tanto…

Sacudió la cabeza tristemente, luego desenrolló un pañuelo de papel y se secó los ojos.

—¿Mantuvieron el contacto cuando ambas dejaron el pub?

—Sí, de vez en cuando. Ella consiguió un trabajo en un supermercado que ofrecía más horas y un poco más de paga hace dos años, y luego yo conseguí el trabajo que tengo ahora como asistente administrativa para un corredor de seguros, así que no era como si pudiéramos ponernos al día regularmente. —Esbozó una sonrisa llorosa—. Aunque cuando lo hacíamos, siempre retomábamos la conversación donde la habíamos dejado. Podíamos hablar de cualquier cosa entre nosotras.

—¿Alguna vez Katrina dijo, o usted tuvo la impresión,

de que estaba preocupada por algo o alguien? —preguntó Kay.

—No, que yo recuerde. —Annabelle frunció el ceño—. Aunque, pensándolo bien, no la he visto desde hace unos cuatro meses. La semana pasada estaba pensando en enviarle un mensaje, intentar ponernos al día. Ojalá…

Nuevos sollozos sacudieron sus hombros, y Kay hizo una pausa mientras la mujer se recomponía.

—Ojalá supiera si tenía miedo de algo o de alguien. — Kay se mordió el labio—. Lo único que le preocupaba era el dinero. Trabajaba a todas horas, por eso tardamos meses en organizar algo, y cuando lo hicimos no quería ir a un bar elegante ni nada por el estilo.

—¿Era inusual que se preocupara por el dinero?

—Solo desde que perdió su trabajo en el supermercado en enero. Instalaron más cajas de autoservicio y decidieron despedir a quienes trabajaban más de cierta cantidad de horas a la semana para no tener que pagar tantos salarios. Katrina ya hacía algunos trabajos de limpieza aquí y allá para llegar a fin de mes, y luego encontró otro trabajo a tiempo parcial, pero no era suficiente. —Annabelle suspiró —. Justo antes de la última vez que la vi, había conseguido un nuevo trabajo en una de las tiendas del centro, pero no ganaba tanto como antes. Seguía teniendo tres trabajos. Me preocupaba por ella y se lo dije; se veía agotada.

—¿Cuándo fue eso, la última vez que la vio? — preguntó Kay.

—A principios de marzo. Le envié un mensaje a finales de abril para ver si quería quedar a tomar un café, pero solo me dijo que no podía. Me ofrecí a pagar, pensando que quizás seguía con dificultades, pero nunca me respondió. —Los hombros de Annabelle se hundieron—. Me pregunté si la había ofendido sin querer al ofrecerme a pagar, pero no sabía qué más hacer.

—Usted mencionó que Katrina estaba divorciada —dijo Barnes—. ¿Sabe si tuvo algún problema con eso? ¿Seguía en contacto con su ex?

—No, él vive cerca de Sheffield —dijo Annabelle—. Que yo sepa, una vez que el divorcio se finalizó, nunca volvieron a hablar. Aunque ella dijo que fue amistoso; creo que se casaron jóvenes y simplemente se distanciaron. Él trabaja en marketing, creo, o al menos lo hacía cuando Katrina y yo trabajábamos juntas en el pub. Creo que esa fue la última vez que lo mencionó.

—Sabemos que ha estado haciendo trabajos de limpieza a tiempo parcial, pero usted mencionó que tenía un tercer trabajo además del trabajo en la tienda —preguntó Barnes—. ¿Tiene alguna idea de qué trabajo era ese?

—No, lo siento. Solo lo mencionó de pasada. No creo que pagara mucho tampoco, pero supuse que hacer todo ese trabajo le proporcionaba lo suficiente para subsistir. —Annabelle sorbió—. Siempre decía que solo necesitaba una gran oportunidad, algo que le diera un impulso financiero para salir adelante.

—Notamos que ya no tenía televisión cuando visitamos su piso ayer, y no había mucha comida en los armarios. ¿Le había mencionado si estaba vendiendo sus pertenencias?

—¿Qué? No, no supe nada de ella después de enviarle un mensaje en abril. Dios, ahora me siento fatal por no haberla llamado desde entonces. Debería haberlo hecho.

Debería haber insistido en ayudarla de alguna manera. —La mirada de Annabelle recorrió su sala de estar—. Incluso si hubiera querido quedarse aquí por un tiempo, se lo habría permitido. Es decir, no tengo mucho espacio aquí, pero...

—Una última pregunta —dijo Kay—. ¿Sabe si Katrina tiene algún familiar cercano con quien podamos contactar? Intentamos localizar a sus padres, pero...

—Murieron hace unos años —dijo Annabelle—. Fui al funeral con ella. Y no tiene hermanos ni hermanas; no había nadie más en el funeral aparte de un puñado de amigos de sus padres, y ella y su ex no tuvieron hijos.

—Gracias. —Kay se levantó y le entregó una de sus tarjetas a Annabelle—. Todos mis datos de contacto están ahí, así que si recuerda algo que pueda ayudarnos, no dude en llamarme, por favor.

—De acuerdo. —La mano de la mujer temblaba mientras tomaba la tarjeta—. Lo haré.

—Y si tiene algún amigo o familiar a quien pueda llamar, quizás para pasar un rato hoy, hágalo —añadió Barnes—. Recibir noticias como esta nunca es fácil.

Annabelle se secó nuevas lágrimas.

—¿Pueden salir por su cuenta?

CAPÍTULO 9

El estómago de Gavin rugió mientras cerraba el coche de la empresa y miraba hacia la acera opuesta, donde se erguía una hilera de casas adosadas. El ladrillo estaba pintado en una mezcla de colores pastel, salpicado ocasionalmente por un feo revestimiento de guijarros.

Se apartó cuando un veinteañero en patinete pasó zumbando, dejando tras de sí una estela de humo de cigarrillo. Más adelante, en la esquina, un pequeño local de comida para llevar con la fachada deteriorada hacía un negocio próspero con comida frita, y los aromas grasos flotaban en la brisa hacia él.

Laura siguió su mirada y arrugó la nariz.

—No estarás pensando seriamente en comer algo ahí, ¿verdad?

—No —dijo él rápidamente, luego se dio la vuelta e ignoró los retortijones de hambre que le pellizcaban el abdomen—. Pero quizás me detenga de camino a la comisaría y compre un sándwich.

Su colega sonrió antes de señalar con la barbilla una casa pintada de azul claro en medio de la hilera.

—Es esa. Número cuarenta y siete.

Cruzaron la calle, y sus pasos hicieron que un gran gato atigrado naranja y blanco saliera disparado de debajo de un destartalado SUV y se subiera a un muro bajo de ladrillos junto a la propiedad vecina.

Gavin extendió la mano para acariciar su pelaje, pero cambió de opinión cuando el gato lo miró con ojos amarillos entrecerrados. En su lugar, dirigió su atención a la puerta desgastada del número cuarenta y siete y tocó el timbre, cuyo chirrido resonó a través de la fina madera.

—¿Quieres liderar esta? —dijo en voz baja—. Dadas las circunstancias, quizás aprecie hablar con otra mujer.

—Sin problema. —Laura frunció los labios cuando una cadena sonó contra la madera y luego una mujer de unos treinta y tantos años parpadeó ante la brillante luz del sol.

—¿Sí?

Laura mostró su placa e hizo las presentaciones.

—¿Es usted Carissa Margoyles?

—Sí.

—Entendemos que es amiga de Katrina Hovat. ¿Podemos pasar, por favor?

—¿Qué está pasando? —La mujer miró de Laura a Gavin—. ¿Está bien Kat?

—¿Podríamos pasar? —Laura miró por encima de su hombro mientras un anciano pasaba con un terrier con correa, sus ojos abiertos de par en par ante los dos detectives trajeados—. Nos dará algo de privacidad de sus vecinos.

—No estoy segura. Es decir, sé que son policías y todo, pero...

—Lo entiendo. Lo siento, pero tenemos malas noticias y creo que preferiría escucharlas dentro.

Carissa tragó saliva y su mano revoloteó hasta su pecho.

—Oh, Dios mío. Le ha pasado algo, ¿verdad? Por eso no ha respondido a mis llamadas.

Gavin se adelantó cuando la mujer se tambaleó contra el marco de la puerta y le cogió el codo con la mano.

—Vamos a sentarnos, Carissa. Pondré la tetera.

Condujo a la mujer a través del umbral, encontrándose en una sala de estar sombría con un techo bajo.

Un cenicero junto a un sofá arrugado contenía una pequeña pila de papeles de cigarrillos y los restos de un porro recién fumado. El dulce aroma de la marihuana aún flotaba en el aire.

Carissa se sonrojó y evitó su mirada mientras él esperaba a que se sentara, luego agitó la mano hacia el cenicero.

—No suelo fumar, yo...

—¿Asumo que es solo para uso personal?

Ella asintió miserablemente.

—Entonces no se preocupe por eso. Ahora, ¿té? ¿Café?

—Té, por favor. Aunque no tengo leche.

—¿Quiere algo de azúcar entonces?

—Sí. Por favor. —Se inclinó hacia adelante en el sofá—. Le mostraré dónde está todo.

—Está bien. Estoy domesticado. —Le dedicó una pequeña sonrisa, luego miró hacia donde Laura se estaba acomodando en un sillón bajo la ventana y asintió antes de salir de la habitación.

Encontrando una taza desportillada en un armario sobre el microondas y rebuscando en la pequeña cocina hasta que encontró una caja de cartón de bolsitas de té de marca genérica, aguzó el oído para escuchar por encima del ruido de la tetera hirviendo.

La suave voz de Laura se elevaba por encima del agua burbujeante, luego suaves sollozos acompañaron sus palabras, y su estómago dio un vuelco.

Exhalando, vertió el agua sobre la bolsita de té, añadió dos cucharadas de azúcar y lo removió varias veces con una cuchara manchada de tanino.

Cuando volvió a la sala de estar, el rostro de Carissa estaba manchado y se secaba las lágrimas con un pañuelo de papel de un paquete recién abierto en su regazo. Después de dejar la taza de té junto al cenicero, se acercó a un mueble bajo con una pequeña colección de fotografías enmarcadas en la parte superior.

Se le cortó la respiración cuando reconoció a Katrina en tres de ellas, con los brazos alrededor de los hombros de Carissa mientras reían en varias poses, una en un bar de Maldstone que reconocía de las noches que salía con su novia, Leanne. En una, flanqueaban a un gato negro de pelo corto con orejas enormes, el animal golpeando con su pata un pez dorado esponjoso que Katrina colgaba de un trozo de cuerda.

—¿Este es su gato? —preguntó, mirando por encima del hombro.

—Sí. Katrina lo encontró en un refugio de animales hace como un año y me sugirió que lo adoptara. Mi gato anterior había muerto hacía poco. —Carissa sorbió por la nariz—. Tenga cuidado si aparece, sin embargo. No le gustan los extraños. Le arrancará el brazo si tiene la oportunidad.

Gavin sonrió, luego se acercó y se sentó en el otro extremo del sofá.

—Lo tendré en cuenta, gracias.

—Carissa, lamento hacer esto después de darle malas noticias, pero estamos tratando de entender más sobre los movimientos de Katrina estas últimas semanas —dijo Laura—. ¿Le importaría si le hago algunas preguntas?

—Adelante.

—¿Cuánto tiempo hacía que conocía a Katrina?

—Nos conocimos trabajando en el supermercado. Ella es un poco mayor que yo, obviamente, pero nos llevamos bien de inmediato. —Carissa extendió la mano y rebuscó en el costado del cojín del sofá, sacando un paquete arrugado de cigarrillos antes de encender uno con mano temblorosa. Se reclinó y exhaló humo al aire antes de estallar en un ataque de tos.

—¿Hace cuánto tiempo fue eso?

—Hace dieciocho meses. Me despidieron de una panadería en la ciudad, pero tuve suerte: mi jefe de allí conocía a un supervisor en el supermercado y me presentó. —Se encogió de hombros—. Era eso o vivir del paro. No tengo carnet, así que no podía trabajar de repartidora ni nada parecido.

—Nos han informado de que Katrina perdió su trabajo en el supermercado en enero cuando instalaron más cajas de autoservicio. ¿A usted no le afectó eso?

Carissa negó con la cabeza. —Yo no trabajo en las

cajas. Me encargo de preparar todos los pedidos de comestibles que llegan por internet, así que mi trabajo está bastante seguro por ahora.

—¿Con qué frecuencia salían juntas? —dijo Laura—. Viendo esas fotos, parece que se divertían mucho cuando lo hacían.

—Sí, ella es… era genial. No me juzgaba, ni me decía que podría hacer algo mejor con mi vida. También sabía escuchar. Yo no tengo mucho dinero, ni ella tampoco, así que solíamos buscar cosas gratis para hacer: conciertos en el parque en verano, cosas así.

—¿Notó si Katrina parecía nerviosa últimamente o si tenía algo en mente en las últimas semanas?

—Estaba más callada de lo normal. —Carissa golpeó la punta del cigarrillo entre las cenizas y le dio otra calada —. Hace unas semanas le pregunté si estaba bien. También parecía cansada. Le dije que debería dejar uno de los trabajos que estaba haciendo. Fue entonces cuando me dijo que no importaba porque el trabajo a tiempo parcial que había estado haciendo se había acabado.

—¿El trabajo de limpieza? —Laura frunció el ceño—. Pensaba que seguía haciéndolo.

No ese. El trabajo administrativo en línea. Estaba trabajando a través de uno de esos sitios que hacen… ¿cómo se llama? Trabajo de asistente virtual. Eso es. Hacía cosillas para una agencia inmobiliaria en Portsmouth, solo subía nuevos anuncios y cosas así, pero luego encontraron una manera de hacerlo internamente más barato.

—¿Cómo se las arreglaba con tres trabajos? Debía de estar agotada.

—Lo estaba, tiene razón. Es decir, el supermercado no

paga mucho, pero tienes algunos beneficios como descuentos en la compra y esas cosas, y sé que hacía la limpieza como trabajo extra de forma regular. Creo que debía estar haciendo lo de la inmobiliaria hasta tarde por la noche. —Carissa le dio una última calada al cigarrillo y lo apagó mientras volutas de humo escapaban de sus labios—. Aunque había perdido peso. ¿Ve esa fotografía de la izquierda? La tomé en enero en ese parque cerca de la estación de tren. Para el mes pasado debía haber perdido unos tres kilos o más: tenía las mejillas hundidas, y noté que también había dejado de fumar. Pero aun así aceptaba uno de los míos si se lo ofrecía.

—¿Consiguió el trabajo de limpieza a través de una agencia o algo así?

—Nunca lo mencionó. Pensé que quizás había puesto algunas tarjetas en tiendas o algo así. Sé que no le hacía gracia ir a una agencia para el trabajo extra porque se quedan con parte de tus ganancias para cubrir gastos administrativos y esas cosas, ¿no?

Laura hizo una pausa para actualizar sus notas antes de hacer su siguiente pregunta. —¿Mencionó Katrina si tenía problemas económicos?

—No. Le pregunté si todo iba bien, y ella insistía en que sí. Aunque yo podía ver que no era así.

—¿Era eso inusual en ella? Parecen cercanas en las fotos.

—Sí, era raro. —Carissa arrugó el pañuelo y sacó otro cigarrillo del paquete—. Por eso, cuando no apareció en el pub el viernes por la noche, empecé a preocuparme.

—¿Pub?

—Logré convencerla de que me dejara invitarla a

cenar. Me costó convencerla. —Carissa suspiró—. Katrina era brillante ayudando a los demás, pero un desastre dejando que yo la ayudara a ella. Mi padre me dio algo de dinero la semana pasada por mi cumpleaños y pensé que sería agradable salir una noche. Comida de verdad, ¿sabe? No comida para llevar o lo que sea que prepare aquí. Pero no quería ir sola, me separé de mi novio hace cuatro meses, así que pensé que sería bueno invitar a Katrina. Luego no apareció. Intenté llamarla...

Laura se inclinó hacia delante. —¿Cuál es su número, Carissa?

Gavin lo anotó, subrayando la información, su mente ya pensando en el trabajo que tendrían que hacer de vuelta en la sala de incidencias.

—¿Parecía Katrina asustada o preocupada por alguien la última vez que habló con ella? —dijo él.

—No mencionó nada. Sé que no estaba saliendo con nadie en este momento. Probó una de esas aplicaciones de citas, pero no funcionó con el último tío: vivía en Newcastle, y ella no quería una relación a larga distancia. —Carissa se encogió de hombros—. Decía que no podía permitirse salir en citas de todos modos. Decía que tenía que ahorrar su dinero.

—¿Estaba ahorrando para algo en particular? —preguntó Laura.

Carissa hizo girar la rueda de su mechero, enviando una llama hacia arriba que iluminó sus pálidas facciones. —Si lo estaba haciendo, no me lo dijo.

Cinco minutos después, Gavin estaba de pie en la acera junto al coche inhalando bocanadas de aire más fresco mientras Laura le entregaba una tarjeta de visita a Carissa y luego cruzaba la calle corriendo para unirse a él.

—¿Qué piensas, Gav? —Desbloqueó el coche y apoyó la mano en el techo mientras una moto pasaba ronroneando, luego abrió la puerta—. Katrina parecía el alma de la fiesta en esas fotos, pero suena como si se hubiera vuelto una ermitaña en los últimos meses.

Él se sentó a su lado y se abrochó el cinturón. —Tres trabajos, pero vivía en un piso vacío y no salía. Estaba perdiendo peso por no comer, y dejó de socializar. Tenía que estar asustada de alguien, ¿verdad?

CAPÍTULO 10

A la mañana siguiente, Barnes estacionó el coche en un concurrido aparcamiento comercial en las afueras del centro de la ciudad mientras Kay se desplazaba de un lado a otro por una miríada de correos electrónicos en su móvil.

Ella gruñó cuando él frenó para dejar pasar a una joven madre por un paso de peatones, levantando la vista y preguntándose cómo responder al último mensaje de la sede de Northfleet. —Han rechazado mi solicitud de más personal para este caso. Al parecer, ha habido dos apuñalamientos en Gravesend durante el fin de semana, potencialmente relacionados con un enfrentamiento entre tres bandas rivales de drogas, así que eso tiene prioridad.

—¿Sobre una mujer torturada hasta la muerte? — Barnes sacudió la cabeza, acelerando lentamente. Maldijo por lo bajo mientras iba y venía tratando de encontrar un espacio que no estuviera asignado a conductores discapacitados o padres con niños, finalmente emitiendo un grito ahogado de alegría cuando un reluciente coche deportivo salió marcha atrás de uno a toda velocidad, rozando apenas su parachoques delantero.

—Te lo perdono, amigo —murmuró—. Porque no voy a dar otra vuelta.

Kay se rio. —A veces me alegro de trabajar por turnos y perderme parte de este caos.

Miró hacia los enormes almacenes que bordeaban un lado del aparcamiento, donde un brillante cartel sobre cada juego de puertas dobles mostraba una mezcla de nombres conocidos que vendían electrónica, artículos para mascotas y muebles.

Al final había una tienda independiente, con sus grandes ventanas empapeladas con carteles de rebajas. Un arreglo de estanterías metálicas baratas había sido arrastrado afuera y ahora enmarcaba las puertas dobles abiertas, exhibiendo un desorden de plantas falsas en macetas, cajas de mimbre para almacenamiento y cubos de pedal metálicos de varios tamaños y colores.

Una música alegre y animada la acompañó mientras seguía a Barnes al interior de la tienda, su mirada escaneando los pasillos por los que pasaba. A su alrededor, los clientes curioseaban, tocaban, olían y tanteaban las diferentes exhibiciones que iban desde velas aromáticas hasta mullidos fardos de toallas y lindos adornos que seguramente acumularían polvo una vez llevados a casa.

—¿Puedo ayudarles? —llamó una mujer rubia platino de unos sesenta años que merodeaba por la zona de las cajas—. No hemos reportado ningún ladrón de tiendas, ¿verdad?

Kay reprimió una risotada.

—Ahí van nuestros esfuerzos de incógnito —dijo

Barnes en voz baja, luego abrió su placa—. Oficial Ian Barnes e inspectora Kay Hunter. Estamos aquí para ver a Hayley Prendle.

—Está en la parte de atrás. —La mujer señaló más allá de los pasillos—. Vayan por ahí y busquen la puerta azul. Tendrán que llamar, ella la cierra con llave cuando está trabajando ahí dentro.

Asintiendo en agradecimiento, Kay caminó rápidamente por el pasillo y encontró la puerta al lado de otra con un letrero que decía "Solo personal – almacén" colgando de su manija.

Se abrió después de que ella llamara y una mujer menuda con pelo corto castaño rojizo se asomó. —¿Son ustedes los detectives?

—Lo somos —dijo Kay, mostrando su placa—. ¿Hayley Prendle?

—Sí. Los vi en las cámaras de seguridad. —La mujer se apartó, abriendo la puerta de par en par y señalando un par de monitores de ordenador en un escritorio desordenado. Sacó un par de sillas plegables de jardín de metal de al lado de un archivador de cuatro cajones y las colocó junto al escritorio con una sonrisa de disculpa—. Es lo mejor que puedo ofrecerles, desafortunadamente.

La puerta se cerró detrás de Barnes con un clic audible, y Hayley puso los ojos en blanco.

—Se cierra automáticamente, y no he descubierto cómo evitarlo. He estado intentando persuadir a la oficina central para que paguen para que venga un cerrajero a revisarla y la cerradura defectuosa de la puerta del almacén, pero el equipo de gestión sigue evitando mis correos electrónicos.

—Conozco esa sensación. —Kay le dirigió una sonrisa comprensiva mientras trataba de ponerse cómoda en el duro asiento—. Gracias por recibirnos esta mañana. Aprecio que mi llamada telefónica anoche debió haber sido un shock.

—Lo fue. —Hayley se hundió en su propia silla, que parecía estar siendo mantenida unida con cinta aislante negra y no mucho más. Crujió ominosamente cuando se inclinó hacia adelante para usar su teclado—. Me tomé la libertad de buscar la solicitud de empleo de Katrina para ustedes cuando llegué. No sé si ayudará, pero pensé… oh, no sé. Solo quería hacer *algo*.

—Se lo agradecemos, gracias. —Kay entrecerró los ojos mirando la pantalla—. ¿Entiendo que estaba trabajando en un supermercado antes de venir aquí?

—Sí, durante unos dos años. No se preocupe, puedo imprimir esto para usted. Espere. —Hayley presionó una serie de botones y luego volvió a la pantalla original mientras una delgada impresora encima del archivador cobraba vida—. Antes de eso, estaba en un centro de jardinería, así que trabajar aquí le resultó natural, creo. Ciertamente se adaptó rápidamente.

—¿Sabía usted que estaba haciendo trabajo de limpieza a tiempo parcial? —preguntó Kay mientras la mujer grapaba las páginas impresas y se las entregaba—. Gracias.

—No, no lo sabía. —Se sentó y frunció el ceño—. Me preguntaba por qué parecía cansada todo el tiempo.

—¿Cuántas horas trabajaba aquí?

—Veinte horas a la semana repartidas entre lunes y

viernes, luego cada tercer sábado y domingo. Igual que el resto de mi personal.

—¿No a tiempo completo?

Hayley negó con la cabeza. —No encontrará muchos contratos a tiempo completo en el comercio minorista, inspectora Hunter. No a menos que alguien sea gerente, como yo. De esa manera solo tenemos que pagar la tarifa horaria básica. Nos ayuda a mantener bajos los gastos generales, ¿sabe?

—Mencionó que Katrina parecía cansada todo el tiempo, ¿era algo reciente, o…?

—Solo en las últimas cuatro semanas más o menos. —Hayley hizo una pausa para bloquear la pantalla de su ordenador, luego giró su silla para mirarlos—. Le pregunté si todo estaba bien; a pesar de lo que parezca, me aseguro de que mi personal pueda venir aquí y hablar conmigo cuando quiera, incluso si no puedo literalmente mantener la maldita puerta abierta. Ella dijo que estaba bien, pero hubo un par de veces en la última semana que parecía distraída. Conocieron a Beverley allá fuera; ella es una de las supervisoras. Me dijo el jueves pasado que Katrina había sido brusca con un cliente esa mañana, y luego tuvieron que decirle que pusiera su teléfono móvil en su casillero porque no paraba de revisar sus mensajes en lugar de abastecer los estantes.

—¿Era eso inusual en ella?

—Mucho. —Hayley bajó las manos a su regazo, girando una alianza de matrimonio, su voz descendiendo a un murmullo—. Y entonces usted llamó y dijo que la habían asesinado el viernes por la noche.

Barnes levantó la vista de sus notas.

—¿Alguna vez vio o escuchó a alguien actuar de manera amenazante hacia ella en el trabajo?

—No, pero yo estoy aquí dentro la mayor parte del tiempo. —Agitó la mano señalando el papeleo y los archivos que abarrotaban el pequeño escritorio de madera —. Pueden entrevistar al personal si quieren. Beverley vigila las cosas ahí fuera por mí, al igual que los otros dos supervisores que trabajan aquí. Tal vez hayan notado algo.

—¿Katrina alguna vez informó de clientes que actuaran de manera amenazante hacia ella?

—No. Y puedo asegurarle que, si lo hubiera hecho, lo habríamos tomado muy en serio. El sistema de videovigilancia no está ahí solo para disuadir a los ladrones de tiendas, también está para la seguridad de nuestro personal.

Kay miró hacia abajo con el ceño fruncido cuando su móvil vibró en su bolso, luego examinó las páginas que Hayley había impreso mientras se ponía de pie.

—Gracias por su tiempo esta mañana y por esto. Si queremos echar un vistazo a las grabaciones de sus cámaras de seguridad…

—Puedo copiar todo en una unidad externa para ustedes —dijo Hayley—. Solo se guarda durante ocho semanas, ya que es todo lo que requieren nuestros aseguradores, pero si creen que ayudará.

—Podría ser útil. —Kay le entregó su tarjeta—. Y haré que los oficiales uniformados se encarguen de entrevistar a sus supervisores lo antes posible. ¿Podría enviarme sus datos de contacto por correo electrónico, por favor?

—Lo haré ahora mismo.

—Gracias. Nos mantendremos en contacto.

Apresurándose a salir de la tienda, Kay siguió a Barnes de vuelta al coche mientras sacaba su móvil y veía el número de la llamada perdida.

—Espera un momento, Ian. Andy Grey, de Northfleet, me estaba buscando. —Se abrochó el cinturón de seguridad mientras Barnes arrancaba el motor y tamborileaba con los dedos en el volante—. ¿Andy? Soy Kay Hunter.

—¿Cuán pronto podéis llegar a Northfleet? —dijo a modo de saludo.

—Quizás en cuarenta minutos. ¿Por qué? ¿Ya habéis logrado acceder al portátil de Katrina?

—No, pero hay algo que necesito mostraros, y solo podemos acceder a ello desde aquí. —Andy hizo una pausa, y ella escuchó una respiración temblorosa—. Te advierto ahora: no va a ser fácil de ver.

CAPÍTULO 11

—¿Dijo qué había encontrado?

Barnes pasó su tarjeta de seguridad por el panel de acceso junto a un juego de puertas dobles de cristal ahumado y siguió a Kay a través de un suelo de baldosas hacia un conjunto de ascensores.

Una fresca brisa del aire acondicionado se deslizó por sus hombros mientras esperaban, enviando un escalofrío sorpresivo por su columna, un frío que la invadió al recordar las palabras de Andy.

—No, pero no suena bien. Especialmente si es algo a lo que solo pueden acceder desde aquí.

—¿Te refieres a cosas de la *dark web*? —Sus ojos se agrandaron—. ¿Cómo lo…?

—No lo sé. —Kay se movió cuando las puertas del ascensor se abrieron para revelar a un par de oficiales de alto rango, dándoles un breve asentimiento mientras pasaban sin interrumpir su conversación, luego presionó el botón del piso de la unidad forense digital—. Pero antes de colgar me dijo que aún no ha logrado encontrar nada en su portátil. Ella borró el disco duro antes de llevarlo a la casa de empeños, así que está teniendo que hacer una inmersión profunda en el sistema para ver si hay algo oculto en otra parte que pueda ayudarnos.

Barnes infló sus mejillas mientras el ascensor subía por el edificio. —Sea lo que sea que haya encontrado, me alegro de que seamos nosotros y no Gavin o Laura quienes estén aquí. No después de haber tenido que presenciar la autopsia.

Salieron a un pasillo revestido con una alfombra de aspecto industrial que amortiguaba sus pasos pero hacía poco por la estética general del lugar. Las puertas estaban espaciadas uniformemente en el lado derecho, el que ofrecería a los ocupantes de las oficinas una vista de la concurrida carretera de doble sentido si tuvieran tiempo para contemplarla, mientras que la pared izquierda estaba salpicada de varias fotografías de paisajes que parecían haber sido compradas al por mayor en una tienda de papelería en línea.

Kay lideró el camino hacia una puerta cerca del final con un panel de vidrio esmerilado incrustado en su pesada superficie de madera sobre un panel de llave de seguridad.

Golpeó con los nudillos el cristal y esperó, su mirada encontrando la pequeña cámara sobre el marco de la puerta, donde parpadeaba una solitaria luz LED roja.

Después de unos momentos, la puerta fue abierta bruscamente y un hombre de su altura con el pelo corto y gafas de montura metálica les hizo señas para que entraran.

—Gracias por venir —dijo—. Este no es el tipo de cosa que quisiera cargar en HOLMES2, incluso si pudiera. Cuantos menos ojos vean esto, mejor.

Andy Grey caminó rápidamente hacia una gran pantalla con una enorme torre de computadora a su lado y señaló la habitación por lo demás escasa. —Traed una silla. Cualquiera servirá; todos los demás están en un curso de capacitación de salud y seguridad esta mañana.

—¿Tenéis muchos objetos punzantes aquí? —bromeó Barnes, acercando una silla con una rueda tambaleante.

—Otra marca en la casilla para el departamento de Recursos Humanos. —Andy logró esbozar una sonrisa antes de que sus ojos se nublaran una vez más. Se quitó las gafas y frunció el ceño, volviéndose hacia la pantalla—. He preparado esto, y lo comenzaré en un momento, pero decidme tan pronto como hayáis visto suficiente, ¿de acuerdo?

—¿Lo has visto todo? —dijo Kay, con la boca seca.

—Tuve que hacerlo. Lo mismo con todo lo que vemos aquí. Es la única manera de obtener un informe completo para sus investigaciones. —El analista forense digital hizo una mueca—. Tenía la sensación de que este iba a ser malo, después de escuchar cómo la encontraron.

Kay se obligó a mirar la pantalla cuando él inició el video, sus dedos hundiéndose en la suave tela de los brazos de la silla mientras un ángulo de cámara inestable mostraba primero la familiar alfombra de felpa color rosa del dormitorio principal de los Brassick, luego se enderezó para mostrar a Katrina luchando bajo el agarre de una figura enmascarada vestida de negro que la arrastraba hacia la cama doble.

El atacante de la mujer llevaba un pasamontañas negro que ocultaba sus rasgos, y un simple conjunto deportivo negro de sudadera y pantalones. No se veían logotipos en ninguna de sus prendas.

Katrina estaba suplicando por su vida, su respiración entrecortada mientras rogaba, primero en inglés y luego en lo que Kay asumió era checo. Sus ojos se abrieron de par en par cuando su atacante blandió un cuchillo frente a sus ojos, y luego quien fuera que sostenía el teléfono y filmaba el ataque se acercó más a la cama.

Ni la persona que filmaba ni el atacante dijeron nada o parecieron reconocer las palabras de Katrina, la voz de la mujer poco más que un jadeo mientras luchaba.

Entonces su atacante pasó su cuchillo por el abdomen de ella, un corte profundo que hizo que Kay jadeara.

El grito de Katrina llenó el espacio insonorizado de la oficina, estridente contra las paredes de yeso, en desacuerdo con las alegres fotografías de la familia de Andy que rodeaban su escritorio.

La bilis subió por la garganta de Kay mientras veía las lágrimas correr por las mejillas de Katrina, la mujer retorciéndose de agonía mientras su atacante se echaba hacia atrás, se ponía a horcajadas sobre ella y luego clavaba el cuchillo en su muslo.

—Detente. —Kay levantó la mano, apartándose de la pantalla.

—Jesús. —Barnes giró su silla después de uno o dos segundos más, luego caminó hacia la ventana y pasó su mano por su boca.

Kay parpadeó, tratando de perder parte de las imágenes que se repetían en su cabeza. —No sé cómo tú y tu equipo hacéis esto todos los días, Andy.

—Alguien más renunció la semana pasada —dijo el

analista—. Y tengo dos empleados a tiempo parcial de baja por estrés.

—No me sorprende. —Después de unos segundos más, Barnes regresó para unirse a ellos y exhaló, sacando sus gafas de lectura del bolsillo de su chaqueta y mirando el texto debajo del video congelado—. Mierda. Esto se publicó hace solo seis horas, y ya ha tenido más de trescientas visualizaciones.

—Ah, iba a mencionar eso. —Los dedos de Andy se deslizaron por su teclado, y Kay vio cómo aparecía una nueva cadena de datos en la parte izquierda de la pantalla —. ¿Veis aquí? Esta es la duración del video completo. Poco más de diez minutos…

—¿Diez minutos? —Kay tragó saliva, viendo que solo habían visto el primer minuto y quince segundos—. Pareció más largo viendo esa parte.

—Lo sé. Pero mirad. —Andy extendió la mano y tocó la pantalla—. El tiempo promedio de visualización es menos de cuarenta y cinco segundos.

—Así que la gente vio más que suficiente y siguió adelante —dijo Barnes.

—No es eso lo que quiero decir. —Andy cerró el video y se volvió hacia ellos, con un tono paciente—. El punto es que esto se subió a la *dark web*, el tipo de lugar donde la gente va a ver este tipo de cosas. Están buscando cosas como esta, así que esperaría que vieran el video completo, no que lo abandonaran después de unos segundos. Esperaría que la duración promedio fuera mayor, y que el número de visualizaciones fuera mayor para un video snuff. Mucho mayor. Pero hay código aquí que sugiere que fue compartido. Se generó un enlace poco después de que se subiera el video, probablemente con el propósito de compartirlo por otros medios como el correo electrónico.

Kay frunció el ceño. —¿A qué te refieres?

—No creo que esto se compartiera en línea para que algunos individuos retorcidos pudieran divertirse. Creo que esto se publicó y luego se compartió en otro lugar como una advertencia.

CAPÍTULO 12

Un público de rostros sombríos le devolvió la mirada a Kay cuando se paró frente a la pizarra, lista para comenzar la reunión informativa de media mañana.

Los recientes aguaceros se habían convertido en un sol brillante que se filtraba a través de las persianas de la ventana y relucía sobre los escritorios, un efecto que contrastaba con las fotografías de la escena del crimen que estaban clavadas en la pizarra.

Kay dio un breve sorbo de agua de su botella, cerró la tapa y se aclaró la garganta.

—Bien, empecemos con la actualización de la investigación forense digital antes de continuar —dijo—. Andy Grey descubrió que un video de la tortura y muerte de Katrina fue subido a la *dark web* hoy temprano. Ese archivo de video ahora está vinculado dentro de nuestro sistema, pero para cualquiera nuevo en el equipo: está prohibido para vosotros y para cualquier otra persona no autorizada por mí o el oficial Barnes verlo. Todo lo que diré es que es desagradable y que el ataque a Katrina fue prolongado.

Un silencio impactado recibió sus palabras.

—Continuando, de las entrevistas con los amigos de Katrina obtuvimos un número de móvil en el que Andy está trabajando ahora para tratar de determinar cuáles fueron los movimientos de Katrina antes de su muerte. Ninguno de sus amigos la vio el viernes, y no hay nada en sus redes sociales que sugiera dónde estuvo antes de aparecer en la casa de los Brassick para limpiarla antes de que llegaran sus invitados esa noche. Tan pronto como tengamos noticias de él, proporcionaré otra actualización. Mientras tanto, su jefa en la tienda donde trabajaba a tiempo parcial confirmó que durante las últimas cuatro semanas Katrina parecía exhausta, y uno de sus supervisores la reprendió por usar su teléfono móvil cuando debería haber estado trabajando. Los agentes uniformados están entrevistando actualmente a los otros miembros del personal, pero por el momento parece que nadie sabía sobre el trabajo de limpieza que estaba haciendo por su cuenta y no hay informes de clientes que hayan amenazado a Katrina. —Dejó a un lado sus notas y levantó la barbilla hasta que pudo ver a Aaron Stewart— ¿Qué hay de las cámaras de seguridad de la casa?

—Los Brassick tienen cuatro cámaras instaladas, una en cada lado de la casa —dijo, alzando la voz para hacerse oír—. Y todas ellas tuvieron sus lentes y sensores de movimiento pintados con aerosol antes de que Katrina fuera asesinada.

La brusca inhalación de Kay fue repetida por los oficiales a su alrededor. —Mierda. ¿Stephen Brassick no se dio cuenta? Pensé que tenía acceso a la transmisión de las cámaras en su portátil.

—Lo tiene, y cuando se lo dije estaba comprensiblemente conmocionado. Dijo que el sistema debería haberle enviado una alerta inmediatamente al detectar cualquier actividad por los sensores de movimiento, y dado lo sensibles que son, quien hizo esto…

—Sabía sobre ellos. —Kay suspiró, apartándose el flequillo de los ojos—. Cristo. ¿Alguna posibilidad de que pudieras ver movimiento en las grabaciones antes de que las cámaras fueran desactivadas?

—No, jefa, bloquearon completamente las cámaras. —Aaron curvó el labio—. Probablemente revisaron el diseño de la casa usando imágenes satelitales en línea antes de presentarse.

—La casa está en medio de la nada. ¿Cómo lograron ver dónde estaban ubicadas las cámaras? No aparecerían en línea, ¿verdad?

Nadine levantó la mano. —Jefa, si no sabían exactamente dónde estaban esas cámaras, todo lo que tendrían que hacer es moverse lo suficientemente lento para que los sensores no se activaran.

—Joder. —Kay alzó una ceja.

—Mi hermano está en los Royal Marines —explicó la agente en prácticas, con el color subiendo a sus mejillas—. Me cuenta cosas así sobre su entrenamiento. Es solo una sugerencia.

—Y es una buena. —Kay se volvió hacia la pizarra y actualizó las notas—. Eso podría sugerir que nuestro asesino, o asesinos, han tenido algún tipo de entrenamiento militar u otro entrenamiento especializado.

—O lo han hecho antes y saben qué buscar —añadió Barnes—. Y son pacientes.

—Sin mencionar que tienen unos cojones enormes para pasar tanto tiempo acercándose a la casa sin saber si los dueños o alguien más podría aparecer en cualquier momento. —Kay frunció el ceño mientras se giraba hacia Gavin—. No recuerdo nada en el informe de la autopsia que sugiriera esto, pero ¿Lucas mencionó si las heridas de Katrina sugerían un ángulo militar? Estoy pensando en fuerzas especiales, ese tipo de cosas.

—No, jefa, pero lo llamaré después de esto para consultárselo.

—Aaron, ¿puedes trabajar con Debbie para revisar las grabaciones de las cámaras de las últimas cuatro semanas? Ese es el período de tiempo en el que la jefa de Katrina nos dijo que la había visto cansada y estresada por algo, así que tal vez el lugar de los Brassick fue examinado antes del jueves por la noche.

—Lo haré, jefa.

—¿Qué hay de su ex marido? ¿Tiene una coartada?

Kyle Walker levantó la vista de sus notas. —Estuvo en Copenhague en un viaje de trabajo toda la semana pasada y no regresó hasta el sábado por la noche. He hablado con su jefe, quien corroboró la hora de salida del hotel y la llegada del vuelo.

—De acuerdo, gracias. Continuando, ¿cómo entraron los asesinos de Katrina a la casa? Si ella tenía miedo de alguien, ¿por qué los dejaría entrar? ¿Hay alguna evidencia que sugiera que entraron forzadamente mientras ella estaba dentro de la casa?

—He estado revisando los informes del equipo de Harriet y no hay nada en ellos que apunte a un allanamiento —dijo Laura.

—Así que potencialmente, ella conocía a sus atacantes. —Kay arrojó su bolígrafo sobre una mesa cercana—. Necesitamos más información sobre los antecedentes de Katrina, incluyendo todo lo que podamos desenterrar sobre su crianza, a qué se dedicaban sus padres y por qué se mudaron al Reino Unido en primer lugar.

—¿Crees que esto podría ser una venganza por algo que hizo su familia? —dijo Barnes—. ¿O alguien que ella conoce?

—No tengo idea en este momento, pero la sugerencia de Nadine de que los asesinos de Katrina podrían haber tenido entrenamiento militar abre un ángulo completamente nuevo, ¿no? —Kay recorrió con la mirada a su equipo—. Y si no es alguien ex militar de aquí, entonces tendremos que investigar si está involucrada una entidad extranjera.

CAPÍTULO 13

Kay clavó su tenedor en un desprevenido langostino frito y revisó su teléfono móvil con la otra mano.

Mientras se desplazaba por una avalancha de nuevos mensajes, contuvo un suspiro al ver el último comunicado de la Jefatura y luego levantó la mirada ante una educada tos.

—Supongo que sugeriste cenar para que pudiéramos hablar de algo que no fuera la vida en la cima —el comisario Devon Sharp dio un sorbo a su botella de cerveza y le dirigió una sonrisa—. ¿O era una treta para que yo pagara toda esta comida?

—Lo siento, jefe. —Kay bajó su móvil y removió el curry tailandés restante en su plato por unos momentos—. Este caso…

—Hmm. Lucas dijo que era un caso desagradable.

—¿Has hablado con él, jefe?

—De pasada, hoy temprano. Estuvo brevemente en Northfleet para una reunión con uno de los equipos de la División Este. Y mientras estemos fuera, nombres de pila,

¿recuerdas? —su tono se suavizó—. Después de todo, hemos pasado por mucho juntos a lo largo de los años.

—Así es. Por cierto, ¿cómo está Rebecca?

—En su sesión semanal de squash. Han organizado un programa de entrenamiento de seis semanas para las damas, lo que significa que me dará una paliza la próxima vez que juguemos juntos.

—Ella dice que te gana la mayoría de las veces de todos modos.

Sharp se rio entre dientes. —Tendré unas palabras con ella sobre eso.

Kay hizo una pausa para dar un sorbo de vino, luego bajó su tenedor y apartó su plato. —Ya está, estoy llena.

—Entonces habla. Yo terminaré el arroz.

Después de mirar por encima de su hombro para asegurarse de que ninguna de las mesas detrás de ella se hubiera llenado de clientes, mantuvo la voz baja mientras lo ponía al día sobre el progreso de la investigación. —Una de nuestras nuevas agentes en prácticas tiene un hermano en los Marines, y se le ocurrió la sugerencia de que quien hizo esto podría tener entrenamiento militar.

—¿Sobre qué base?

—Que desactivaron las cámaras de tal manera que nunca fueron vistos acercándose. La agente Fenning cree que la única forma en que podrían haber eludido los sensores de movimiento es moviéndose muy lentamente —Kay giró el tallo de su copa de vino entre sus dedos—. Teniendo en cuenta que Stephen Brassick nos dijo que esas cámaras pueden activarse incluso con un zorro merodeando en el jardín, eso es muy lento.

Sharp se limpió la boca con la servilleta y luego se

reclinó en su silla, con una mirada pensativa. —Es un punto válido.

Ella observó cómo la mandíbula del ex policía militar se tensaba, su mirada desviándose hacia los platos vacíos por un momento antes de hablar de nuevo.

—¿Has tenido la oportunidad de revisar al personal local ex militar con antecedentes penales?

—Hemos estado trabajando en ello toda la tarde, pero no ha surgido nada recientemente. —Kay exhaló—. La otra cosa que me pregunto es, dado que la víctima tiene ascendencia checa, si hay un ángulo de seguridad allí.

Los ojos de Sharp se abrieron. —¿Un ataque de una potencia extranjera? Eso es un gran salto.

—Lo es, pero es algo que vamos a tener que investigar, aunque sea solo para descartarlo. —Aclaró su garganta—. Por eso quería hablar contigo. Me preguntaba si tienes algunos contactos con los que puedas hacer algunas consultas discretas. Lo último que quiero es que los medios se enteren de esto.

—Dios, no. No podemos permitir eso.

—¿Conoces a alguien que pueda ayudar?

—No se me ocurre nadie de inmediato, pero lo pensaré. Si encuentro a alguien, te lo haré saber una vez que hayamos confirmado que hay un vínculo o que no hay nada que sugiera participación extranjera. —Hizo una mueca—. Y no será por los medios habituales, así que mejor mantengamos esto entre nosotros.

El corazón de Kay se aceleró. —Te refieres a los servicios de seguridad.

—Eso es lo que necesitas, ¿no?

—Cierto.

—Puede que me lleve un tiempo, así que sigue con tus otras líneas de investigación hasta que podamos descartarlo. Creo que también deberías echar un vistazo más de cerca a los Brassicks.

—¿Oh? ¿Por qué? Están en Nueva York en este momento, y lo han estado durante meses.

—Sí, pero mencionaste que Stephen Brassick podía monitorear las cámaras y restablecer las cerraduras de la casa de forma remota utilizando su sistema de seguridad en línea. —Sharp se inclinó hacia adelante y apoyó los codos en la mesa mientras se entusiasmaba con el tema—. Y si él puede hacer eso, entonces también podría haber dejado entrar a alguien en la casa sin el conocimiento de Katrina, ¿no?

Kay tragó saliva, con la boca repentinamente seca. —Dios, tienes razón. Ella podría haber estado ocupada limpiando arriba y nunca los escuchó entrar.

—O ya estaban en la casa cuando ella llegó. Esperándola.

Su mirada se desvió hacia la derecha momentos antes de que Kay oyera movimiento, y ella miró por encima de su hombro para ver al camarero acercándose.

—¿Todo bien por aquí? —preguntó, ya extendiendo la mano hacia los platos vacíos—. ¿Desean algo más?

—Estamos bien, gracias. Solo la cuenta, por favor —dijo Kay. Esperó hasta que se retiró a la cocina y luego se volvió hacia Sharp—. Haré que Laura investigue más a fondo los antecedentes y el historial laboral de los Brassicks a primera hora de mañana.

—Yo lo haría —dijo él—. Y pídele que vea si hay una conexión militar allí también. Dado la cantidad de viajes que Stephen Brassick hace por trabajo, ¿quién sabe con quién se habrá cruzado?

Kay sacó su cartera, su mano flotando sobre su tarjeta de crédito y levantó la mirada. —¿Crees que Katrina fue asesinada para enviar un mensaje a los Brassicks, en lugar de que este ataque estuviera directamente relacionado con ella?

Su antiguo mentor arqueó las cejas. —Eso, detective Hunter, es algo que tendrás que averiguar.

CAPÍTULO 14

Cuando Kay entró con su coche en el camino de entrada media hora más tarde, ya había un todoterreno embarrado aparcado frente al garaje.

Al bajarse, sonrió mientras el mirlo local piaba desde los arbustos del pequeño jardín delantero. Un suave resplandor rosado aún se aferraba al oscurecido horizonte más allá de las casas al otro lado del callejón.

Alguien en algún lugar estaba haciendo una barbacoa, y el olor a carbón flotaba en la brisa mientras ella introducía la llave en la puerta principal.

Un escalofrío involuntario le recorrió los hombros al recordar un caso de hacía unos años, y luego cerró la puerta de golpe, apartando el pensamiento.

El calor la envolvió mientras se quitaba los zapatos con los pies y se despojaba de la chaqueta del traje. El aroma de algo delicioso proveniente de la cocina se vio contrarrestado por un olor acre a...

—Mierda, ya estás en casa.

Su pareja, Adam Turner, se asomó por la puerta de la

cocina con una expresión de culpabilidad en su rostro bronceado.

Kay entrecerró los ojos.

—¿Qué está pasando?

—Esperaba tener esto limpio antes de que volvieras. —Se hizo a un lado para dejarla pasar y luego señaló una caja en la esquina—. Los niños tuvieron un accidente.

Su mirada viajó desde el desastre en las baldosas de la cocina hasta cuatro criaturas espinosas que se revolcaban unas sobre otras en la caja, que había sido forrada con paja fresca.

—Pensé en dejarlos corretear por aquí mientras limpiaba su cama —dijo Adam, arrancando más hojas de un rollo de papel de cocina casi agotado y limpiando la suciedad—. Olvidé cuánto ensucian a esta edad.

—Son adorables. —Kay se agachó junto a la caja, resistiendo el impulso de extender la mano y tocar a los bebés erizos—. ¿Dónde los encontraste?

—Uno de los vecinos los trajo esta tarde; había un nido detrás de su cobertizo y les había estado dejando comida desde abril. Hay un erizo muerto un poco más arriba en el callejón, así que los vigiló durante la noche para ver si algún padre regresaba, pero parece que este grupo está huérfano. —Adam se enderezó, haciendo una mueca—. Voy a tirar esto a la basura, vuelvo en un minuto.

Kay señaló una copa de vino vacía en la encimera central.

—¿Te apetece otra, o tienes que salir temprano por la mañana?

—Me tomaré otra copa, gracias. Hay un chardonnay abierto en la nevera.

Sirvió dos copas y luego se dirigió a la sala de estar, donde sonaba de fondo un álbum favorito de Adam, de una banda que habían visto en directo varias veces.

Mirando los papeles esparcidos por la mesa de café, colocó la bebida de Adam lo más lejos posible de los documentos, y luego se hundió en el sofá con un suspiro y se frotó los ojos cansados.

—Supongo que tu semana libre programada no va a suceder, ¿verdad? —Adam entró, se acomodó en el sofá y chocó su copa con la de ella.

—No, ahora no. —Kay se encogió de hombros—. No puedo. No con este caso.

—¿Cómo estaba Devon?

—Bien. Te manda saludos. —Inclinó su copa hacia los papeles—. ¿En qué estás trabajando?

—Me han pedido que contribuya con un artículo para una revista más adelante este año, pero estoy un poco oxidado en los últimos avances de la investigación.

—¿Deberes, entonces?

Él asintió.

—Están pasando cosas muy buenas ahí fuera en este momento. Sería bueno consolidarlas en un solo artículo. Si es que puedo ordenar mis pensamientos, claro. La revista está dirigida a estudiantes universitarios, así que no puedo permitirme deslumbrarlos con ciencia.

Kay se inclinó y lo besó.

—Es genial que estés recibiendo más invitaciones para hacer esto.

—Bueno, con suerte, esto podría llevar también a algunos eventos como orador.

—¿Te gustaría enseñar? —Se incorporó—. En lugar de dirigir la consulta, quiero decir.

—No, no para reemplazar el trabajo en sí. Pero es agradable transmitir algo de lo que sé, supongo. Además, normalmente aprendo cosas de otros oradores también. —Dejó su copa y se inclinó hacia adelante para comenzar a reunir los papeles en una pila ordenada—. Entonces, ¿cómo fue tu día?

—Frustrante. —Tomó otro sorbo—. Una parte de mí siente que mi cerebro va a explotar con la cantidad de información que llega, la otra parte está preocupada porque ya llevamos cuatro días de investigación y aun así no sabemos casi nada sobre quién mató a nuestra víctima, o por qué.

—¿Le preguntaste a Sharp sobre conseguir más gente?

—Lo hice. Pero no puede hacer nada; demasiados casos tienen tanta prioridad como este, como siempre. —Dejó su copa, un sabor amargo nublando su paladar—. Tendré que arreglármelas con lo que tengo. Quien sea que asesinó a esa mujer es sádico.

Adam le apretó la mano.

—Sé que no puedes contarme todo sobre lo que haces, pero sabes que puedes hablar conmigo si se vuelve demasiado, ¿verdad?

—Lo sé. —Forzó una sonrisa—. Y gracias.

Él la atrajo hacia sí en un abrazo y le besó el cabello.

—Ten cuidado, Kay. Es todo lo que te pido. Si este asesino es tan malo como algunos de los otros que has encerrado, entonces no hagas nada…

—¿Estúpido? —Se apartó y le lanzó una mirada de

arrepentimiento—. No lo haré. He aprendido por las malas en el pasado, ¿no?

—No estoy tan seguro de la parte del aprendizaje. —Extendió la mano y le colocó un mechón de pelo detrás de la oreja, con una expresión preocupada en los ojos—. Sé cómo eres una vez que te metes de lleno en un caso.

CAPÍTULO 15

—No puedo creer que haya tenido que tomarme un día libre en el trabajo solo porque no te molestaste en hacer esto durante el fin de semana como acordamos.

Alana Winkman estaba de pie con las manos en las caderas y miró a su hermano con enojo antes de volver su atención al interior abarrotado del trastero. —Y no puedo creer cuánta *porquería* tiene papá aquí. Pensé que cuando mamá murió, había llevado todo a una tienda de caridad.

—Aparentemente no. —Richard Zilchrist se movió inquieto—. Y no pude venir el fin de semana, te lo dije. Diane quería ir a ver a su hermana.

Alana puso los ojos en blanco. —Lo que sea.

—¿Dónde está Matt, por cierto? Pensé que habías dicho que vendría.

—Alguien se enfermó, así que le pidieron que trabajara hoy. —Reconoció el resoplido exasperado de él con un breve asentimiento—. Lo cual es un fastidio porque realmente podríamos haber usado su furgoneta. Tal como están las cosas, tendremos que arreglárnoslas con los dos coches.

Motas de polvo se arremolinaron en el aire cuando ella empujó con su peso una gran caja hacia un lado en un intento de hacer un hueco en la parte delantera del trastero.

Un olor a rancio se aferraba a todo, con un fuerte matiz a moho que venía de algún lugar, mientras los rayos del sol intentaban sin éxito calentar el aire fresco que emergía de las sombras.

Richard estornudó cuando abrió una caja, enviando una nube de polvo hacia arriba. —¿Por dónde demonios empezamos con todo esto? Es decir, ¿quieres algo de esto?

—No lo sé. Ni siquiera sabemos qué hay aquí todavía. —Parpadeó para contener las lágrimas y sorbió—. ¿Por qué no nos contó sobre esto cuando estaba vivo? Podríamos haberle preguntado qué hacer.

—Oye, todo estará bien. —Puso su brazo alrededor de su hombro y la apretó—. Lo resolveremos. Además, el abogado dijo que los dueños de este lugar nos dan hasta fin de mes para vaciarlo. ¿Qué tal si vamos trabajando poco a poco empezando hoy y luego volvemos aquí el fin de semana? Separaremos lo que hay que llevar a la tienda de caridad y tiraremos todo lo demás. Honestamente, no puedo imaginar que haya algo aquí que queramos, ¿tú sí?

—Supongo que no. —Alana volvió a sorber—. De todos modos, al menos trabajar en esto nos mantendrá ocupados mientras el abogado se encarga de todas las otras finanzas.

Él gimió. —No me lo recuerdes. Tuve que entregarles todos los papeles de papá ayer, no podía entender nada de eso.

—Bueno, les estamos pagando lo suficiente, así que dejemos que se encarguen. —Alana se inclinó y arrastró una caja hacia ella, estremeciéndose cuando una araña grande pasó corriendo junto a sus zapatos de lona y salió del trastero a toda prisa—. Dios, espero que no haya ratas aquí.

—Lo dudo. No veo humedad aquí, y no hay excrementos de rata. Mira todo este polvo. Además, este lugar no tendría muchos clientes si las cosas de todos estuvieran siendo roídas.

Ella miró por encima del hombro hacia el viejo contenedor de envío en la entrada del sitio que había sido convertido en una oficina improvisada. —No creo que tengan muchos clientes de todos modos. ¿Cómo diablos encontró papá este lugar?

—Quién sabe. Algunas de estas cosas llevan aquí mucho tiempo. Mira. —Richard levantó un montón de revistas de coches, el papel antes brillante ahora curvándose por el paso del tiempo—. Estas son de cuando estaba renovando el Morris Minor.

—Lo vendió hace tres años, ¿no? —Su estómago dio un vuelco mientras echaba un vistazo a las otras cajas—. ¿Qué tan viejas son las del fondo, entonces?

—Solo hay una manera de averiguarlo. —Su hermano se acercó al lado izquierdo de la abertura y encontró un interruptor de luz. Cuatro brillantes luces fluorescentes parpadearon sobre sus cabezas—. ¿Qué tal si trabajamos un par de horas y luego buscamos un lugar para comer algo antes de volver aquí?

—Suena bien. —Alana se arremangó, tomó una

respiración profunda ante la idea de encontrar un nido de arañas, y empezó a hurgar en las cajas a su lado.

Después de veinte minutos, había seis cajas que habían sido sacadas del trastero y ahora estaban junto a sus coches estacionados para ser desechadas en el centro de reciclaje cercano. Dos cajas más estaban destinadas a la tienda de caridad después de que Richard descubriera algo de ropa de su madre cuidadosamente empacada dentro, y un reloj antiguo que Alana recordaba de su infancia ahora estaba en el espacio para los pies de su coche.

Aún no estaba segura de qué hacer con él, pero era reacia a dejarlo ir.

Había pasado una hora y media cuando Richard se enderezó, frotándose los nudillos en la espalda con un gemido, y se volvió hacia ella.

—Bien, eso es todo, tiempo fuera. Necesito café.

Ella sonrió, sacando un par de sudaderas apolilladas de una caja. —Yo también. Dios, ¿para qué demonios guardó estas? Estoy segura de que recuerdo a mamá diciéndole que las tirara hace años.

—Ya conoces a papá, siempre reacio a deshacerse de algo que era perfectamente bueno para...

—Jardinería —dijeron al unísono, y luego Alana se rio—. Me alegro de que estemos haciendo esto juntos. Se siente... correcto, ¿no?

Él sonrió. —Siento que hayamos perdido el contacto estos últimos dos años, Al. Es solo que con el trabajo y todo, y luego los problemas de Damien en la escuela...

—Lo sé. —Levantó la mano—. No hay necesidad de disculparse. ¿Cómo le va, por cierto? ¿Se está adaptando bien al nuevo lugar?

—Sin problemas hasta ahora, gracias a Dios. —Miró su reloj, luego se apretó entre un par de sillas decrépitas y observó un viejo armario junto a una fila de cajas que habían sido apiladas a lo largo de la pared del fondo—. Bien, una caja más y luego almorzamos. ¿Suena bien?

—Me parece bien. —Como si fuera una señal, su estómago rugió—. Hay un lugar calle abajo que sirve desayunos todo el día. Podemos traer café de vuelta aquí también.

Escuchó una respuesta amortiguada de su hermano mientras se sumergía en otra caja, luego se giró al oír arcadas. —¿Rich?

Él se estaba abriendo paso desde el fondo del trastero, empujando con tanta fuerza las sillas que chocaron contra una estantería, enviando su contenido volando por el suelo.

Con el rostro gris, se llevó la mano a la boca y corrió hacia la puerta abierta.

Momentos después, lo oyó vomitar sobre el hormigón picado del exterior, y corrió afuera.

—¿Rich? ¿Qué pasa? ¿Qué sucede?

Él negó con la cabeza en respuesta, cerró los ojos y se inclinó, apoyando las manos en las rodillas.

Alana miró por encima de su hombro hacia el sombrío trastero, entrecerrando los ojos contra la brillante luz del sol. —¿Qué pasó?

Su hermano se enderezó lentamente, luego se volvió y escupió en el suelo. Cuando habló, su voz temblaba. —Llama a la policía, Al.

—¿Qué...?

Él se volvió hacia ella, con los ojos desorbitados. —A

la policía. Llámalos. Ahora. Y por el amor de Dios, no vuelvas a entrar ahí.

CAPÍTULO 16

Barnes se tambaleó sobre un pie y se subió la pernera del traje protector sobre el pantalón, maldiciendo por lo bajo cuando el dobladillo se enganchó en su dedo gordo y casi lo hizo chocar contra la joven técnica de la policía científica que estaba a su lado.

Para su mérito, ella logró no reírse y, en su lugar, extendió la mano para estabilizarlo.

—Gracias —dijo él con brusquedad—. ¿Dónde está Harriet?

—Dentro. —Señaló con el pulgar enguantado por encima de su hombro mientras él se enderezaba—. Nos llevó una eternidad abrir un camino entre todas las cajas, así que apenas ha tenido la oportunidad de echar un vistazo al cuerpo.

—¿Qué tan malo es?

—He visto cosas peores.

—Eso no me llena precisamente de esperanza.

Ella sonrió detrás de su máscara, el movimiento arrugando la piel en las comisuras de sus ojos.

—¿Estarás bien con la otra pierna?

—¿Qué?

En respuesta, señaló su traje y él miró hacia abajo para ver que aún estaba a medio vestir, y suspiró.

—Sé vestirme solo, ¿sabes?

—Solo comprobaba, oficial.

Le guiñó un ojo y luego se apresuró a alejarse cuando Lucas Anderson se acercó a ellos, su mano alisando un mechón rebelde de cabello.

—¿Me estoy haciendo viejo o ellos se están volviendo más atrevidos? —exigió Barnes.

El patólogo le dio una sonrisa cansada.

—Sin comentarios. ¿Has venido solo?

—Kay ha ido directamente a la sala de incidentes para organizar las cosas por ese lado. —Se subió las mangas del traje protector sobre las muñecas y se puso los guantes antes de señalar con la barbilla hacia la puerta abierta de la unidad de almacenamiento—. ¿Hombre o mujer?

—Hombre, diría que de finales de los veinte o principios de los treinta. —Lucas se volvió hacia la unidad —. Es difícil decirlo hasta que haga la autopsia, pero sugeriría que ha estado ahí alrededor de dos meses, más o menos.

—Dave Morrison dijo por radio que la víctima fue encontrada desnuda. ¿Es cierto?

—Fue desnudado, y torturado antes de ser estrangulado. —Lucas levantó una ceja—. Odio decirte esto, Ian, pero por lo que pude ver mientras el cuerpo aún estaba in situ, las marcas de cuchillo en los brazos y manos de la víctima se parecen a las infligidas a Katrina Hovat.

Hay la misma disposición de heridas, por ejemplo, en la piel suave entre los dedos.

—Mierda. —Barnes flexionó los dedos, su piel ya sudando bajo el material de nitrilo protector—. Dijiste que el cuerpo aún está in situ…

—Fue metido dentro de un viejo armario que estaba almacenado a lo largo de la pared lateral de la unidad.

Barnes miró hacia donde Dave Morrison se separaba de un pequeño grupo de oficiales más jóvenes y se dirigía hacia ellos.

—Buenos días, oficial. La pareja que descubrió el cuerpo son un hermano y una hermana que estaban limpiando este lugar. Pertenecía a su padre, un tal señor Angus Zilchrist; murió hace dos semanas.

—¿De forma natural, o…?

—Ataque al corazón, en casa. —Dave ajustó el volumen de su radio mientras cobraba vida—. Al parecer, estaba cortando el césped cuando sucedió. Simplemente cayó muerto en el acto.

—¿Dónde están el hermano y la hermana?

—Nadine Fenning se ha encargado de llevarlos a casa. Tomé sus declaraciones antes de que se fueran. Ni siquiera sabían de la existencia de la unidad hasta que hablaron con el abogado de su padre tres días después de que muriera.

—De acuerdo, entonces necesitamos verificar los antecedentes de este Angus Zilchrist. ¿Cómo…?

—¿Detective Barnes? Estamos listos.

Barnes vio a Harriet haciéndole señas, con la máscara bajada hasta la barbilla mientras estaba de pie fuera de la unidad.

—Llamaré a Kay cuando esté de vuelta en la oficina

para informarle cuándo haré la autopsia —dijo Lucas, alejándose—. Debería ser en algún momento de mañana.

—Gracias. Dave, me pondré al día contigo antes de irme de aquí. —Barnes se dirigió pesadamente hacia donde Harriet estaba esperando—. Buenos días. Debemos dejar de encontrarnos así.

—Ya lo creo. —Le entregó una máscara desechable—. No te preocupes, no huele tan mal. Creo que si esos dos no lo hubieran descubierto, tendríamos una momia entre manos. Lucas dijo que el ambiente aquí es perfecto.

Barnes arrugó la nariz bajo la cubierta de papel.

—También mencionó que creía que la víctima había estado aquí al menos unas semanas.

—Bueno, veamos si encontramos algo que ayude con eso. Cuidado con el paso; necesito que sigas esta línea de banderas, ¿de acuerdo?

Él la siguió dentro de la unidad, con cuidado de no rozar una caja que se había caído, derramando su contenido de libros de bolsillo gastados sobre el suelo de concreto, y luego pasó por encima de un montón de ropa vieja que había sido esparcida alrededor.

Unos pasos más, y llegaron al armario, sus frágiles puertas abiertas de par en par.

En su base, la forma pálida y arrugada de un hombre desnudo yacía desparramada en el suelo, su rostro contorsionado en una mueca de dolor, los dientes al descubierto mientras sus ojos...

Barnes tragó saliva.

—Maldita sea. Narnia ha decaído, ¿no?

Un gemido colectivo se filtró entre los técnicos de la

policía científica reunidos, y Harriet puso los ojos en blanco.

—Ya hemos tenido suficientes bromas, gracias, detective Barnes. Creemos que una de estas cajas estaba manteniendo la puerta cerrada. Cuando Richard Zilchrist movió la caja, las puertas se abrieron y la víctima se desplomó.

—Jesús, eso debe haberle dado un susto de muerte. —A pesar de su repulsión, se agachó junto al cuerpo de la víctima e inclinó el cuello para ver las diferentes heridas de cuchillo que cubrían las piernas y los brazos del hombre.

Algunas no eran más que pequeños cortes en la piel, pero como había dicho Lucas, estas estaban en áreas de piel delicada, lugares donde incluso el más pequeño de los cortes causaría un dolor terrible. Heridas de puñalada más grandes estaban en los muslos externos del hombre, y el labio de Barnes se curvó detrás de su máscara al darse cuenta de que al menos una de ellas habría cortado hasta el hueso.

—Lucas revisó su mandíbula, y faltan tres dientes que pudimos ver —dijo Harriet—. Tal vez más; cuando lo llevo de vuelta a la morgue, podrá confirmar si fueron extracciones antiguas o infligidas antes de la muerte.

—Ciertamente se parece a las lesiones de Katrina. Será interesante escuchar si puede comparar las heridas para ver si se usó el misma arma. —Barnes se enderezó, luego observó el suelo de concreto—. No puedo ver sangre, así que supongo que fue asesinado en otro lugar y luego arrojado aquí. ¿Hay algo aquí que sugiera *cómo* fue puesto en el armario, si el hermano y la hermana tienen coartadas?

Harriet lo llevó de vuelta a la puerta, fuera del camino de sus técnicos. —Todavía no. El agente Morrison ya ha solicitado las grabaciones de las cámaras de seguridad al encargado, pero el hermano y la hermana movieron las cajas para llegar al armario, así que probablemente hemos perdido muchas pruebas. Estamos procesando todo para buscar huellas latentes y hemos tomado muestras de ellos antes de que se fueran para poder descartarlos si es necesario, pero no te hagas ilusiones.

Después de salir, Barnes se echó hacia atrás la capucha protectora y se quitó la máscara, bajando la cremallera de la parte superior del traje de protección. —Vale, gracias, Harriet. Te dejo seguir con tu trabajo.

Tras depositar el traje en un contenedor de residuos biológicos cercano, se dirigió hacia donde Dave Morrison estaba apoyado contra la parte trasera de su coche patrulla, con la cabeza inclinada sobre su libreta. —¿Quién tenía llaves del trastero?

—Hay una llave maestra que guarda la oficina de allí, y luego la que Alana Winkman dijo que encontró en la casa de su padre mientras revisaban unos papeles que hallaron metidos en uno de los cajones de la cocina. Cuando le preguntó al abogado al respecto, fue él quien sugirió que podría pertenecer a este trastero; esa fue la primera vez que cualquiera de los hijos de Angus oyó hablar de este lugar. —Dave guardó su libreta en su chaleco protector—. Richard Zilchrist confirmó que no tenía llave y corroboró la versión de Alana cuando lo entrevisté por separado.

Barnes se frotó la barbilla recién afeitada y miró fijamente el trastero, su mente repasando todas las tareas que tendría que asignar al equipo a su regreso a la sala de incidencias. —¿Conseguiste el nombre del abogado?

—La señora Winkman me dio esto. —Dave sonrió y le entregó una tarjeta desgastada—. Pensé que quizás querrías hablar con él.

CAPÍTULO 17

Kay colocó cuidadosamente el teléfono de escritorio en su base, a pesar de querer arrancar el cable y arrojar todo el aparato a través de la sala de incidentes en un arrebato de rabia.

Otra víctima de asesinato, posiblemente relacionada con la tortura y el asesinato de Katrina Hovat, y aun así no podía conseguir más oficiales de sus superiores en la Jefatura.

Mal momento, dijeron.

No hay suficientes oficiales entrenados disponibles, dijeron.

Y no, no podemos permitirnos horas extras adicionales.

Empujó hacia atrás su silla y miró con furia el creciente papeleo en la bandeja de entrada en la esquina de su escritorio, consciente de los otros casos que estaba tratando de manejar, y se contuvo de soltar un fuerte suspiro.

Cuando le habían dado el ascenso a inspectora, sabía que estaría más expuesta a la política policial, con expectativas de que cada movimiento que hiciera sería analizado contra un exiguo presupuesto que tenía a otros inspectores en la División Oeste buscando migajas, y sin embargo esto…

—Jefa, Barnes acaba de entrar al estacionamiento abajo. —Gavin se acercó a su escritorio y luego frunció el ceño—. ¿Estás bien?

—No vamos a conseguir ayuda extra en este caso, Gav. Acabo de tener la conversación final de "vete a la mierda y arréglatelas" con Northfleet.

—Mierda. —Su ceño se profundizó por un momento, y luego su rostro se iluminó—. Supongo que nos sobornarás con aún más pizza de lo normal entonces, ¿jefa?

—No todos son tan fácilmente persuadidos como tú cuando se trata de horas extras, Piper. —A pesar de su frustración, Kay sonrió, luego reunió sus notas para la reunión—. Bien, reúne a todos para que estemos listos para empezar tan pronto como él suba. ¿Quieres traerle un café? Probablemente lo va a necesitar.

Cinco minutos después, Barnes apareció. Caminó hacia donde ella estaba parada junto a la pizarra y se quitó la chaqueta, colgándola en el respaldo de la silla de un agente novato.

Los oficiales reunidos gradualmente guardaron silencio, y Gavin le entregó una taza humeante de cafeína.

—¿Estás listo para hacer esto de inmediato? —murmuró Kay mientras se enfrentaban al equipo—. Es solo que me gustaría que este grupo escuchara lo que ha estado pasando esta mañana lo antes posible.

—Está bien, jefa, de verdad. —Sorbió el café, chasqueó los labios y luego comenzó.

—Muy bien, tenemos una víctima masculina posiblemente de finales de los veinte, principios de los treinta, encontrada metida en un viejo armario en una unidad de almacenamiento en Quarry Wood. El lugar de almacenamiento es de propiedad independiente y es administrado durante el día por un equipo de cuatro empleados en rotación. Los uniformados en la escena están obteniendo los datos de contacto de los miembros del personal que no están allí hoy para que puedan ser entrevistados. —Barnes sacó sus gafas de lectura y le entregó su taza de café a Kay con un asentimiento agradecido antes de sacar su libreta—. La unidad de almacenamiento fue alquilada por primera vez por Angus Zilchrist hace cuatro años. Murió recientemente, y su hijo e hija estaban vaciándola esta mañana. Dicen que no sabían nada sobre el lugar hasta hace unos días.

—¿Alguno de ellos conoce a la víctima? —dijo Kay.

—Richard no pudo verlo claramente cuando cayó del armario; el pobre tipo estaba demasiado conmocionado. Alana no vio el cuerpo en absoluto. Después de que el cuerpo cayó, ambos tuvieron el sentido común de mantenerse alejados de la unidad mientras esperaban a que llegáramos. Pensé que podríamos pedirle a Simon en la morgue que nos envíe una foto del rostro de la víctima después de que se haya realizado la autopsia para descartar que lo conozcan.

Laura levantó su bolígrafo en el aire.

—¿Harriet encontró alguna identificación?

—Estaba completamente desnudo —dijo Barnes—. Así que a menos que tenga su licencia de conducir metida en el…

—Basta. —Kay levantó su mano mientras una ráfaga de risitas ahogadas llenaba la sala—. No necesito esa imagen en mi cabeza, gracias. ¿Qué hay de Angus Zilchrist? ¿Qué sabemos de él hasta ahora?

—Era de Peckham —dijo Barnes, mirando sus notas—. Se jubiló anticipadamente y se mudó aquí con su esposa, Louise, a una casa en Downswood. Ella murió hace un tiempo. Por lo que hemos averiguado hasta ahora, Angus tenía la única llave de la unidad aparte de la llave maestra que tienen los dueños. Estamos esperando que el gerente de la unidad de almacenamiento organice las grabaciones de las cámaras de seguridad, pero solo las guardan durante cuatro semanas a menos que haya un allanamiento o una queja, y Lucas cree que ese cuerpo podría haber estado allí más tiempo.

—Gracias. —Kay le devolvió su café y luego se volvió hacia la pizarra y actualizó las notas—. Bien, comencemos con las tareas de hoy. Además de lo que ya estáis haciendo en relación con el asesinato de Katrina, necesito lo siguiente de vosotros: Laura, Gavin, id a la oficina del abogado de Angus Zilchrist después de esto y averiguad cuánto puede deciros sobre los asuntos legales de su cliente y si hay otras propiedades como esta unidad de almacenamiento de las que debamos estar al tanto. Ian, me gustaría leer la declaración que Dave Morrison tomó del gerente de la unidad esta mañana, luego decidiremos si queremos hablar con él nuevamente o entrevistar al dueño.

—Entendido, jefa.

—¿Quién fue la última persona en visitar el lugar?

Barnes revisó sus notas.

—Angus es la última persona que se registró, en abril durante el fin de semana de Pascua.

—Muy bien, gracias. —Kay se volvió hacia el equipo—. Kyle, Nadine, a medida que obtengamos más información sobre los antecedentes de Angus Zilchrist, me gustaría que ambos la compararais con lo que sabemos sobre Katrina Hovat para ver si sus caminos se cruzaron alguna vez. Si la autopsia de Lucas apunta al mismo asesino, entonces necesitamos empezar a pensar en conexiones.

—Podría valer la pena comparar también a Angus y la víctima, una vez que sepamos quién es, con los Brassicks —dijo Gavin—. Quiero decir, el hecho de que estén en Nueva York no descarta que estén involucrados, ¿verdad?

Kay miró el creciente número de notas e hilos que había dibujado en la pizarra, luego exhaló.

—No te equivocas ahí, Gav.

CAPÍTULO 18

Laura se abrochó la chaqueta y leyó la placa de latón fijada a una columna de piedra recién pintada, mientras el edificio georgiano de cuatro pisos proyectaba sombras sobre la vía peatonal pavimentada.

Una repentina bocanada de gases de escape de diésel la envolvió cuando una furgoneta de reparto de modelo antiguo pasó retumbando, su progreso ralentizado por la cantidad de madres con cochecitos que parecían abarrotar la calle a esa hora del día, con las cafeterías haciendo un negocio próspero durante los preparativos para el ajetreo del almuerzo.

Presionando el botón de entrada debajo de un panel que enumeraba tres negocios diferentes, se presentó a la recepcionista y escuchó un *clic* metálico cuando se liberó la cerradura de la puerta.

—Caramba, le debe ir bastante bien si puede permitirse el alquiler aquí. —Gavin se pasó los dedos por su pelo puntiagudo en el reflejo del latón, luego le hizo un gesto para que avanzara—. Puedes liderar esta si quieres.

—Oh, gracias. —Sonrió, luego empujó una pesada puerta de roble para encontrarse en un vestíbulo de aspecto sencillo.

Una amplia escalera ocupaba la pared izquierda, con dos puertas que salían de la derecha y letreros montados en plástico en el yeso junto a ellas mostrando los nombres de los negocios.

—Lee Mesurier tiene su oficina en el segundo piso —dijo Laura, guiando el camino por el primer tramo de escaleras—. En realidad, creo que tiene *todo* el segundo piso. Es uno de los tres socios de esta firma.

—¿Solo se dedican a testamentos?

—Derecho sucesorio y familiar. La biografía de Mesurier en el sitio web dice que se especializa en testamentos y fideicomisos.

Llegaron a lo alto de las escaleras y ella pasó por una puerta con paneles de vidrio con un largo mango de acero inoxidable a un lado, pulido hasta el extremo.

—Compadezco a la persona que tiene que hacer eso cada vez que alguien sale —murmuró Gavin.

Laura le dio un codazo y se dirigió al mostrador de recepción, una gran construcción de caoba que envolvía a una mujer diminuta de unos veinte años que los miraba con sospecha.

—¿Son ustedes los detectives? —dijo, deslizando un libro de visitas y una pluma de aspecto caro.

—Lo somos. Agente Laura Hanway, y mi colega, el agente Gavin Piper. —Garabateó su firma en la página y deslizó el libro hacia Gavin, observando mientras él hacía lo mismo—. Estamos aquí para ver a Lee Mesurier.

La mujer miró sus firmas con desdén mientras

recuperaba el libro, como si se sintiera ofendida de que hubieran arruinado su perfecta corriente de interacciones con clientes, luego se levantó de su silla.

—Síganme. Le avisaré que están aquí.

Un pasillo con una gruesa alfombra conducía desde el área de recepción hasta varias habitaciones con puertas cerradas, filtrándose voces murmuradas mientras Laura pasaba. Observó las diversas pinturas que adornaban las paredes de color crema, luego se detuvo cuando la recepcionista abrió una de las puertas y los hizo pasar.

—Esperen aquí. No tardará.

Con eso, la puerta se cerró detrás de ellos, y Gavin arqueó una ceja.

—Supongo que no quiere que estorbemos en el área de recepción, entonces.

Laura se dirigió a una de las seis sillas de cuero dispuestas alrededor de una mesa de caoba y se hundió en ella.

—Supongo que no se vería muy bien tener a dos policías merodeando si entrara un cliente potencial.

—¿Destacamos tanto? —Gavin se acercó a una de las dos enormes ventanas de guillotina con múltiples paneles que daban a la plaza—. ¿Qué piensas, entonces? ¿Crees que Mesurier era el abogado habitual de Zilchrist, o solo el que hizo su testamento?

Laura arrugó la nariz.

—Este lugar parece caro, ¿no? Quizás demasiado para la pensión de un profesor.

Gavin se apartó de la ventana al oír movimiento fuera de la puerta.

—Parece que estamos a punto de averiguarlo.

La puerta se abrió, y un hombre de unos cincuenta y tantos años entró apresuradamente, con un mechón de pelo blanco creando un efecto de halo alrededor de su rostro mientras equilibraba cuatro carpetas de manila de diferentes colores en sus brazos, con un bloc legal amarillo deslizándose sobre ellas.

—Buenos días, buenos días —dijo, apresurándose hacia la mesa y dejándolo todo caer antes de que se le cayera de las manos. Extendió una mano primero a Gavin —. Lee Mesurier.

—Espero que no le hayamos pillado en mal momento, señor Mesurier —dijo Laura.

—Todos los momentos son malos. —Soltó una carcajada, luego volvió sobre sus pasos y cerró la puerta —. Comprensiblemente, me quedé conmocionado cuando escuché de Richard más temprano hoy.

—¿Richard Zilchrist habló con usted? —dijo Laura—. ¿Cuándo?

El abogado asintió, el movimiento enviando su cabello a otro frenesí.

—Oh, sí. Esta mañana. Mientras estaban en la unidad. Creo que estaba esperando a que llegaran los suyos.

Se sentó en la silla al extremo de la mesa, acercando las carpetas hacia él.

—Bien, ahora solo tengo unos veinte minutos hasta que llegue mi próximo cliente, así que hagamos esto rápido, ¿de acuerdo?

Laura esperó hasta que Gavin se unió a ella, luego se volvió hacia Mesurier.

—¿Cuánto tiempo había actuado como abogado de Angus Zilchrist?

—Unos seis años. Él y su esposa estaban usando a alguien en Peckham, donde solían vivir, hasta entonces, pero supongo que sintieron que contratar a alguien local era más conveniente, así que cuando decidieron que sus testamentos necesitaban actualizarse, vinieron a mí.

—¿Cómo lo encontraron?

—¿Perdón?

—¿Cómo se enteraron de sus servicios?

—Bueno, supongo que o bien una búsqueda en internet o una recomendación. —La frente de Mesurier se arrugó y se sumergió en la primera carpeta, una de color rojo apagado descolorida por el tiempo—. Hmm. No hay nada en su formulario de nuevo cliente que lo indique, así que no puedo estar seguro.

—Aparte de sus testamentos, ¿hizo algún otro trabajo para los Zilchrist?

Mesurier soltó una risita baja.

—Bueno, detective, usted sabe que no puedo revelar detalles sobre el tipo de trabajo que hago para mis clientes.

—¿Qué tal en general? ¿Todo estaba relacionado con el derecho de familia, o había algún interés comercial…?

—Solo el testamento. Los Zilchrist llevaban una vida bastante simple y tranquila hasta donde yo sé.

—¿Cómo supo sobre la unidad de almacenamiento que Angus alquilaba?

—Lo mencionó hace un tiempo, después de que Louise falleciera. —Los ojos de Mesurier se entristecieron—. La echaba terriblemente de menos, pero creo que se dio cuenta de que necesitaba hacer una limpieza a fondo de la casa para restaurar algo de orden en su vida. Simplemente no podía soportar deshacerse de todo. Hasta que Alana me habló de la llave, había asumido que se había deshecho de todo hace mucho tiempo.

—¿Cuándo vio a Angus por última vez?

Mesurier deslizó la carpeta más cercana hacia él, esta vez de un brillante color azul, delgada y con escaso contenido. —Déjeme ver. Ah, finales de abril. Dejó un sobre para que se guardara con su testamento. Supuse que eran instrucciones para establecer sus deseos tras su muerte. A algunas personas les gusta hacer eso, para abordar los detalles más específicos que no necesariamente incluimos en el testamento en sí.

—¿Y cuáles eran los deseos de Angus? —Laura se inclinó hacia adelante en su asiento—. Su testamento ya se leyó hace un tiempo, ¿no es así?

—No puedo revelar los detalles exactos —dijo el abogado, pero luego se frotó la barbilla—. Sin embargo, debo admitir que me quedé impactado, al igual que Alana y Richard cuando lo abrí y se los leí.

—¿Acabó dejando todo su dinero a la caridad? —dijo Gavin.

—No —dijo Mesurier—. Ese es el asunto. No tenía dinero. Bueno, casi nada de dinero.

Laura frunció el ceño. —¿No era dueño de la casa en la que vivía?

—Había hecho uno de esos tratos de hipoteca inversa —dijo Mesurier.

—¿Entonces qué pasa con la herencia de Alana y Richard?

—A eso me refiero. —Mesurier cerró la carpeta y recogió su bloc legal—. Realmente no *había* herencia. Todo lo que puedo deducir es que Angus Zilchrist estaba endeudado por una cantidad considerable de dinero. Aparte de la hipoteca inversa (que, si se hubiera molestado en preguntarme, me habría opuesto firmemente), también hipotecó de nuevo la propiedad con su banco. Ambos préstamos dejan a sus herederos con muy poco una vez que se paga todo lo demás.

Laura contuvo su frustración. —¿Angus era dueño o arrendaba otras propiedades aparte de la unidad de almacenamiento?

—No hay documentación, y nadie se ha puesto en contacto con Alana o Richard para exigir pagos de alquiler. A menos que estuviera instruyendo a otra firma, me temo que no puedo ayudarles. —Mesurier miró su reloj con insistencia—. Realmente debo volver a mi oficina. Mi cliente llegará en cinco minutos.

Laura empujó hacia atrás su silla y le entregó una tarjeta de visita, con sus pensamientos dando vueltas mientras los acompañaban a la recepción y luego salían del edificio.

Una vez fuera, se volvió hacia Gavin para ver la misma expresión perpleja en su rostro.

—Entonces, ¿qué crees? —dijo ella.

Él miró hacia las ventanas del segundo piso para ver una persiana que volvía a su lugar. —Creo que vamos a pasar el resto del día llamando a abogados para averiguar si Angus Zilchrist era cliente. No tengo la sensación de que estuviera siendo completamente honesto con Mesurier, o con sus hijos.

Laura gimió. —En ese caso, voy a necesitar más café.

CAPÍTULO 19

Cuando Richard Zilchrist abrió la puerta de su modesta casa adosada en las afueras de Harrietsham, Kay notó las líneas de preocupación grabadas en su rostro.

Su mano temblaba mientras hacía un gesto hacia la sala de estar, sus movimientos tensos. Caminó de un lado a otro por el suelo laminado con efecto roble mientras ella y Barnes se acomodaban en los sillones frente a una gran pantalla de televisión, luego se desplomó en el sofá junto a ellos y juntó los dedos bajo su nariz.

—No puedo sacarme de la cabeza la cara de ese hombre —murmuró, cerrando los ojos por un momento—. ¿Saben cómo murió?

—Es muy pronto para saberlo, señor Zilchrist —dijo Kay—. ¿Hay alguien aquí con usted?

—Alana se está quedando con nosotros mientras vaciamos la unidad. Bajará en un momento. —Parpadeó y luego sorbió—. Los niños están en la escuela, y mi esposa está en el trabajo, está de turno en el hospital.

—¿Ha hablado con ella?

—Sí. Brevemente. Pero no puede salirse del trabajo, están con poco personal. —Se reclinó cuando Alana Winkman apareció en la puerta—. Hermana, esta es la inspectora Kay Hunter.

Kay asintió a la mujer mientras se posaba en el brazo del sofá. —Sé que todo esto ha sido un shock para ambos, pero necesitamos hacer algunas preguntas para ayudar con nuestra investigación.

Alana se limpió una lágrima perdida de la mejilla. —¿Creen que nuestro padre lo mató?

—¿Usted cree que lo hizo?

—Papá no lastimaría ni a una mosca. Por eso no puedo... simplemente no puedo... —Se interrumpió, sorbió, y luego se secó los ojos con la manga de su sudadera, dejando rastros delatores de rímel en el algodón gris—. No, no creo que lo haya matado.

Kay dirigió su atención a Richard. —¿Reconoció al hombre muerto?

—Nunca lo había visto en mi vida. —La voz del hombre era ronca, y se aclaró la garganta—. Como dije, nunca olvidaré su cara ahora, pero no lo reconocí.

—¿Alguno de ustedes había estado en esa unidad antes de hoy?

El hermano y la hermana negaron con la cabeza al unísono.

—De acuerdo. ¿Y están seguros de que su padre nunca mencionó tener una unidad de almacenamiento?

—No recuerdo que nos lo dijera —dijo Alana—. Sabía que dejó pasar un año después de que mamá muriera para empezar a ordenar sus cosas, y todavía podía subir al ático en ese entonces.

—Debe haber tirado lo que no quería y guardado el resto en la unidad en lugar de intentar venderlo o volver a subirlo al ático —dijo Richard—. Quiero decir, actualmente estamos vaciando la casa de papá para ponerla a la venta, y he subido al ático: está vacío.

Kay hizo una pausa, sabiendo que su siguiente pregunta tocaría un nervio. —Tengo que preguntarles esto a ambos, y me doy cuenta de que es un tema difícil, pero tengo entendido que hay dos préstamos sobre la casa que deben pagarse con la venta. ¿Sabían que su padre estaba endeudado con alguien?

—No teníamos ni idea. Es decir, sabía que a papá le gustaba apostar a los caballos, pero esto… —Richard se interrumpió, con la voz cargada de frustración.

—Creo que su problema con el juego empeoró después de que mamá muriera —dijo Alana—. Ella siempre lograba mantener sus gastos bajo control, creo que le daba una especie de presupuesto semanal.

Kay hojeó sus notas. —¿Cuándo falleció su madre?

—Hace cinco años —dijo Richard—. Sufrió un derrame cerebral en agosto y nunca salió del hospital. Murió dos semanas después.

—Lamento oír eso. ¿Cómo parecía estar sobrellevándolo su padre este último año? ¿Parecía estresado o preocupado por algo?

Alana juntó las manos en su regazo. —No que yo notara. Solía intentar ir a verlo cada seis semanas más o menos, dependiendo del trabajo y otras cosas, y nunca me mencionó nada.

—A mí tampoco, y yo lo veía cada semana. —Richard suspiró—. Pero nunca pregunté tampoco. Simplemente asumí que todo estaba bien. Se *veía* bien, la última vez que lo vi. Por eso que muriera repentinamente así fue un shock tan grande. Había perdido un poco de peso, y parecía haber reducido la bebida, aunque no era un gran bebedor, dijo que había dejado de ir al pub tan a menudo.

—¿A qué pub iba? —preguntó Kay, y luego anotó el nombre del establecimiento. Era uno que conocía, pero más cerca del centro de Maidstone que su pub local—. Si fuera necesario, ¿con quién podría hablar sobre la salud de su padre? ¿Saben quién era su médico de cabecera?

—Yo no, pero tengo su libreta de direcciones. —Richard se levantó pesadamente del sofá y caminó hacia una estantería, sacando un delgado libro negro antes de hojear las páginas—. Solo la guardé para poder informar a sus amigos sobre los arreglos del funeral y esas cosas. Aquí tiene. Doctor Gus Marlett, y tengo un número de teléfono de su consultorio.

—Gracias. Por curiosidad, ¿su padre tenía un contrato de teléfono móvil?

—Sí. Acabo de contactar al proveedor para intentar cancelarlo, pero están siendo lentos. —Alana puso los ojos en blanco—. Probablemente nos cobrarán hasta que lo cierren también.

—¿Creen que podríamos tener acceso a sus registros telefónicos, si tienen sus datos de inicio de sesión?

—Claro, supongo que sí. —Alana miró a su hermano, luego de vuelta—. Pero ¿por qué?

Kay esbozó una leve sonrisa. —Es un procedimiento estándar en casos como este.

—¿Estaríamos en lo cierto al suponer que la casa de su padre está actualmente en venta? —dijo Barnes.

—Lo está, y el banco obviamente tiene prioridad sobre el dinero que se obtenga —dijo Richard con amargura—. Luego viene esa maldita agencia de crédito.

—¿Hay alguna posibilidad de que la línea fija aún esté conectada?

—No me diga: también quiere los registros de eso.

—Por favor.

—Están en un archivo en la habitación de invitados. Traje todo de la casa de papá mientras el agente inmobiliario muestra la propiedad a la gente. Esperen un momento.

Diez minutos después, Kay y Barnes caminaban de vuelta a su coche, con los brazos cargados de archivos llenos de extractos bancarios, de tarjetas de crédito y de teléfono.

—Tengo la impresión de que ellos también están empezando a preguntarse qué estaba haciendo su padre —dijo Barnes mientras apilaba las cajas en la parte trasera del coche, luego cubrió la parte superior con su chaqueta y se arremangó.

Kay entró, luego arrancó el coche e hizo una mueca. —Me preocupa que no les vaya a gustar la respuesta.

CAPÍTULO 20

Para cuando Kay reunió a su equipo por última vez ese día, el aroma distintivo de pepperoni y queso a la plancha llenaba la sala de incidentes.

Había encargado a Debbie que hiciera el pedido por teléfono a la pizzería local hace una hora, programando la entrega para que estuvieran presentes la mayor cantidad posible de oficiales, muchos de los cuales habían pasado el día realizando investigaciones puerta a puerta y tomando declaraciones a los vecinos de Angus Zilchrist y a aquellos cuyos nombres aparecían en su libreta de direcciones.

El grupo ahora se reunía alrededor de las mesas a cada lado de la pizarra, su charla habitual silenciada por la necesidad de alimento.

Las persianas de plástico cubrían las ventanas, bloqueando el crepúsculo que envolvía la ciudad, y el sonido del tráfico afuera había perdido su rugido constante del día.

Kay firmó el último documento en una carpeta que Debbie había dejado en su escritorio, la cerró de golpe y la metió en la bandeja superior, luego se acercó para unirse al equipo.

—¿Queda algo para mí?

—Hay un montón de piña que Laura ha estado quitando de su pizza que podrías tener, jefa —dijo Kyle—. Le dije que se quedara con la de carne la próxima vez.

—Pero no me gusta el pollo de esa. —Laura hizo un puchero entre las risas de sus colegas—. Jefa, aquí tienes.

Le entregó a Kay un plato de papel con dos porciones, luego golpeó ligeramente a Kyle en el brazo y se dirigió a un asiento frente a la pizarra.

Tomándose un momento para saborear la comida rápida, jurando salir a correr más tiempo ese fin de semana si tenía la oportunidad, Kay se movió entre su equipo, preguntando por sus familias y asegurándose de que estuvieran adecuadamente alimentados y listos para la reunión.

No podía permitirse que perdieran el enfoque, a pesar de la hora tardía.

Moviéndose hacia la pizarra, esperó mientras tomaban sus lugares.

Barnes se apoyó contra uno de los escritorios y bebió de una lata de gaseosa mientras Gavin murmuraba en su oído, sus dos colegas esperando su señal para comenzar, y gradualmente la conversación entre sus otros oficiales se fue silenciando.

—Bien —dijo, revisando la agenda que Debbie había impreso de la base de datos HOLMES2—. Hemos tenido un día ocupado, todos estáis ansiosos por iros a casa, así que vamos al grano. No habrá reunión informativa a primera hora mañana porque Barnes y yo tenemos que asistir a la autopsia de la víctima encontrada en la unidad de almacenamiento, pero aseguraos de estar disponibles para una reunión a las dos en punto. Hay mucha información para cruzar referencias, y no quiero que persigáis una pista que no sea relevante, ¿entendido?

Un murmullo de acuerdo se extendió por el grupo reunido.

—Gavin, Laura, ¿os gustaría empezar?

Laura miró por encima del hombro a su colega, luego, con un asentimiento de él, se limpió los dedos con una servilleta y abrió su libreta. —Bien, hemos pasado la tarde llamando a abogados locales para averiguar si alguno de ellos actuó en nombre de Angus Zilchrist en algún momento en los últimos seis años; obviamente, según la ley actual, no pueden guardar documentos personales por más tiempo que ese. Solo un bufete local tenía información, y fue para confirmar que habían actuado para Angus y su esposa cuando decidieron que querían establecer un poder notarial duradero en caso de enfermedad.

—También hablé con el abogado en Peckham que hizo la transferencia de propiedad para la venta de su casa hace un tiempo —agregó Gavin—. Ya no tiene el papeleo, pero los recordaba porque hicieron sus testamentos anteriores con la misma firma. Confirmó que una vez que se realizó la venta de la casa, esa firma no hizo más trabajo para los Zilchrist.

—¿Qué hay de las verificaciones de antecedentes del abogado actual, Mesurier?

—Está limpio, hasta donde podemos decir —dijo

Laura—. No hay conexiones registradas con ningún criminal conocido, ni nadie más en esa firma.

—Bien, ese es un buen trabajo, gracias a ambos. —Kay dirigió su atención a Barnes, que estaba a la mitad de otra porción de pizza—. ¿Tienes un minuto para contarnos sobre el médico de cabecera?

—Mm-hm. —Tragó—. Gus Marlett es uno de los cuatro médicos de cabecera en la práctica, y vio a Angus por última vez para un chequeo de rutina hace seis meses. Dijo que tuvo la impresión de que Angus estaba preocupado por algo, pero a pesar de las garantías de confidencialidad de Marlett, Angus no quiso hablar de ello.

—Típico de los hombres —chasqueó Debbie.

Uno de los sargentos uniformados masculinos le arrojó una servilleta arrugada, y Kay sonrió.

—¿Mencionó si Angus tenía algún problema de salud antes de su ataque al corazón? —dijo.

—Su presión arterial era más alta de lo normal —dijo Barnes—. Y Marlett dijo que también había perdido peso. Le preguntó sobre su dieta, pero Angus le dijo que estaba bien, que solo estaba tratando de ponerse saludable.

—La pérdida de peso es algo que Alana y Richard mencionaron, y sin embargo nadie ha sugerido que Angus hubiera comenzado una rutina de ejercicios regular, lo que me hace preguntarme si fue causado por el estrés. Especialmente dado el informe de Marlett sobre su presión arterial alta. —Kay actualizó las notas en la pizarra, luego dio otro mordisco a la pizza y reflexionó sobre la nueva información—. ¿Alguien tiene algo que sugiera que Angus conocía a Katrina?

El equipo quedó en silencio, algunos oficiales lanzando miradas esperanzadas a sus colegas antes de volver su atención a Kay.

—Tomaré eso como un no, entonces. Entonces, ¿qué pensamos? —Caminó por la alfombra, agitando su porción de pizza hacia la pizarra mientras hablaba—. ¿Angus Zilchrist le debía a alguien una cantidad enorme de dinero, por lo que sacó una liberación de capital en su casa además de una hipoteca con su banco? ¿Quién mató al hombre que fue encontrado en su unidad de almacenamiento? ¿Y por qué dejar el cuerpo allí?

—Hablando con sus vecinos esta tarde, Angus no era visto como alguien violento o que causara problemas —dijo Dave Morrison.

—El dueño de su antiguo pub local dijo lo mismo, aunque uno de los clientes habituales dijo que se había vuelto un poco melancólico en las últimas semanas —agregó Nadine, la voz de la joven agente apenas audible desde el fondo del grupo.

—¿Ese cliente habitual dijo algo más sobre el estado de ánimo de Angus antes de morir, o si parecía preocupado por algo? —dijo Kay—. Y habla más alto, no muerdo y necesito asegurarme de que todos puedan escuchar lo que dices, es importante.

—Sí, jefa. —La agente se aclaró la garganta y se enderezó un poco más—. Kyle y yo hablamos con cuatro clientes habituales que estaban en el bar, todos jubilados bien entrados en los setenta; me dio la impresión de que les gustaba pasar sus tardes allí viendo las carreras de caballos. Todos dijeron que Angus solía ser el primero en invitarles una cerveza si los veía, pero desde marzo o abril más o menos, parecía más reticente y menos generoso.

La mirada de Kay pasó de Barnes a Nadine. —¿Dijiste carreras de caballos?

—Sí, jefa. No estaban apostando ni nada parecido. Hay una casa de apuestas justo a la vuelta de la esquina del pub.

—Gav, ¿podrías ir con Laura a hablar con el encargado de esa casa de apuestas a primera hora mañana para ver si Angus era cliente habitual? Alana y Richard nos han dicho que creen que su padre dilapidó sus ahorros y los préstamos de la casa en el juego desde que murió su madre, así que Angus debe haber tenido un lugar frecuente por aquí cerca. Richard mencionó antes de que nos fuéramos que a su padre no le gustaba usar ordenadores y tenía un móvil antiguo, así que no creo que haya usado aplicaciones en línea para apostar.

—Lo haré, jefa.

—¿Cómo vamos con respecto a Katrina?

Dave Morrison se sacudió las migas de los pantalones y se puso de pie. —Jefa, hemos terminado de entrevistar a los otros miembros del personal de la tienda donde trabajaba, y algunos han declarado que parecía muy nerviosa en las dos semanas anteriores a su muerte. Sin embargo, no hablaba de ello; me dio la impresión de que ninguno de ellos era cercano. Uno de los otros supervisores mencionó que Katrina se sobresaltaba si la interrumpían mientras hacía algo; la semana pasada rompió accidentalmente un jarrón porque un miembro del personal le tocó el brazo para preguntarle algo. Sean aquí habló con algunos más de sus amigos.

—Logré ponerme al día con otras dos mujeres que la

conocían de sus días trabajando en la residencia de ancianos —dijo el joven agente—. Una de ellas, Sally, vio a Katrina por última vez hace tres semanas; se encontraron para tomar un café en una de las cafeterías cerca de Jubilee Square. Sally me dijo que llamó a Katrina para organizarlo, porque sentía que le debía un almuerzo por ayudarla a mudarse hace un par de meses. Dijo que nunca la había visto tan delgada, y que apenas tocó su comida.

—¿Esta Sally le preguntó qué le preocupaba?

—Sí, jefa, pero Katrina le dijo que no era nada de qué preocuparse, y luego cambió de tema.

—Gracias a todos. —Kay miró fijamente sus zapatos por un momento—. Así que tenemos dos asesinatos pero ningún sospechoso. Tenemos a un hombre tan asustado que su salud se deteriora hasta el punto de sufrir un ataque al corazón de la nada, posiblemente causado por encontrar el cuerpo de ese hombre en su unidad de almacenamiento. O, Angus mató a ese hombre y lo puso en la unidad. Pero aún no podemos conectarlos a todos entre sí… Gavin, ¿qué hay de nuevo con los Brassick? ¿Algo allí?

—Todavía no, jefa, pero seguimos investigando. Laura y yo planeamos volver a entrevistar a sus vecinos mañana por la mañana basándonos en este nuevo ángulo de la investigación y luego tenemos una cita con el jefe directo de Stephen Brassick por la tarde.

—¿En persona o por videoconferencia?

—Nos reuniremos con él en la Jefatura, jefa. Hablé con alguien allí para organizar una sala de entrevistas en lugar de ir a sus oficinas en Londres, y Duncan, que es el jefe de Stephen, tiene una cita con un cliente en Rochester más temprano ese día, así que también le viene bien.

—Dado que me gustaría escuchar cómo resultan todas esas entrevistas, retrasemos la reunión de mañana hasta las cinco de la tarde —dijo Kay, y luego miró las migas en su plato con un suspiro—. Y con suerte para entonces, empezaremos a obtener algunas malditas respuestas.

CAPÍTULO 21

A la mañana siguiente, Kay observó los carteles de salud y seguridad en la pared del vestuario y respiró profundamente un par de veces antes de abrir la puerta y seguir a Barnes por un pasillo brillantemente iluminado.

Un penetrante hedor a limpiador antiséptico para suelos asaltó sus fosas nasales, y el amargo aroma a limón hizo poco para disimular la vaharada de descomposición que la envolvió cuando su colega la guio hacia la sala de exámenes de la morgue.

El equipo y las mesas de acero inoxidable brillaban bajo las duras luces, proyectando reflejos opacos a través de las filas de puertas con forma de caja que revestían una pared.

Se estremeció en el espacio con aire acondicionado, con la piel de gallina erizándose en sus antebrazos, y luego se ajustó la mascarilla sobre la boca y la nariz, el material áspero rozando contra su piel.

El sonido del agua corriente llamó su atención y miró hacia los lavabos para ver a Lucas Anderson frotándose concienzudamente las manos y los brazos mientras los miraba por encima de sus gafas.

—Bien temprano, eso es lo que me gusta ver —dijo—. Supongo que el tráfico no estuvo tan mal, ¿verdad?

—Gracias a Dios. —Barnes se subió la mascarilla y caminó hacia una mesa al fondo donde el cuerpo de la víctima estaba preparado. El material se arrugó cuando el detective frunció la nariz—. ¿Te importa si tomo una foto de su cara antes de que empieces? Hablaré con alguien de IT para arreglarla y que podamos usarla para identificación.

—Adelante. —Lucas se secó las manos y asintió agradecido a Simon mientras el asistente le entregaba guantes antes de volver su atención a un portátil, el constante *tac-tac* de las teclas llenando la habitación.

—¿Qué hay de Angus Zilchrist? —dijo Kay—. ¿Has tenido oportunidad de revisar el informe de la autopsia?

—Lo he hecho, y debo coincidir con los hallazgos originales. El hombre puede que hubiera perdido peso, pero según el patólogo que realizó la autopsia, sus arterias estaban hechas un desastre, y tenía mucha grasa acumulada alrededor del hígado y los riñones. Añade estrés a eso, y tienes una receta para el desastre. —Lucas se puso los guantes protectores, dándoles un satisfactorio chasquido contra sus muñecas—. Hablé con mi colega por teléfono esta mañana y confirma que no hubo indicios de algún tipo de crimen. No apareció nada por el estilo en los análisis de sangre. Si no fuera por el estrés, el señor Zilchrist podría haber vivido otros diez años antes de experimentar algún síntoma grave.

Simon apartó su portátil y acercó un carrito a la mesa

de examen, los instrumentos quirúrgicos de acero inoxidable tintineando dentro de sus diferentes compartimentos.

—Bien, ¿empezamos? —Lucas juntó sus manos enguantadas y le hizo un gesto a Kay para que lo siguiera.

Metiendo su móvil en el bolsillo trasero del pantalón, Barnes ajustó su bata protectora y se hizo a un lado cuando se acercaron.

—Por lo que puedo decir del examen exterior que he hecho esta mañana, vuestro hombre tiene entre veinte y treinta años —dijo Lucas, abriendo la mandíbula de la víctima—. Sus dientes aún no muestran el desgaste que esperaría ver en alguien mayor, aunque hay un patrón de entrecruzamiento en sus molares posteriores que sugiere que estaba rechinando los dientes regularmente, no solo en sus últimos días. Las extracciones son más antiguas y no están relacionadas con su muerte.

Kay cruzó los brazos y se inclinó para mirar más de cerca. —Si alguien estuviera preocupado o estresado, haría eso, ¿no?

—Estrés, dolor, un viejo hábito… —Lucas se encogió de hombros, cerrando la boca del hombre—. Es difícil decirlo. Simon también ha tomado las huellas dactilares y se las ha enviado por correo electrónico a Gavin por si está en vuestro sistema.

—Gracias.

El patólogo miró por encima de su hombro. —Simon, estoy listo para empezar, ¿te importaría echarme una mano?

Kay se movió hacia donde Barnes estaba de pie junto a

los pies de la víctima mientras la autopsia progresaba, su mirada desviándose al suelo cuando la sierra de Lucas comenzó su chillido, incapaz de ver las formas más grotescas en que se obtenían las respuestas tan necesarias.

—¿Café después de esto? —murmuró Barnes.

—Uno bien cargado, sí. —Parpadeó, y luego levantó la mirada ante una maldición murmurada por Lucas—. ¿Algo va mal?

—A vuestra víctima le falta un riñón.

—¿Qué? —Se acercó a donde Lucas y Simon miraban el área abdominal de la víctima, las costillas separadas para que los dos hombres pudieran acceder a los órganos internos—. ¿Cuándo se lo quitaron?

—Hace tiempo, a juzgar por estas viejas cicatrices. —Lucas pasó un dedo enguantado por un pequeño hueco—. Este es el otro, se ve bien sano. Pero el otro no está aquí, mirad.

—¿Dañado, crees?

—O donado. —Sus ojos brillaron detrás de sus gafas protectoras—. Lo que significa…

—Que estará en un registro de donantes. —El corazón de Kay dio un vuelco—. Oh Dios, eso será enorme, ¿no? Todavía necesitamos un nombre para reducirlo. No tengo suficiente personal para revisarlo nombre por nombre con la esperanza de encontrarlo.

—Podríamos empezar con los donantes locales, jefa —dijo Barnes suavemente—. Dividir la lista entre todos nosotros y trabajar en ella entre todo lo demás.

La mascarilla de Kay se levantó de su rostro cuando exhaló. —Es una posibilidad remota, pero…

—Es todo lo que tenemos, hasta ahora. —Barnes hizo un ligero gesto hacia Lucas—. A menos que tengas alguna otra sorpresa para nosotros.

—Lo siento, pero voy a tener que decepcionaros, detective Barnes. Vuestra víctima murió por múltiples cortes en su piel durante un período de varias horas, diría yo. —El patólogo se hizo a un lado mientras Simon comenzaba a limpiar sus herramientas quirúrgicas y a esterilizar el equipo. Se detuvo junto a la cabeza del hombre y señaló las abrasiones y marcas en los brazos de la víctima—. También opuso resistencia al principio, hay heridas defensivas en sus nudillos, así que propongo que estaba atado. Podéis ver las marcas aquí, en la piel suave alrededor de sus tríceps. Incluso le cortaron los genitales antes de acabar con él con ese corte profundo allí, justo a través de la arteria femoral.

—¿Es el mismo asesino que el que mató a Katrina Hovat? —dijo Kay.

Lucas chasqueó la lengua. —Sabes que me incomoda poner algo así en un informe, detective Hunter. Muy arriesgado.

—¿Tu opinión personal, entonces? Extraoficialmente.

Sus cálidos ojos marrones se oscurecieron. —Dada la cuidadosa colocación de estos cortes, la forma en que la hoja ha penetrado la piel… Sí, creo que es el mismo asesino. Posiblemente el mismo arma también, pero de nuevo eso no irá en ningún informe.

—Mierda. —Barnes sacudió la cabeza—. Me pregunto qué pasó en los últimos cuatro meses que desencadenó estos asesinatos.

—Necesitamos más respuestas —dijo Kay—, y pronto. Porque si este tipo no está relacionado con Katrina Hovat, entonces tenemos un asesino que ha pasado desapercibido hasta ahora, y uno que es indiscriminado en la elección de sus víctimas.

CAPÍTULO 22

Gavin se alisó la chaqueta, se aseguró de que su móvil estuviera en silencio y luego tiró de la ornamentada cadena de latón junto a la pesada puerta principal de madera del granero convertido.

Laura estaba de pie a su lado, el leve rastro de su perfume mezclándose con el aroma que emanaba de varias macetas de flores que bordeaban el camino de grava ajardinado que conducía al escalón de entrada.

Las campanas resonaron en las profundidades de la propiedad, y él aflojó su agarre en la cadena.

El zumbido de las abejas llenaba el aire mientras las pequeñas criaturas se sumergían dentro y fuera de la lavanda plantada en grupos detrás de las macetas, y él se pasó el dedo por debajo del cuello, esperando que el dueño del lugar los invitara a entrar para poder escapar de los abrasadores rayos del sol.

Laura se cubrió los ojos con la mano y miró hacia atrás por el camino de entrada hacia el sendero. —Apuesto a que estará así el sábado también. Va a ser un fin de semana perfecto para ir a la playa.

—No creo que tú y yo vayamos a ver un fin de semana en mucho tiempo —murmuró él, y luego enderezó los hombros cuando la puerta se abrió y un hombre de pelo blanco en sus setenta los miró—. ¿Conrad Lamberton?

—¿Quiénes son ustedes? —Las cejas del hombre se fruncieron, su mano descansando en la puerta—. ¿Qué quieren?

—Soy el agente Gavin Piper, esta es la agente Laura Hanway —dijo, mostrando su placa—. Estamos realizando investigaciones relacionadas con el asesinato de una mujer que ocurrió en una propiedad vecina el viernes.

La mirada de Lamberton se suavizó. —Un asunto terrible. Será mejor que pasen.

—Gracias.

Siguieron al hombre hasta un gran atrio con ventanas en el techo que enviaban haces de luz a través del suelo de baldosas de piedra gris. Helechos en altos maceteros estaban artísticamente colocados contra las paredes a juego.

Una agradable frescura envolvió a Gavin cuando entraron en un espacio de vida de planta abierta que incorporaba una enorme área de estar y comedor con una escalera de metal serpenteante en el extremo más alejado que conducía a un rellano abierto. Varias puertas cerradas se alineaban en el pasillo, y supuso que los dormitorios y el baño estaban más allá.

Una chimenea vacía ocupaba la mayor parte de la pared de la sala de estar debajo del rellano, mientras que ventanas del suelo al techo daban al camino de entrada, con un efecto ahumado aplicado al vidrio para permitir privacidad.

Lamberton lo vio mirando y le dirigió una sonrisa irónica. —Las ventanas son de triple acristalamiento por razones de seguridad, por si se lo preguntaba.

—Tiene usted una casa preciosa.

El hombre reconoció el comentario con un asentimiento, luego señaló un conjunto de tres sofás que rodeaban la chimenea. —Siéntense. Saben que ya di mi declaración a la policía, ¿verdad? Dos agentes uniformados estuvieron aquí el viernes por la noche.

—Como dije, estas son solo algunas preguntas de seguimiento basadas en nueva información que ha salido a la luz. —Gavin se desabrochó la chaqueta y se hundió en los mullidos cojines—. ¿Conoce usted a Penelope y Stephen Brassick?

—Solo de pasada. —Lamberton se encogió de hombros—. Si están hablando con todos los que viven por aquí, habrán visto lo separadas que están las casas unas de otras. Es por eso que nos gusta vivir aquí, por la privacidad que nos permite.

—Su pareja…

El hombre sonrió. —Jacob está en una videollamada con su editor en este momento, pero si quieren hablar con él también, puedo hacer que los llame. Tardará al menos una hora más o menos.

—¿A qué se dedica? —dijo Laura.

—Es historiador de arte estos días. Se jubiló cinco años después que yo, aguantó un año sin trabajar y luego se aburrió. —Lamberton esbozó una sonrisa tímida—. Le dije hace años que sería bueno en eso; siempre le encantó la historia y pasamos horas en galerías dondequiera que viajamos. Tiene un talento natural. Recibe consultas de todo el mundo, y ahora está escribiendo un libro.

—¿Usted también está jubilado? —preguntó Gavin.

—Hace más de diez años, y no echo de menos ni un día de la vida corporativa. Solía ser el director de operaciones de una de las instituciones financieras de Londres. —Se estremeció teatralmente—. No, no lo echo de menos en absoluto.

—Volviendo a los Brassick, ¿cuándo los vio por última vez?

—Iban camino al aeropuerto, supongo. Sé que Stephen trabaja en Estados Unidos de vez en cuando. Yo estaba al final del camino de entrada podando algunas de las ramas más bajas de los árboles junto a la puerta cuando pasó el taxi para recogerlos. Unos quince minutos después, volvió en la otra dirección con ambos en el asiento trasero.

—¿Y la última vez que habló con ellos?

Lamberton negó con la cabeza. —Como dije, no solemos socializar con nuestros vecinos. Ni siquiera sé a qué se dedica Brassick, solo que viaja mucho por negocios.

—¿Dónde estaba usted el viernes por la noche, digamos a partir de las seis en adelante?

—Aquí, leyendo. —El hombre señaló dos grandes sillones junto a las ventanas—. Los dos, de hecho. Abrimos una botella deliciosa de Pinot Noir para celebrar el contrato del libro de Jacob, y luego cocinamos la cena alrededor de las ocho.

—¿Cuál es su sillón?

—¿Perdón?

Gavin señaló los dos sillones junto a las ventanas. —¿Cuál es el suyo?

—El de la derecha.

Gavin se acercó y se sentó en el sillón. —Se puede ver el final del camino de entrada desde aquí. ¿Vio pasar algún coche mientras estaba sentado aquí el viernes?

—No, normalmente mantenemos las puertas cerradas, así que bloquean nuestra vista. Ustedes solo pudieron subir por el camino esta mañana porque estoy esperando una entrega.

Gavin echó un vistazo rápido al otro sillón, luego regresó al sofá y se inclinó hacia adelante. —Tienen bastante terreno en la parte trasera de la casa, ¿vio a alguien merodeando de manera sospechosa el viernes, o cualquier otro día en las últimas semanas?

—No, no vi nada. —Lamberton miró de él a Laura, y luego de vuelta—. Un momento, ¿están diciendo que quien asesinó a esa mujer pasó por nuestro jardín para llegar a la casa de los Brassick?

—No lo sabemos con seguridad en este momento —dijo Gavin—. Pero, ¿le importaría si echamos un vistazo afuera, solo para verificar si hay algo que pueda ayudarnos?

—Vamos, entonces. —Lamberton se puso de pie con un leve gruñido y se dirigió hacia una puerta abierta en el extremo más alejado de la habitación que conducía a una cocina moderna y ordenada, hablando por encima del hombro mientras lo seguían—. Aunque les costaría bastante andar a escondidas sin que nos diéramos cuenta; instalamos cámaras de seguridad cuando nos mudamos aquí hace cinco años, y ninguna de ellas se ha activado en un par de semanas. La última vez fue solo por un erizo, de todos modos. Hibernan debajo del cobertizo del jardín durante el invierno.

Gavin se quedó helado. —¿Cuándo fue la última vez que revisaron las cámaras?

—Jacob suele echar un vistazo rápido a las grabaciones cada par de semanas, solo porque quiere averiguar si los zorros locales ya han tenido crías.

—¿Le importaría mostrarme dónde están las cámaras antes de que echemos un vistazo al jardín?

Lamberton se encogió de hombros, abrió la puerta trasera y los invitó a salir. Guiándolos por un camino pavimentado, se detuvo debajo de un conducto de ventilación y señaló una cámara negra instalada en un soporte debajo. —Ahí la tienen. Oh.

La mirada de Gavin siguió la del hombre, con el corazón hundiéndose.

—Diablos —dijo Laura—. Ha sido rociada con pintura, igual que en casa de los Brassick.

CAPÍTULO 23

Una hora más tarde, Laura estacionó el coche del grupo en un espacio junto a una furgoneta rotulada y miró a través del aparcamiento hacia el edificio de cuatro pisos que albergaba la Jefatura de Policía de Kent.

El viaje a Northfleet desde la casa de Conrad Lamberton había pasado en un abrir y cerrar de ojos, con Gavin al teléfono con la sala de incidentes mientras ella se abría paso a través del tráfico congestionado a lo largo de la M2.

La antigua ruta de Watling Street estaba repleta de camiones articulados con matrículas extranjeras y turistas de principio de temporada que se sumaban a una carretera ya sobrecargada.

Exasperada por el tiempo, consciente de que se reunirían con el jefe de Stephen Brassick en menos de quince minutos, miró su reflejo en el espejo retrovisor y pasó los dedos por su cabello antes de darse suaves palmadas en las mejillas para añadir un poco de color.

—Entendido, jefa —dijo Gavin a Kay a modo de despedida, y bajó su móvil—. Quiere que volvamos directamente a la sala de incidentes después de esto. Están haciendo que Harriet envíe un equipo a la casa de Lamberton para ver si pueden encontrar alguna evidencia de rastros.

—Tendrán suerte después de todo este tiempo.

Después de cerrar el coche, se apresuraron a cruzar el camino pavimentado de hormigón que conducía al edificio, subieron las escaleras hasta el segundo piso y entraron en un espacio abierto que zumbaba con una actividad tranquila.

Se había creado un pasillo entre la entrada y la primera fila de escritorios, de doble ancho para permitir que varias personas pasaran a la vez en su camino hacia diferentes departamentos dentro del edificio.

Los ojos de Laura se abrieron ante la gran cantidad de personal que llenaba la sala. No había ni una sola silla vacía disponible, y todos tenían la cabeza inclinada sobre una pantalla de ordenador, el sonido de los dedos tecleando solo era interrumpido por el musical timbre de los teléfonos.

—Vamos, por aquí —dijo Gavin.

—¿Dónde estabas basado cuando trabajabas aquí? —dijo ella, bajando la voz para no molestar a nadie.

—Al otro lado del edificio. Ahí es donde tienen una de las salas de operaciones principales. —Sostuvo la puerta abierta al final de la sala para ella—. Te lo mostraría, pero llegaremos tarde si lo hago.

—La próxima vez, entonces. —Para su sorpresa, la puerta se abría a otro pasillo que se retorcía alrededor del edificio hasta abrirse en una zona de recepción más pequeña.

Una mujer estaba sentada en un escritorio cubierto de documentación y notas adhesivas de colores brillantes, con un rotulador en la mano mientras escuchaba atentamente a un hombre que se cernía a su lado, con el ceño fruncido.

—Jefe —dijo Gavin.

El comisario Devon Sharp levantó la mirada, sus fríos ojos grises suavizándose al verlos. —Me alegro de veros a ambos. ¿Qué os trae por aquí desde Maidstone?

—Estamos entrevistando al jefe de Stephen Brassick —dijo Laura, estrechando su mano. Miró el reloj en la pared detrás del escritorio—. Y llegamos justo a tiempo.

—Puede que hayamos tenido un avance en una de las propiedades vecinas —explicó Gavin—. Harriet está en camino hacia allá en este momento.

—¿Qué hay del segundo asesinato? —dijo Sharp—. ¿Algo que conecte a los dos, o es demasiado pronto para decirlo?

—Demasiado pronto, jefe. —Laura oyó la frustración en su propia voz, y se encogió de hombros en señal de disculpa—. Pero lo conseguiremos.

Sharp sonrió. —Estoy seguro de que lo haréis. Bien, será mejor que os deje continuar. Sarah aquí os mostrará dónde encontrar a vuestro visitante.

La mujer ya estaba empujando su silla hacia atrás, y para sorpresa de Laura, se elevaba por encima de Sharp. —Por aquí.

Laura miró hacia abajo para ver si la mujer estaba tambaleándose sobre tacones, pero se llevó una decepción. Reprimió un suspiro, lamentando la estatura extra que a veces deseaba tener, especialmente cuando trataba con los sospechosos más indisciplinados o colegas prepotentes.

Sarah le entregó un archivo mientras los guiaba más allá por el pasillo. —Esas son las comprobaciones de antecedentes de vuestro equipo en Maidstone que fueron enviadas por correo electrónico. Duncan Nithercott no parece tener infracciones o encuentros con la policía de los que preocuparse, pero os dejaré que seáis vosotros quienes juzguéis eso.

Les dedicó una sonrisa, luego se detuvo junto a una puerta cerrada, bajando la voz. —Es aquí. Si pudierais mostrarle el camino hacia abajo una vez que hayáis terminado, y aseguraos de que firme al salir, sería genial. Tengo la sensación de que Sharp me tendrá arreglando hojas de cálculo el resto de la tarde al ritmo que vamos.

—Gracias. —Laura abrió el archivo después de que la mujer se alejara y se giró para que Gavin pudiera leer por encima de su hombro mientras hojeaba el contenido.

—Limpio como una patena —dijo él cuando ella cerró el archivo.

Podía oír la decepción en su voz. —Es como dice Kay, Gav. Necesitamos hablar con todos, aunque solo sea para tacharlos de nuestra lista.

—Lo sé. —Él le guiñó un ojo, luego abrió la puerta.

Duncan Nithercott levantó la vista de un vaso de agua a medio terminar y frunció el ceño cuando entraron. —Ya era hora.

—Disculpe —dijo Laura, negándose a dejarse provocar por el tono desdeñoso de su voz—. Estamos en medio de una investigación de asesinato, y otros asuntos nos retrasaron esta tarde. ¿Puedo traerle un café o algo antes de que empecemos?

Él se erizó ante su tono, pero luego negó con la cabeza.

—No, está bien. Lo siento. Han sido unos días estresantes con el trabajo, y mi reunión con el cliente se alargó. Pensé que iba a llegar tarde aquí.

—Entendido. Intentaremos no retenerlo demasiado tiempo. Vamos a hacer esta entrevista formal, señor Nithercott, así que la estaré grabando —explicó Gavin mientras Laura tomaba asiento a su lado—. Encenderé la máquina, le leeré sus derechos formales como testigo de nuestra investigación, y luego obtendré algunos datos básicos de usted antes de hacerle algunas preguntas sobre su empleado Stephen Brassick. ¿Le parece bien?

—De acuerdo. —Nithercott apartó el agua y juntó las manos sobre su escritorio mientras escuchaba las formalidades.

—¿Puede confirmarme cuál es su cargo en la empresa de inversiones? —dijo Gavin.

—Superviso a todos nuestros actuarios internos y trabajo activamente con nuevos clientes para establecer esas relaciones incipientes —respondió Nithercott—. Stephen es uno de nuestros empleados más motivados, por eso nos gusta tenerlo trabajando en Nueva York y Zúrich tanto como sea posible. Es una apuesta segura.

—¿Cuánto tiempo lleva trabajando para ustedes?

—Once años. —El hombre les lanzó una mirada de suficiencia—. Lo fichamos de uno de nuestros competidores. Creo que nunca nos lo han perdonado.

—¿Socializa con él en alguna ocasión? —preguntó Laura.

—No, realmente no. Alguna que otra ocasión organizada por la empresa, pero nada más. —Nithercott se rio entre dientes—. Aunque Jackie, mi esposa, se lleva bien con la mujer de Stephen, Penelope, siempre que los vemos en eventos. Probablemente sea bueno que no se vean con más frecuencia, dada la forma en que hablan sobre antigüedades y zapatos. Estaría en la ruina, y estoy seguro de que Stephen también lo estaría.

Laura esbozó una pequeña sonrisa ante el intento de humor del hombre, luego miró sus notas. —¿Ha habido algún problema con Stephen o su trabajo en el pasado?

—Ninguno. Es un empleado ejemplar.

—¿Su empresa tiene alguna conexión militar? —dijo Gavin.

Las cejas de Nithercott se elevaron. —¿Conexiones militares?

—Empresas de seguridad, contratistas privados, algo así.

—No. ¿Por qué?

—¿Sabe si el trabajo de Stephen lo ha puesto en contacto con alguien que tenga antecedentes militares? —insistió Laura.

—En absoluto, y lo sabría porque superviso todos los clientes de Stephen. Los revisamos trimestralmente juntos y planificamos con quién debería reunirse para ampliar nuestro alcance al mismo tiempo. —Se reclinó en su silla—. ¿Qué está pasando?

—Solo son preguntas rutinarias —dijo Laura—. Todo es parte de nuestra investigación en curso.

—De acuerdo. —Nithercott se calmó una vez más, aunque no parecía convencido—. Bueno, puedo decirles que la mayor parte de nuestro trabajo proviene de bancos y otras instituciones financieras, firmas de capital privado, ese tipo de cosas. Nos expandimos del sector de seguros hace unos doce años, por eso contratamos a Stephen. Su experiencia en el sector bancario antes de eso fue esencial para nuestras estrategias de crecimiento en ese momento.

—¿A qué se dedica su esposa? —preguntó Gavin.

—Está activamente involucrada con un par de organizaciones benéficas locales aquí en Kent, recaudando fondos y ese tipo de cosas —dijo Nithercott. Hizo un gesto desdeñoso con la mano—. No necesita trabajar, no con las horas que yo hago. Puede parecer anticuado, pero ella disfruta siendo ama de casa, y significa que mientras ella organiza las cosas del día a día, nosotros podemos relajarnos los fines de semana.

—No sabía que eran de la zona —dijo Laura inocentemente, moviendo su mano para cubrir la dirección del hombre en el archivo abierto frente a ella—. ¿Están cerca de los Brassicks?

—No, estamos en este lado del condado. Prefiero estar más cerca de la ciudad, para ser honesto. Nuestra casa está en las afueras de Eynsford.

—¿Han experimentado algún robo o actividad sospechosa en los últimos doce meses en su casa?

—Ninguno en absoluto, y puedo asegurarles que, después de lo que le ha pasado a Stephen y Penelope, ordené a la empresa de seguridad que volviera a revisar todos los sistemas ayer. —Nithercott se estremeció—. No podría soportar pensar que algo le pasara a Jackie.

—Gracias, señor Nithercott, creo que eso es todo por hoy. —Gavin confirmó la hora para el final de la entrevista, luego terminó la grabación—. Lo acompañaremos a la salida.

Una vez abajo, Laura esperó mientras Gavin se aseguraba de que se devolviera el pase de visitante y Nithercott firmara la salida, y desplazó sus correos electrónicos en su móvil.

Levantó la mirada al oír el sonido de tacones repiqueteando sobre el suelo embaldosado para ver a una mujer de unos cuarenta años acercándose, su traje a medida un brillante contraste con los tonos de gris y negro y los uniformes planchados a su alrededor.

Las cejas de Nithercott se alzaron con sorpresa. —¿Jackie?

—Duncan, cariño, ¿por fin te han dejado ir? —La mujer agarró los brazos de su marido y se inclinó mientras él la besaba en la mejilla—. Pensé que no te volvería a ver.

—¿Cómo has llegado aquí? —Estiró el cuello para mirar por las ventanas del suelo al techo—. ¿Has venido conduciendo?

—Me aburrí, cariño. Pensé que tal vez me invitarías a almorzar.

—Detectives Piper, Hanway, esta es mi esposa Jackie. —Nithercott se volvió hacia ellos, deslizó su brazo a través del de ella, luego miró el bolso abultado colgado sobre su hombro—. Y parece que ha hecho más daño a mi cuenta de tarjeta de platino por lo que veo.

La mujer se rio, echándose el pelo por encima del hombro. —Bueno, si me vas a dejar sola durante horas, ¿qué puede hacer una chica, eh? Además, hay rebajas de verano en Bluewater.

Nithercott gimió, antes de que su esposa se volviera hacia Gavin.

—Entonces, ¿han atrapado a los desgraciados que asesinaron a esa mujer? Un asunto terrible. —Se estremeció—. Me alegro de que Duncan ya no viaje tanto como solía hacerlo. La idea de que alguien ande suelto mientras estoy sola en casa… no quiero ni pensarlo.

—Todavía es una investigación activa —murmuró Gavin, y luego suspiró aliviado cuando Nithercott se disculpó y se llevó a su esposa.

Laura suspiró mientras los veía caminar hacia su coche, luego se volvió para ver a Gavin sonriéndole. —¿Qué?

—Vi cómo mirabas ese bolso, Hanway. ¿Cuánto?

—Digámoslo así, Gav. No podría pagar mi alquiler durante los próximos tres meses si comprara uno de esos.

CAPÍTULO 24

Barnes escribió un mensaje de texto a su pareja, Pia, y luego miró hacia la pizarra mientras relámpagos surcaban el cielo más allá de las ventanas de la sala de incidentes.

Un sentimiento subyacente de urgencia llenaba el espacio mientras sus colegas arrastraban sillas hacia donde Kay esperaba, con un cansancio que se notaba en su manera de caminar.

Las bromas habituales se habían reducido a un murmullo cansado, la atmósfera opresiva se hacía eco de un retumbo de truenos que sacudió los cristales de las ventanas e hizo que todos giraran la cabeza.

Laura y Gavin no se veían por ninguna parte; una llamada telefónica de hacía cinco minutos había confirmado que estaban atrapados en el tráfico justo al norte de la ciudad y esperaban llegar antes de que terminara la reunión.

Barnes miró por encima del hombro cuando Kay empujó la puerta con el pie, con los brazos cargados de carpetas y un fajo de papeles.

—Este es el asunto —dijo mientras caminaba para pararse frente al equipo y pasaba las agendas recién impresas—. Debbie está en una cita, así que nadie se atreva a decir ni una palabra sobre que acabo de robar una resma de papel y un cartucho de tóner del armario de papelería del otro equipo, o habrá que pagar las consecuencias conociendo cómo se maneja la administración en este lugar.

Sus comentarios provocaron algunas sonrisas mientras se repartían las notas informativas, y luego los murmullos se acallaron.

Barnes recorrió con la mirada la página que tenía en la mano, contuvo un gemido ante el número de acciones pendientes y se aflojó la corbata.

Iba a ser una reunión larga.

—Bien, en primer lugar, la autopsia de nuestra segunda víctima de asesinato confirma que murió por una herida de puñalada fatal en la arteria femoral —dijo Kay, su voz llegando hasta donde él estaba sentado—. Estrictamente extraoficial, y que no se repita fuera de esta reunión, Lucas cree que *podríamos* estar buscando al mismo asesino dado el lugar de los diferentes cortes de cuchillo en las extremidades y el torso del hombre. Al igual que Katrina, es probable que fuera torturado antes de ese corte final. Quien hizo esto sabe lo que está haciendo. Ambas víctimas sufrieron un ataque horrible y prolongado antes de ser asesinadas.

Dejó que sus palabras calaran por un momento. —Hablé con el comisario Sharp a primera hora de la tarde, y sus investigaciones sobre cualquier ángulo militar con respecto a los Brassicks no han arrojado nada. Tras la visita de Gavin y Laura a la casa de Conrad Lamberton, justo al lado de la de los Brassicks, el equipo de Harriet concluyó su búsqueda justo antes de que estallara esta tormenta, y desafortunadamente han confirmado que cualquier evidencia de rastros se ha perdido debido al clima del viernes. Tampoco se encontraron huellas latentes en ninguna de las cámaras de seguridad alrededor de la propiedad.

Barnes se quitó las gafas de lectura y bajó la cabeza, pellizcándose la nariz. —Estamos jodidos.

—Hay una pequeña posibilidad de que podamos obtener información del propietario vecino —dijo Kay—. El gerente de Harriet en la escena, Patrick, encontró posibles señales de entrada al jardín. Hay una cerca de alambre de púas junto a un pequeño arroyo que separa la propiedad de las tierras de cultivo más allá que ha sido cortada, y recientemente, dice, dado que ninguno de los metales se ha oxidado todavía. El suelo a ambos lados es muy pedregoso y, dadas las recientes lluvias, no hay huellas, pero he encargado a una patrulla uniformada que hable con el propietario esta noche para ver si tienen alguna grabación de seguridad.

—Siempre y cuando sus cámaras no hayan sido rociadas también —murmuró Dave Morrison entre dientes.

—Exacto. —Kay tomó un alfiler rojo de la bandeja junto a la pizarra y lo clavó en la fotografía aérea del campo que rodeaba la casa de los Brassicks—. Pero hasta que sepamos lo contrario, esta granja sigue en nuestra lista de acciones. ¿Alguien ha encontrado algo en las cámaras de videovigilancia locales que muestre vehículos o personas sospechosas el viernes por la tarde?

Aaron Stewart levantó la vista de sus notas. —Nada que sugiera algo relacionado con el asesinato de Katrina, jefa. Todos los vehículos en cámara han sido rastreados hasta residentes locales, y ninguno de ellos tiene antecedentes penales.

—Cristo. —Kay suspiró—. Bueno, supongo que eso habría sido demasiado fácil. Yo…

Se interrumpió al oír el sonido de un teléfono móvil, y Barnes miró por encima de las cabezas de los oficiales reunidos para ver a Nadine levantarse de un salto y correr hacia su escritorio, con el móvil en la oreja. Cuando miró a Kay, ella levantó una ceja, pero no dijo nada por un momento.

Observó a Nadine mientras la joven agente en período de prueba se dejaba caer en la silla de su escritorio, con el móvil bajo la barbilla mientras escuchaba al interlocutor y tomaba notas, su mano libre haciendo gestos a quien fuera que estuviera escuchando para que se diera prisa.

Tan pronto como terminó la llamada, se lanzó sobre su teclado, con los dedos volando mientras miraba fijamente la pantalla, ignorando los comentarios murmurados de sus colegas.

La puerta se abrió, y Gavin y Laura entraron en la sala, y Barnes notó la confusión que barrió sus rostros al ver a todos mirando expectantes a Nadine. Les hizo señas para que se acercaran.

—Justo a tiempo —murmuró.

—¿Qué está pasando? —susurró Laura mientras Gavin se posaba en el escritorio junto a él—. ¿Qué nos hemos perdido?

—Nada aún.

Entonces vio a Nadine reclinarse en su silla.

Parpadeó ante la pantalla antes de volver corriendo hacia los oficiales que esperaban. —Lo siento, jefa.

—No hay problema —dijo Kay—. ¿Cuál es la emergencia?

—Era Simon, de la morgue. Estaba pasando los detalles de nuestra segunda víctima por el sistema esta tarde, y me quedé atascada cuando estaba mirando las huellas dactilares. Una de ellas se había emborronado un poco cuando la tomaron, así que le pedí que la volviera a hacer. —Nadine hizo una pausa, luego frunció el ceño—. Supongo que eso estaba bien, ¿verdad, jefa?

—Absolutamente bien. —Kay señaló el móvil en la mano de la agente—. ¿Qué tienes?

—Creo que lo hemos encontrado, jefa. A nuestra segunda víctima.

Una explosión de voces excitadas atravesó la sala de incidentes, y Barnes sintió un escalofrío en los hombros.

—Todos, callaos. —Kay los fulminó con la mirada, luego se volvió hacia Nadine—. ¿Cómo?

—Una vez que tuve el conjunto completo de huellas, pude pasarlas por el sistema de nuevo. Obtuve un nombre: Preston Winford. Simon ha hablado con un colega suyo del hospital que accedió al registro de donantes por nosotros, y acaba de confirmar que Preston donó un riñón a su hermano cuando tenía diecinueve años.

Hubo un silencio conmocionado, y luego Barnes sonrió, aplaudiendo. —Ese es un resultado fantástico, Nadine. Bien hecho.

—Lo es, y excelente trabajo —añadió Kay mientras la agente volvía a tomar asiento, sonrojándose bajo la atención de sus colegas—. Bien, pues... gracias a Dios. Una excelente manera de terminar el día.

Barnes observó mientras ella hojeaba las páginas de la agenda y luego la dejaba a un lado.

—Este avance nos da nuevos ángulos para investigar —dijo—. En primer lugar, quiero una verificación completa de antecedentes sobre lo que ha estado haciendo Preston Winford desde que tenía diecinueve años y le extirparon ese riñón. Priorizad la revisión de las redes sociales primero, y averiguad quiénes son sus familiares y cómo puedo contactarlos. —Kay hizo una pausa, haciendo una mueca—. Necesito informarles lo que ha sucedido antes de que los medios se enteren de algo. Y hablando de medios, si *alguien* filtra esto, yo misma los colgaré. ¿Entendido?

Una sombría ola de asentimiento llegó hasta donde Barnes estaba sentado.

—Luego necesitamos averiguar si Preston está conectado de alguna manera con Katrina, y si tiene alguna conexión con Angus Zilchrist y cómo. No creo que fuera mala suerte que lo empujaran dentro de ese armario en la unidad de almacenamiento de Angus. Se siente demasiado personal, un movimiento así. Finalmente, averiguad si Preston alguna vez tuvo contacto con los Brassicks. Lo mataron antes que a Katrina, así que tal vez él condujo al asesino hasta ella, incluso por accidente.

Terminó de actualizar los puntos en la pizarra y luego se volvió hacia ellos una vez más. —¿Algo más?

—Investigaré si Preston alguna vez tuvo entrenamiento militar o entró en contacto con alguien que lo tuviera —dijo Gavin—. Solo para descartarlo. Aunque, estábamos hablando de eso en el coche de camino aquí, y creo que cualquier ladrón experimentado sabría usar las mismas tácticas. Después de todo, hay suficiente información sobre cómo usar tácticas de sigilo en línea estos días.

—Cierto —dijo Kay, dibujando un signo de interrogación junto a la nota original—. Y aún no hemos encontrado nada que sugiera que hay un ángulo militar en esto.

—Puedo quedarme esta noche para comenzar con las verificaciones de antecedentes sobre él —dijo Nadine. Se encogió de hombros—. Después de todo, soy yo quien ha creado todo este trabajo extra.

—Es un buen trabajo extra, así que no quiero oír ninguna disculpa de tu parte —respondió Kay—. Si vas a hacer eso, entonces no quiero verte antes de las diez en punto mañana. No hay horas extras disponibles, y no quiero que trabajes mientras estás agotada; no me servirás de nada así.

—Yo también puedo quedarme, jefa —dijo Kyle—. Con el ángulo de las redes sociales, habrá mucho que revisar si queremos avanzar en esto.

Barnes sonrió al agente, luego le guiñó un ojo a Kay, orgulloso de que ella comandara tanto respeto entre su equipo, incluso de los reclutas más nuevos.

—Yo también. —Sean Gastrell levantó la mano desde su posición en la parte trasera de la habitación—. De todos modos, solo iba a ir al pub a ver el fútbol después del trabajo. Mi equipo probablemente perderá de todas formas.

—Mejor me quedo también entonces, jefa —dijo Aaron Stewart, y sonrió—. ¿Quién sabe en qué se meterán estos jóvenes si los dejamos solos?

CAPÍTULO 25

Kay luchó contra las ganas de vomitar, luego sacó otra toallita húmeda del paquete que yacía en el suelo embaldosado de la cocina.

Cuatro pequeños erizos se revolcaban unos sobre otros en la bandeja a su lado mientras Adam los colocaba suavemente uno por uno en una vieja báscula de cocina y anotaba el peso de cada animal, aparentemente ajeno a la mancha de excremento que uno de ellos había dejado en la toalla que forraba su recinto temporal.

Kay limpió el trasero del culpable, luego se echó hacia atrás sobre sus talones y se cubrió la nariz con el pliegue del brazo. —Dios mío. ¿Qué demonios han estado comiendo estos?

Su otra mitad sonrió. —Una mezcla saludable de proteínas, carbohidratos y otras vitaminas y minerales esenciales.

Ella miró los paquetes abiertos de comida junto a dos cuencos metálicos. —¿Cuánto dinero están ganando estas empresas con la supuesta comida para erizos? Seguramente esto es solo comida para gatitos.

—Alégrate de que ya no estén con alimentación líquida. —Le lanzó una sonrisa malévola—. He visto caca proyectil con esa cosa.

Kay colocó al erizo entre sus hermanos, luego miró por encima del hombro cuando sonó el timbre. —Debe ser la comida para llevar.

—De acuerdo, ve tú, yo terminaré aquí.

Después de correr al fregadero de la cocina y frotarse las manos, Kay se apresuró hacia la puerta principal y la abrió de golpe, justo cuando el repartidor estaba bajando su móvil.

—Acabo de enviar un mensaje para ver si había alguien —dijo, entregándole la comida.

—Lo siento, estamos lidiando con erizos hambrientos en este momento.

Su mandíbula cayó, y luego trató de mirar a su alrededor. —¿En serio? Mi hermana dice que quiere uno como mascota. Hay un montón de gente en las redes sociales con ellos.

—Aquí va un consejo —dijo Kay, tomando la bolsa de papel de él y entregándole una propina en efectivo—. Dile que no lo haga. Cagan por todas partes, y nunca podrá quitar las manchas, créeme.

Reprimiendo una sonrisa ante la mirada de horror en su rostro, cerró la puerta y volvió a la cocina, donde el aroma de la comida china recién cocinada no lograba enmascarar el hedor de los animales.

Adam ya había abierto las ventanas de la cocina y levantó la vista mientras reemplazaba la ropa de cama sucia en la bandeja de los erizos con una limpia. —No te preocupes, el olor se irá.

Sacando platos de un armario junto al microondas, Kay puso los ojos en blanco. —Hasta que vuelvan a comer. Comamos esto en la otra habitación; todavía huele un poco… fuerte aquí.

Unos minutos después, estaban sentados uno al lado del otro en el sofá, sus platos cargados de comida y una copa de vino para cada uno en la mesa de café frente a ellos.

Kay gimió con el primer bocado. —Dios, estaba lista para esto.

—Igual yo. He estado tan ocupado con el papeleo y alimentando a ese grupo todo el día que no he tenido tiempo de comer. —Adam recogió un tenedor lleno de fideos, luego alcanzó su copa y tomó un sorbo—. ¿Quieres ver una película después de esto?

—No puedo, lo siento. Me traje a casa algo del papeleo del presupuesto para revisarlo. Nunca tendré la oportunidad de hacerlo en el trabajo con esta investigación ocupando todo mi tiempo.

Él bajó su copa y la miró con cautela. —No dejes que te agoten.

—No lo haré. Confía en mí, media hora más o menos y todo estará hecho. Es solo que si no lo hago, perderé la fecha límite. También quiero revisar mis correos electrónicos; hay tanta información llegando sobre estos dos asesinatos que temo perderme algo importante.

—Menos mal que disfrutas lo que haces, ¿verdad? —Sonrió y volvió a su comida.

—¿Quién está a cargo de la clínica mientras tú estás cuidando a los niños?

—Scott. Él y Claire lo tienen todo bajo control; afortunadamente ha sido una semana tranquila. No ha habido demasiadas emergencias, solo revisiones estándar y vacunaciones. Él sabe que puede llamarme si surge algo. —Adam puso su plato vacío en la mesa y se recostó, reprimiendo un eructo—. Tengo que ir a una granja en Hawkhurst a primera hora de la mañana para revisar un caballo antes de que lo vendan, pero eso no llevará mucho tiempo. Los erizos estarán bien mientras no estoy. —Se levantó cuando ella apartó su cuchillo y tenedor—. Dame tu plato, me encargaré de lavar mientras trabajas.

—Gracias. No tardaré mucho, lo prometo.

Él sonrió. —Te traeré más vino en un rato.

Kay se tomó un momento para saborear otro sorbo de vino, luego dirigió su atención a la bolsa de mensajería a sus pies. Hurgando en su interior, sacó una carpeta roja llena de hojas de cálculo y notas manuscritas, su corazón hundiéndose mientras examinaba los números.

No era de extrañar que rara vez viera a Sharp en Maidstone estos días. Ya era bastante malo ser inspectora, y no digamos tener un rango más alto con más papeleo que investigación práctica.

Abrió su portátil y clicó en la aplicación de correo electrónico, su mirada cayendo en las últimas actualizaciones de su equipo. Tan tentador como era perderse en las investigaciones de asesinatos, en su lugar se desplazó hasta las instrucciones de la Jefatura y volvió a las hojas de cálculo, decidida a completar su tarea dentro de la hora.

Veinte minutos después, su móvil vibró sobre la mesa de café, sacándola de sus pensamientos sobre la complicada fórmula que estaba tratando de emular, y sonrió irónicamente al ver el nombre en la pantalla.

—Jefe, justo estaba pensando en ti —dijo.

—Y sin duda maldiciendo por lo bajo. —Sharp se rio —. Acabo de ver el correo electrónico de la Jefatura. ¿Todavía estás en la oficina?

—En casa. Si logro descifrar cómo escribir esta maldita fórmula, te enviaré mis cifras esta noche.

—¿En qué está atascada?

Pasaron los siguientes dos minutos resolviendo el problema, y Kay suspiró aliviada mientras enviaba por correo electrónico los archivos terminados.

—Gracias a Dios —suspiró, y alcanzó su vino—. Gracias, jefe.

—Cuando quieras. Oigo que tienes un nombre para el cuerpo encontrado en la unidad de almacenamiento.

—Preston Winford. —Escaneó sus correos electrónicos hasta que vio uno de Aaron Stewart, y parafraseó su actualización—. Lo último que llega del equipo es que Preston tenía veinticuatro años en el momento de su muerte y trabajaba a tiempo parcial como repartidor. Entrevistaremos a su jefe mañana por la mañana; hasta ahora, toda esta información se ha obtenido de las redes sociales. También hemos localizado a sus padres, así que me llevaré a Barnes conmigo para hablar con ellos mañana antes de contactar a la prensa, y Aaron ha elaborado una lista de conocidos que entrevistaremos en los próximos dos días.

—Bien, de acuerdo. Suena como un buen plan.

Supongo que no hay más noticias sobre el asesinato de Katrina.

—Tengo a dos oficiales que irán a hablar con un propietario de tierras cerca de la casa de los Brassick mañana por la mañana. Parece que quien la mató cruzó por la propiedad de un vecino para llegar a su casa. Si encontraremos algo o no…

—Mmm. No me gusta nada esto, Kay.

—A mí tampoco. Ambos asesinatos muestran un carácter vengativo, en lugar de violencia por la violencia misma. Sus heridas fueron calculadas para infligir el máximo dolor posible sin matarlos de inmediato, hasta que quien hizo esto estuvo listo.

—¿Ha salido alguien de prisión recientemente que coincida con el perfil?

—No que Laura haya podido encontrar, y eso que fue condenadamente minuciosa. Incluso revisó los registros de Essex y Sussex.

—Muy bien. Lo siento, tengo que irme, tengo un par de llamadas más que hacer esta noche. Avísame si me necesitas, y saluda a Adam de mi parte.

—Lo haré. Gracias.

Al terminar la llamada, metió su portátil y los papeles de vuelta en el bolso y luego se dirigió a la cocina con su vaso vacío.

Adam estaba sentado en la encimera central, con la cabeza inclinada sobre una revista veterinaria. Levantó la vista cuando ella entró y sonrió. —¿Ya terminaste?

—Ya terminé. —Cruzó hacia el refrigerador y sacó el vino, sirviéndoles a cada uno otra copa antes de unírsele, y cogió una galleta de gambas sobrante de la bolsa que estaba junto a su codo—. Sharp te manda saludos.

—Me imaginé que podría ser él.

Kay mordisqueó la galleta. —Deberíamos organizar una barbacoa pronto. Hace siglos que no reunimos a todos.

—Hagámoslo cuando tu carga de trabajo se calme un poco —dijo él, atrayéndola hacia un abrazo—. De lo contrario, sé lo que pasará: todos se sentarán a hablar de este caso en lugar de relajarse.

—Cierto.

Como si fuera una señal, su teléfono móvil sonó. Besó a Adam y luego se apartó para contestar.

—Hunter.

—¿Jefa? Soy Sean Gastrell.

—¿Sigues en la comisaría?

—Estamos terminando por hoy, jefa, pero Aaron dijo que debería llamarte. Descubrí algo sobre Preston Winford que deberías saber de inmediato.

—Oh, ¿qué es?

—Revisé su nombre a través de una verificación de crédito para ver cómo eran sus hábitos de gasto, por si había nuevas pistas sobre cómo pasaba su tiempo y todo eso —dijo el joven agente—. Resulta que debe más de doce mil libras repartidas en cuatro tarjetas de crédito. Tampoco estaba al día con los pagos, según estos registros. Estaba hasta el cuello de deudas.

Kay se quedó helada en el sitio, con el corazón latiendo con fuerza.

—Igual que Katrina —murmuró—, y Angus Zilchrist.

CAPÍTULO 26

Alec Mingrove se aferró al respaldo del asiento mientras el autobús se detenía suavemente, y contuvo la respiración hasta que pasó junto al anciano con un abrumador hedor corporal para llegar a la puerta.

Al pisar la acera, observó las nubes que se llevaban los últimos rayos de luz de la tarde mientras el autobús se alejaba del bordillo, y ofreció una silenciosa plegaria para que no lloviera antes de que llegara al restaurante.

Hacía tres semanas que finalmente había vendido su coche, aunque el hombre que se presentó en su piso había olido la desesperación que emanaba de él y le rebajó dos mil libras del precio de venta después de dar una corta vuelta de prueba.

Alec no había tenido la energía para discutir con él, ni el tiempo para esperar una mejor oferta.

También había entregado el dinero tan pronto como llegó a su cuenta bancaria. Por un momento, se sintió tentado a usarlo para huir, para escapar, para esconderse.

Entonces recordó que otros también habían intentado escapar, y habían fracasado.

Luchando contra las náuseas, caminó rápidamente hacia el centro de la ciudad, maldiciendo el hecho de no conocer las rutas correctas de autobús y estar ahora a quince minutos del restaurante.

Sus zapatos ya le apretaban los dedos, las puntas de moda más adecuadas para reuniones sociales o trabajo de oficina sedentario que para recorrer cualquier distancia.

La ironía tampoco le pasó desapercibida.

Doscientas libras por un par de zapatos no era nada para él hace un año, y ahora estaba tomando el autobús.

Al pasar por la sombra del aparcamiento de varios pisos, su estómago se retorció ante la idea de añadir más a su tarjeta de crédito esta noche.

Pero no tenía elección.

Ed había llamado hace dos días con instrucciones para reunirse, y la oportunidad de ser presentado al socio comercial de su amigo era demasiado buena como para rechazarla.

Especialmente cuando esta noche podría conducir a una oferta de trabajo permanente con un ingreso regular, que necesitaba desesperadamente si iba a salir del lío en el que estaba metido.

Siendo un contratista y viviendo con la idea del gobierno de un salario mínimo básico, Alec estaba luchando. Hasta hace cuatro meses, había malgastado su salario en cosas materiales como el coche, relojes caros, ropa, vacaciones, todo pagado con plástico.

Todo para tratar de impresionar a compañeros de

trabajo en un empleo del que repentinamente fue despedido.

Todo porque su empleador decidió trasladar su sede de Aylesford a La Haya porque las leyes de exportación estaban haciendo demasiado difícil tratar con su base de clientes europeos.

El resto del invierno lo pasó bajando el termostato cada semana para ahorrar dinero hasta que no tenía sentido bajarlo más. El piso estaba helado hasta finales de abril y pasaba las noches abrazado a una bolsa de agua caliente para mantenerse caliente mientras comía alimentos que solían sustentarlo durante sus días de estudiante.

Aun así las deudas se acumulaban: la hipoteca, el contrato del móvil que no podía cancelar porque necesitaba buscar trabajo, esas malditas facturas de tarjetas de crédito.

La oferta de un préstamo en efectivo a finales de marzo había parecido una bendición.

Hasta hace cuatro semanas y la repentina solicitud de que el préstamo fuera devuelto inmediatamente, con intereses.

Aún así el interminable ciclo de solicitudes de trabajo, entrevistas, y el conocimiento de que no podía pedir un aumento o un contrato permanente en la empresa donde trabajaba porque así es como la gente no volvía la semana siguiente.

Siempre había alguien más que trabajaría por menos en lugar de no trabajar en absoluto.

Se mordió el labio, parpadeando para contener las ganas de llorar de frustración.

—¡Alec!

—Mierda —murmuró, luego se giró con una sonrisa pegada en la cara—. Ed, colega, pensé que ya estarías en el restaurante.

Su amigo hizo un gesto hacia la hermosa mujer a su lado.

—Alguien no podía decidir qué ponerse, así que vamos un poco tarde.

—No es justo, y no es cierto —dijo ella, riendo—. El gato decidió vomitar en la alfombra justo cuando nos íbamos.

—Hola, Lisa. —Alec se inclinó y le dio un rápido beso en la mejilla—. Y, qué agradable.

—Lo sé, ¿verdad? Menos mal que es lindo.

Ed lo miró de arriba abajo.

—Pensé que eras tú al que vi bajando del autobús junto al supermercado cuando pasamos en coche. ¿Qué pasa? ¿Dónde está tu coche?

La sonrisa de Alec flaqueó un poco mientras avanzaban por la calle, girando en un cruce antes de entrar en la zona peatonal.

—El maldito embrague se estropeó esta mañana temprano y el taller tuvo que pedir un reemplazo porque no lo tenían en stock. Lo recuperaré en algún momento de esta semana.

—¿Así que tuviste que usar un autobús? Joder. —La nariz de Ed se arrugó.

—Lo sé, ¿verdad? —Dio una palmada en el hombro de su amigo mientras giraban hacia un callejón estrecho—. Creo que no he tenido que hacer eso desde que dejamos la escuela. ¿Recuerdas aquella vez que hiciste que nos echaran del autobús escolar durante todo un trimestre?

Los ojos de Lisa se abrieron de par en par.

—Nunca me contó eso.

—¿No lo ha hecho? Tal vez deberías preguntarle. —Alec movió las cejas—. O podría contarte sobre aquella vez que él…

—No es nada. —Ed sonrió y rodeó a su esposa con el brazo—. Todo lo que pasó fue…

Alec dejó que sus voces flotaran a su alrededor mientras caminaban por delante, con una náusea arañando su estómago mientras su mirada recorría los rostros detrás de las ventanas de un bar con vistas al patio empedrado.

Nadie lo estaba observando.

A nadie le importaba.

—¿Alec?

Su mirada se dirigió rápidamente a la puerta principal del restaurante. La mano de Ed estaba en el picaporte de latón, el cristal brillaba bajo una iluminación cuidadosamente colocada que iluminaba el logotipo sobre sus cabezas.

Forzando una sonrisa, se apresuró.

—Lo siento, estaba en las nubes.

—Angela ya está aquí. —Ed señaló con la barbilla hacia una morena con un vestido a medida que estaba de pie en el bar más allá del cristal—. Solo sé tú mismo, y estarás bien. Esto es solo una formalidad, confía en mí.

—Gracias. —Alec fue a alcanzar el brazo de su amigo, luego se detuvo torpemente—. Esto significa mucho.

Ed guiñó un ojo. —Agradécemelo cuando firmes el contrato. Y cómprame una botella de ese Krug añejo que solíamos beber. Hace tiempo que no tomamos, ¿verdad?

—De acuerdo, trato hecho —asintió Alec—. Vamos allá.

Siguiendo a Ed al restaurante, se quedó un poco atrás mientras se hacían las presentaciones formales, luego le tendió la mano a Angela.

—Encantado de conocerla —dijo—. Gracias por permitirme ocupar su tiempo esta noche.

Ella sonrió, con un apretón firme. —No hay problema. Ed me ha hablado mucho de usted, y me gustaría escuchar qué cree que puede aportar a nuestro nuevo hegocio.

Un camarero se acercó, murmuró que su mesa estaba lista y los guio hacia un rincón apartado en la parte trasera del restaurante.

—Pensé que era mejor mantenernos alejados de la multitud —explicó Angela—. Es más fácil no tener que preocuparse por la confidencialidad de esa manera. Me gustaría saber más sobre su experiencia, Alec, especialmente a la luz de dos clientes que esperamos conseguir la próxima semana.

—Sin problema. —Alec se sentó entre ella y Ed, y asintió agradecido al camarero cuando le pasaron un menú encuadernado en cuero.

Al recorrer con la mirada la lista de entrantes y platos principales, sintió que le escocían los ojos al ver los precios.

No podía permitirse nada de eso.

No ahora.

La amargura lo envolvió.

¿En qué demonios estaba pensando Ed al sugerir que se reunieran aquí?

—¿Qué va a tomar el señor? —El camarero se cernía

sobre su codo—. Puedo recomendar el steak tartare para empezar…

—En realidad, no tengo tanta hambre. ¿Podría tomar la sopa del día, por favor, y el entrante de ensalada de atún como plato principal?

—¿Estás a dieta, Alec? —sonrió Lisa—. No es propio de ti preocuparte por lo que comes.

Él se dio una palmada dramática en el estómago y forzó una risa. —Las noches largas, la comida basura, todo acaba pasando factura. Pensé en portarme bien por un tiempo, así podré darme un capricho como es debido en unos meses.

—Bueno, tengo que decir que eso es admirable. —Angela arqueó una ceja—. Bien, yo tengo que probar el gravlax, es absolutamente divino aquí, y después tomaré los escalopes de ternera, por favor.

—Gracias, señora. —El camarero recogió los menús de sus manos—. ¿Y qué hay del vino?

Alec miró el agua sin tocar en su vaso. —Yo estoy bien, gra…

—Será mejor que tomemos una botella del Châteauneuf du Pape añejo —dijo Angela, sonriendo ampliamente—. Después de todo, tenemos mucho de qué hablar, ¿no?

———

Dos horas más tarde, la mano de Alec temblaba mientras tecleaba el código PIN de su tarjeta en la máquina que el camarero le tendía, y deseó no haber cedido a la insistencia de Angela de que tomaran una segunda botella del vino más caro del menú.

Ni siquiera había bebido más que un par de sorbos de la primera, rechazando los intentos del camarero de rellenar su copa e ignorando las miradas inquisitivas que Lisa le lanzaba de vez en cuando.

Picoteando su comida, se había concentrado en cambio en responder a las preguntas de Angela con el equilibrio adecuado entre aplomo y humildad, provocando algunas risas educadas y ampliando algunos detalles de su trabajo pasado cuando era apropiado.

Mientras traían los abrigos y se apartaban las sillas, la socia de Ed le tendió la mano una vez más, con los ojos brillantes.

—Me alegro mucho de que hayamos tenido la oportunidad de reunirnos así —dijo—. Me resulta mucho más fácil tomar la medida de alguien fuera del ambiente de oficina, y Ed tenía razón sobre usted. Creo que será perfecto para nosotros.

Con eso, asintió a Ed, besó al aire a Lisa y salió por la puerta sin mirar atrás.

El alivio de Alec por la oferta de trabajo fue efímero cuando vio la cuenta.

Ed sonrió y luego arqueó una ceja. —Mejor dividimos esta, ¿no crees?

—Suena bien —respondió Alec, esperando que el alivio en su voz no fuera demasiado obvio.

—Mira el lado positivo, amigo. Ayudará a ablandarla cuando le sugiera que empieces de inmediato cuando me reúna con ella para tomar un café por la mañana.

El aire fresco golpeó las mejillas de Alec cuando

salieron del restaurante, y miró hacia arriba cuando comenzaron a caer algunas gotas de lluvia.

A pesar de la sensación de que el verano había terminado antes de haber comenzado, esperaba que esta noche fuera una señal de que finalmente podría intentar dejar atrás los últimos meses.

Quizás podría pedir a Ed y Angela un adelanto de su salario para liquidar sus deudas una vez que tuviera la oportunidad de impresionarlos.

Tal vez dentro de un año miraría atrás y vería este tiempo como una especie de prueba que había superado.

Forja el carácter, solía decir su padre.

Cuando se acercaban al aparcamiento de varios pisos, Lisa le dio un codazo en las costillas.

—Felicidades por el nuevo trabajo.

—Gracias, y gracias por venir esta noche también.

—No me iba a perder esa comida por nada del mundo —dijo, sonriendo—. No con la lista de espera que tienen para los próximos dos meses. Oh, mierda. Espera.

Se detuvo y hurgó en su bolso cuando su teléfono móvil comenzó a sonar, y oyó a Ed maldecir por lo bajo mientras ella hablaba con voz apresurada.

—Joder, por lo que parece es nuestra niñera. —Hizo una mueca cuando la lluvia empezó a caer con fuerza—. Iba a ofrecerte que te lleváramos a casa, pero…

—No te preocupes, yo…

—Ed, cariño. —Lisa terminó la llamada y se volvió hacia la entrada del aparcamiento—. Hayley tiene fiebre y acaba de vomitar. Le dije a la niñera que estaríamos en casa lo antes posi…

—Id —Alec le apretó el brazo, la besó en la mejilla y

luego se volvió hacia Ed—. Te llamaré mañana, pero gracias. Te debo una.

—Me la debes. Pero no hay necesidad de agradecerme. Sabía que serías perfecto. Oh, ¡eh, taxi! —Ed hizo señas a un coche que pasaba y se asomó por la ventanilla abierta cuando se detuvo, antes de señalar hacia Alec—. Necesita ir al extremo más alejado de Tovil, ¿está bien?

—Suba.

—Hablamos mañana —dijo Ed, dando una palmada en el hombro de Alec mientras se apresuraba a volver con Lisa.

—De acuerdo.

Alec esperó hasta que desaparecieron en el aparcamiento, luego se volvió hacia el taxista que esperaba y levantó su chaqueta sobre su cabeza para protegerse de la lluvia que ahora le caía por el cuello. —Está bien, caminaré, gracias.

—Amigo, está lloviendo a cántaros. ¿Está seguro?

—Sí, gracias.

El conductor puso los ojos en blanco, luego se alejó del bordillo, las luces de freno del coche parpadearon en el cruce antes de desaparecer en la noche.

Alec se estremeció, luego se alejó pisando fuerte, ansioso por poner distancia entre él y el aparcamiento antes de que Ed lo viera.

Acurrucado bajo la chaqueta, maldijo en voz baja que nadie más en la cena hubiera pensado en preguntar si podía permitirse comer allí. Simplemente habían asumido que podía.

—Y no tuviste las agallas para decirles lo contrario, imbécil —refunfuñó entre dientes.

Un autobús pasó salpicando cuando llegó al siguiente cruce saliendo de la ciudad, las ruedas desplazaron la mayor parte del agua de un charco en el bordillo y empaparon sus pantalones antes de detenerse a unos cientos de metros de él.

Una mujer bajó, levantó un paraguas y corrió hacia la puerta abierta de una casa cercana, el débil *tap-tap* de sus tacones llegando hasta él. Las puertas del autobús permanecieron abiertas durante unos segundos, y se dio cuenta de que el conductor probablemente estaba esperando que él subiera.

Alec redujo el paso, su cuello se sonrojó por la vergüenza de que ni siquiera podía permitirse el viaje a casa.

El conductor captó la indirecta y se incorporó a la carretera, dejándolo sacudir la chaqueta para perder algo del agua que se acumulaba en los pliegues antes de ponerse en marcha una vez más.

Al menos había bolsitas de té en casa. Sin leche, pero cualquier cosa caliente para beber ahora mitigaría el frío que le calaba hasta los huesos.

Exhaló, reprochándose el estupor que lo envolvía. Después de todo, al final de la semana tendría un nuevo trabajo que esperar después de la entrevista informal de esta noche e incluso si Ed no podía convencer a su socia de contratarlo como asociado de inmediato, al menos había algunas perspectivas profesionales.

Y una vez que saldara sus deudas, podría empezar a ahorrar, correctamente, como Ed y Lisa lo habían hecho, en lugar de comprar todas esas cosas materiales que lo habían dejado sin nada que mostrar por los últimos diez años de su vida laboral.

Cuadrando los hombros, con un renovado optimismo en su paso, se detuvo en el bordillo para dejar pasar un coche antes de cruzar la calle, luego observó cómo se detenía lentamente junto al bordillo y un hombre salía del lado del conductor.

Alec redujo la velocidad, luego vio al hombre agacharse junto a la rueda delantera, una fuerte maldición llegó hasta él antes de que la figura se pusiera de pie y pateara el neumático ofensor.

—¿Tiene un pinchazo? —gritó mientras se acercaba.

El hombre miró por encima del hombro y se encogió ligeramente. —Puede ser. De repente tiraba hacia la derecha.

Agachándose, Alec miró a través de la penumbra, luego frunció el ceño. —Me parece que está bien. Qué…

Gritó cuando un brazo grueso rodeó su garganta y lo arrastró hacia arriba, la mano del hombre envolviendo su brazo.

Luego la ventana trasera bajó, y él se tambaleó hacia atrás antes de que el agarre del hombre en su brazo se apretara.

—Hola, Alec.

Una voz llegó desde el asiento trasero del coche, enviando un escalofrío por su columna vertebral.

Tragó saliva, su boca permaneciendo seca mientras sus entrañas amenazaban con volverse líquidas. —Iba a llamarte cuando llegara a casa, lo prometo. Estaba…

—Entra, Alec. Es hora de tener una pequeña charla sobre esa deuda que tienes conmigo.

CAPÍTULO 27

Un aire de desesperación se aferraba a la sala de incidentes cuando Kay entró por la puerta a la mañana siguiente.

Recorrió con la mirada a los oficiales, todos los cuales llevaban expresiones abrumadas mientras atendían llamada tras llamada, tratando de lidiar con el aluvión de información tanto de la nueva escena del crimen como de sus investigaciones existentes.

A pesar de la hora temprana, un sutil tufillo a sudor llegó hasta donde ella se detuvo en su escritorio, el suave zumbido del conducto del aire acondicionado sobre ella haciendo poco para dispersarlo dentro del espacio cerrado.

Las voces a su alrededor se destilaron en un leve ruido blanco mientras revisaba los últimos correos electrónicos y luego trabajaba en media docena de mensajes de voz que habían dejado en el teléfono de su escritorio.

Después de anotar los más importantes, borró el resto y estiró los brazos por encima de la cabeza, sintiendo que sus vértebras superiores crujían en protesta.

—Jefa, los padres de Preston Winford están abajo —dijo Gavin, acercándose y entregándole un resumen del caso recién impreso antes de seguirla hasta la pizarra—. ¿Quieres que los entreviste yo, o…?

—Tú dirígela, pero me gustaría estar presente. —Kay examinó los puntos y notas en la página, luego se mordió el labio.

Había tanto por hacer, tantas pistas que habían sido cotejadas y procesadas, y aun así, una semana después, no estaban más cerca de saber quién había asesinado salvajemente a Katrina Hovat, ni por qué.

Se sopló el flequillo de los ojos y miró con furia la escritura cursiva que cubría la pizarra. —Preston tiene que ser la clave de todo esto, ¿no? En cuanto a fechas, no tenemos víctimas que muestren este tipo de lesiones en otros casos antes de que él fuera asesinado y abandonado en el cobertizo de almacenamiento de Angus.

—Ninguna que hayamos encontrado aún —dijo Gavin—. Pero todavía no hemos podido vincularlo con Angus o Katrina. Laura y los dos agentes en prácticas han revisado todas sus cuentas de redes sociales de nuevo en las últimas veinticuatro horas, y no hemos llegado a ninguna parte.

Ella oyó el desánimo en su voz e intentó inyectar algo de entusiasmo en la suya propia a pesar de la creciente sensación de que el caso se le escapaba de las manos. —Bueno, *sí* sabemos que las víctimas estaban endeudadas. Tal vez sea hora de pedir ayuda especializada.

Su colega frunció el ceño. —¿Qué tipo de ayuda?

Ella miró por encima de su hombro y le hizo una seña a Debbie West. —¿Puedes contactar con la Jefatura y preguntar si Amanda Miller sigue disponible? Nos ayudó en aquel caso del cuerpo momificado hace unos años.

—Lo haré, jefa.

Gavin observó a la oficial uniformada volver a su escritorio, luego se volvió hacia Kay. —¿La contadora forense?

—Ella misma. Espero que pueda detectar algo entre sus extractos bancarios que hayamos pasado por alto, o al menos proporcionarnos alguna información de fondo sobre dónde más podrían haber pedido dinero prestado.

Su boca se tensó. —Te refieres a prestamistas, ¿no?

—Tal vez, sí. El equipo de Amanda debe de haberse cruzado con prestamistas ilegales antes. Veamos si tiene alguna idea sobre ese lado del crimen organizado que pueda ayudarnos. —Hizo una pausa y miró su reloj—. Bien, vamos a hablar con el señor y la señora Winford. Quizás puedan arrojar algo de luz sobre lo que su hijo estaba haciendo antes de su muerte.

Marion y Colin Winford estaban sentados uno al lado del otro en una mesa en la sala de interrogatorios tres cuando Kay siguió a Gavin al entrar en la reunión, la pareja tomada de la mano mientras la madre de Preston se secaba los ojos con un pañuelo arrugado.

Colin Winford se puso de pie cuando la puerta se cerró y extendió una manaza hacia Gavin, la complexión del hombre sugiriendo que podría haber jugado al rugby en su juventud.

—¿Es usted el detective que va a atrapar al cabrón que mató a mi hijo? —exigió.

—Colin, *ese lenguaje*. —Los ojos de su esposa se agrandaron mientras el color subía a sus mejillas—. Lo siento mucho, nosotros…

—Está bien, no se disculpe, he oído cosas peores —dijo Gavin estoicamente—, y sí, lo soy. Uno de ellos, al menos. Esta es la inspectora Kay Hunter, que dirige la investigación.

—Señor Winford, señora Winford, lamento mucho su pérdida. —Kay señaló las sillas alrededor de la mesa—. ¿Nos sentamos, señor Winford, y responderé cualquier pregunta que tenga lo mejor que pueda en este momento?

—De acuerdo —dijo él con aspereza. Apretó la mano de su esposa, luego suspiró—. Perdón por el lenguaje. Es solo que… Preston era… era…

Se derrumbó entonces, con grandes sollozos desgarradores que sacudieron su enorme cuerpo mientras su esposa lo rodeaba con el brazo, sus propias lágrimas dejando húmedas rayas a través de la chaqueta de color pálido que él llevaba.

Gavin alcanzó una caja de pañuelos junto al equipo de grabación y la deslizó hacia la pareja, dándoles unos momentos para recomponerse.

—Preston no le haría daño a nadie —dijo Marion finalmente, su rostro manchado por las lágrimas—. Nunca se juntó con malas compañías en la escuela.

—Simplemente no podemos entender por qué alguien le haría daño —añadió Colin, y sorbió por la nariz.

—Bueno, esperamos poder obtener algunas respuestas para ustedes y arrestar a quien fuera responsable de su muerte —dijo Gavin—. ¿Les importa si les hacemos algunas preguntas sobre Preston, para ayudarnos a tener una mejor idea de él como persona?

—Claro. —Colin se limpió los ojos con la manga de su chaqueta y enderezó los hombros—. Cualquier cosa que necesiten de nosotros, solo pregunten.

—Gracias. —Gavin hizo una pausa, abriendo su archivo para revisar sus notas, y Kay miró de reojo.

Era una buena manera de dejar que los padres de Preston tuvieran unos momentos más para calmarse, y el orgullo se hinchó en su pecho por la forma en que su colega había madurado como investigador en el tiempo que llevaban juntos.

Esto significaba que ella podía escuchar y observar la entrevista, evaluando las respuestas de la pareja e intentando detectar cualquier corriente subyacente de estrés.

A menudo, era algo que quedaba sin decir lo que podía proporcionar el más mínimo avance que tan desesperadamente necesitaban.

—¿Cuándo fue la última vez que vieron a Preston? —comenzó Gavin.

—Principios de abril —dijo Colin—. Ahora vivimos en Suffolk, así que con él ocupado con el trabajo y a mí sin gustarme tanto conducir por la autopista, probablemente solo lo veíamos media docena de veces al año.

—Aunque hablábamos por teléfono cada pocas semanas —añadió Marion—. Y por correo electrónico.

—¿Pero nada desde principios de abril?

Ambos padres negaron con la cabeza.

—No. —Colin se encogió de hombros con tristeza—.

Simplemente supuse que estaba ocupado con el trabajo. Le envié un correo electrónico hace un par de semanas, pero no me preocupé. A veces era así: pasábamos unas semanas sin hablar, y luego teníamos una gran puesta al día cuando se liberaba.

—¿Podrían confirmar en qué trabajaba? —preguntó Gavin.

—Trabajaba como repartidor, pero solo como contratista.

—¿Mencionó algún problema en el trabajo?

—Estaba frustrado porque no ofrecían aumentos de sueldo ni horas extras este año —dijo Colin, frunciendo el ceño—. Es el tercer maldito año consecutivo. Mencionó en abril que estaba empezando a buscar otro trabajo, pero es difícil, ¿no? Los empleadores saben que la gente está desesperada, así que solo ofrecen una miseria.

—¿Qué hay de sus pasatiempos? —dijo Gavin—. ¿Qué le gustaba hacer a Preston en su tiempo libre?

—Siempre le gustó el deporte. —Marion arrugó la frente —. Le gustaba el ciclismo hasta el año pasado, luego vendió la bicicleta que tenía. Noté que había perdido algo de peso también. Cuando le pregunté si estaba bien, dijo que había dejado su membresía del gimnasio para ahorrar dinero. Dijo que no estaba comiendo tanto como antes porque no quería engordar si no hacía tanto ejercicio. Aunque me pregunté si se estaba pasando. Siempre comía por dos cuando nos visitaba.

—Le pregunté en abril qué estaba haciendo últimamente, y lo noté… evasivo —dijo Colin—. En lugar de contarnos sobre la última serie que había estado viendo, o qué vacaciones había reservado para el verano, simplemente lo eludió. Ahora que lo pienso, cambió de tema cuando Marion también le preguntó.

—¿Eso era inusual?

—Sí. Preston siempre era el hablador, animado como nadie, siempre en movimiento.

Gavin revisó los papeles en el expediente, luego hizo una pausa. —¿Sabían que Preston tenía una deuda considerablemente alta?

Marion se puso tensa. —Nunca nos dijo nada. Y si lo hubiera hecho, le habríamos ayudado en lo que pudiéramos. ¿Por qué?

—Como parte de nuestras investigaciones sobre su muerte, nos hemos enterado de que debe doce mil seiscientas libras a cuatro compañías de tarjetas de crédito diferentes. —Gavin miró a cada uno de los Winford por turnos—. Y no ha hecho los pagos mínimos a dos de ellas desde enero.

—Doce mil... —Los ojos de Colin se agrandaron—. Nunca dijo nada...

—¿Habló con ustedes sobre dinero en absoluto? —dijo Kay—. ¿O notaron algo más sobre sus hábitos de gasto que pareciera inusual para él?

—No. No teníamos mucho cuando estaba creciendo, pero nos aseguramos de que siempre entendiera sobre presupuestos y ese tipo de cosas. ¿En qué diablos estaba gastando todo ese dinero?

—Estamos en proceso de obtener los estados de cuenta de las compañías de tarjetas de crédito —explicó Gavin—, pero eso puede llevar tiempo. Puede ser que las deudas se hayan contraído hace rato, y Preston las hubiera estado pagando durante algún tiempo. Años, incluso. ¿Y nunca les dijo nada?

Colin negó con la cabeza. —Es decir, sé que se quejaba de la falta de aumentos en el trabajo, pero ganaba una cantidad decente, detective Piper. No diría que estaba en apuros, ¿sabe? Al menos, nunca nos dio la impresión de que hubiera un problema.

Kay observó mientras Gavin sacaba dos fotografías del expediente y contuvo la respiración.

—Me gustaría mostrarles estas —les dijo a los Winford—. Han sido retocadas, pero debo advertirles que son de dos personas fallecidas que creemos podrían estar conectadas con Preston de alguna manera. ¿Les importaría echarles un vistazo?

Marion palideció, pero luego apretó la mandíbula y asintió.

—De acuerdo —dijo Colin.

Se inclinaron más cerca cuando Gavin deslizó las fotografías, sus ojos recorriendo las imágenes de Katrina y Angus.

—¿Han visto a alguna de estas personas antes? —preguntó Kay.

—No, ¿quiénes son? —dijo Marion, confundida—. ¿Fueron asesinados por la misma persona que mató a mi hijo?

—Aún no lo sabemos. —Kay apretó los labios por un momento—. No pudimos encontrar ninguna conexión entre su hijo y estas dos personas a través de sus redes sociales. ¿Preston alguna vez mencionó los nombres de Katrina Hovat o Angus Zilchrist?

—No, lo siento —dijo Colin—. No reconozco ninguno de esos nombres.

—Yo tampoco —añadió su esposa.

Kay se reclinó en su asiento, luchando contra la ola de decepción que la invadió.

No estaban más cerca de descubrir qué les había sucedido a las tres víctimas, o por qué.

Y se le estaba acabando el tiempo para evitar que su asesino volviera a atacar.

CAPÍTULO 28

Gavin se quitó las gafas de sol y miró fijamente el letrero que sobresalía de la fachada sobre un contenedor de envío convertido.

Un grupo de serpentinas verdes y doradas flotaba desde un cartel tipo sándwich fuera de la puerta, cubierto de escritura con tiza que gritaba las últimas ofertas para espacios de almacenamiento temporal.

Cuando abrió la puerta de la oficina, le sorprendió cuánto estaba apretujado en la diminuta habitación. Un mostrador hecho de fórmica barata formaba una T a su izquierda, la superficie cubierta de cartón, migas y tiras sobrantes de cinta de embalaje, mientras que a su derecha había dos sillas de plástico y un árbol de acero inoxidable que exhibía varios folletos sobre los servicios ofrecidos por la compañía de almacenamiento.

El olor a cartón y pegamento se aferraba a las paredes.

Un hombre estaba lidiando con una caja del tamaño de una caja de té en la parte trasera de la oficina, su rostro pesaroso cuando vio a Gavin.

—¿Otra vez por aquí?

—Solo algunas preguntas de seguimiento, si no le importa. —Gavin mostró su placa—. ¿Es usted William Clyborne?

—Will, sí. Espere un momento. —Siguieron unos cuantos movimientos más del cartón, y luego el hombre hábilmente pasó un dispensador de cinta alrededor de los pliegues y lo empujó a un lado—. El teléfono puede ir al buzón de voz por ahora. ¿Quiere tomar asiento?

—Gracias.

Will se limpió las manos en la parte delantera de sus vaqueros y se hundió en la silla junto a los folletos.

—Es la primera vez que tengo la oportunidad de sentarme en toda la mañana.

—¿Ocupado? —Gavin no pudo ocultar la sorpresa en su voz.

—Ajá. Más de lo habitual. Supongo que algunas personas no pueden mantenerse alejadas de una escena del crimen, ¿verdad? —Will resopló—. Necrófagos, todos ellos. La mayoría solo ha venido a mirar boquiabiertos, recoger un folleto o algo de cinta de embalaje y luego largarse. Probablemente nunca los volvamos a ver.

—¿Alguien haciendo preguntas?

Eso provocó una carcajada entrecortada.

—*Todo el mundo* hace preguntas. Tanteando, ya sabe. Un tipo incluso dijo que sería una gran historia para su podcast de crímenes reales.

—Joder. —Gavin sacudió la cabeza—. Lo siento.

—No, no pasa nada. Pensé lo mismo. Bueno, ¿qué quería saber? —El hombre señaló con el pulgar por encima de su hombro—. Tengo ocho más de esas para armar para un cliente legítimo que estará aquí a la una.

—Angus Zilchrist, el tipo que alquiló la unidad... ¿alguna vez lo vio con este hombre? —Gavin le entregó la fotografía de Preston Winford—. Estamos tratando de averiguar si se conocían.

Will sostuvo la fotografía entre el pulgar y el índice, pasando su otra mano por la mandíbula.

—No puedo decirlo con seguridad. Me resulta algo familiar, pero veo a tanta gente pasar por aquí. ¿Este es el tipo muerto? ¿El que encontraron aquí?

—Sí.

—Cristo.

—Aún no los hemos visto juntos en las imágenes de seguridad que nos proporcionó a principios de esta semana —dijo Gavin, recuperando la fotografía—. Si alguien accede a su unidad aquí y viene acompañado, ¿ambas partes tendrían que registrarse, o solo la persona que alquila la unidad?

—Solo la persona que paga el alquiler. —Will se rascó la mandíbula una vez más, luego miró por encima del hombro de Gavin y señaló por la ventana—. Brian Melgren dirige el taller de restauración de coches clásicos al otro lado de la calle; podría valer la pena que hable con él. Tiene cámaras por todo ese patio y nunca se sabe, podría tener suerte.

Gavin sonrió.

—Lo haré, gracias. Cruce los dedos por mí.

———

Cubriendo la distancia entre el almacén y el negocio de restauración de coches a zancadas largas, Gavin siguió el sonido de martilleo hasta un amplio garaje de dos bahías y hacia un foso de servicio.

Sobre él, elevado en una rampa hidráulica, había un MG de finales de los años 60, la pintura verde inglés de carreras mostraba signos de óxido alrededor de los pasos de rueda delanteros.

Otro fuerte golpe del martillo resonó en las paredes, y luego hubo movimiento debajo del coche y un hombre de unos cincuenta años lo miró.

—¿Puedo ayudarle?

—¿Brian Melgren? Soy el agente Gavin Piper, de la Policía de Kent. Me preguntaba si podría hablar un momento con usted.

Melgren suspiró, se estiró y colocó el martillo junto a los pies de Gavin, luego subió los escalones del foso de servicio, limpiándose las manos en un mono gris manchado de aceite.

—Hablé con los suyos a principios de semana. ¿Es sobre ese cuerpo que encontraron?

—Así es.

—Le dije al policía que vino aquí que no vi nada. — Entrecerró los ojos contra la luz brillante del sol que penetraba en el oscuro interior a través de las puertas enrollables delanteras—. No se puede ver desde aquí, mire.

Gavin se dio la vuelta para ver a qué se refería Melgren.

En efecto, aunque las puertas metálicas dobles del almacén estaban completamente abiertas, solo se podía ver la esquina de la oficina desde donde estaban, y ninguna de las unidades era visible.

Volviéndose hacia el hombre, Gavin sacó su libreta.

—En realidad, me preguntaba sobre sus cámaras de videovigilancia. ¿Alguna de ellas apunta hacia esas puertas o hacia la calle?

Melgren olfateó, contemplando la pregunta.

—Puede que sí, supongo. ¿Quiere echar un vistazo?

—No me importaría.

—La oficina está por aquí.

Gavin lo siguió pasando junto al MG elevado, y observó un Aston Martin DB5 que brillaba a su lado.

—¿Tiene a alguien más trabajando aquí con usted?

—Un par de entusiastas a tiempo parcial. James solo trabaja los sábados, y subcontrato cualquier trabajo eléctrico a un tipo que viene los martes si lo necesito. El resto del tiempo, estoy solo. —Melgren abrió la puerta de una oficina del tamaño de una caja de zapatos en la parte trasera del garaje y se hundió en una silla giratoria apenas acolchada. Señaló otra detrás de la puerta—. Siéntese. El portátil tarda un rato en arrancar.

—Gracias. ¿Cuánto tiempo lleva usted aquí?

—Unos quince años. Al principio lo hacía en el garaje de mi casa, pero luego se corrió la voz y empecé a tener más trabajo, así que dejé mi empleo y me dediqué a esto. —Melgren tamborileó con los dedos sobre una agenda A4 abierta mientras el sistema operativo del ordenador completaba su proceso de arranque—. Aunque el tiempo ha pasado volando. Siempre digo que lo haré unos años más y luego venderé el negocio, pero nunca lo hago.

—Hay unos coches preciosos ahí fuera.

—De ahí las cámaras. La mayoría se guardan dentro por la noche, pero hoy hay más movimiento porque tengo clientes que vendrán más tarde a recoger el Aston Martin y el Ford GT. Ah, aquí tiene. ¿Qué quería ver?

—¿Puedo echar un vistazo a los ángulos primero?

—Claro. —Melgren movió el ratón hacia un menú en la pantalla e hizo clic—. Tengo seis cámaras en total: dos dentro y cuatro fuera, cubriendo cada esquina del edificio.

—Eso es impresionante.

—Había una oferta especial cuando compré el sistema. Probablemente le interesen las dos delanteras, ¿verdad?

—Probablemente. ¿Qué hay en la parte trasera?

—Solo los contenedores de este lugar y del taller de pintura de al lado. Detrás hay un muro de hormigón que nos separa del depósito de mensajería al otro lado.

—De acuerdo. ¿Las cámaras se mueven?

Melgren negó con la cabeza. —Están fijas en ángulos determinados. Principalmente para cubrir los coches aparcados fuera, pero también para vigilar las puertas delanteras. Esas tienen alarma, pero con el valor de algunos de los coches que pasan por aquí, no puedo arriesgarme a no tener un respaldo. Esta es la que capta un poco del lugar de almacenamiento al otro lado de la calle.

Gavin acercó su silla y examinó la pantalla.

El ángulo de la cámara era perfecto, ofreciéndole una vista clara de la carretera que se acercaba a la empresa de almacenamiento más allá del patio de Melgren.

—¿Durante cuánto tiempo conserva las grabaciones?

—Para siempre, supongo. Se guarda todo en línea.

Metiendo la mano en el bolsillo de su chaqueta para sacar una tarjeta de visita, Gavin intentó contener la emoción en su voz. —¿Podría enviarme un enlace para descargar todo lo de esta cámara, digamos, entre noviembre y la semana pasada?

—Si le ayuda, sí.

—Oh, ayudará, señor Melgren —Gavin sonrió—. Ayudará mucho.

CAPÍTULO 29

—Amanda, gracias por recibirme con tan poca antelación.

Kay estrechó la mano de la mujer más baja, mientras la investigadora financiera cambiaba de brazo un bolso de cuero que llevaba.

—Tienes suerte. Acabo de terminar otra investigación esta mañana, así que estoy libre por unas horas hasta que Sharp o alguno de los otros me necesite. —La mujer miró su reloj—. Ya es tarde, pero ¿quieres tomar un café?

—Suena bien.

En sus cincuenta y tantos años, Amanda Miller exudaba confianza, con su pelo castaño recogido en un elegante moño que acentuaba sus pómulos altos y su traje azul marino complementando su figura esbelta. Sus saludos a los colegas con los que se cruzaban de camino a la cafetería eran devueltos con cálidas sonrisas.

Kay reprimió un suspiro, lamentando las arrugas de su chaqueta por el viaje en coche desde Maidstone y las ojeras por la falta de sueño.

—¿Cómo van las cosas por aquí? —preguntó, mirando

las barras de cereal en la máquina expendedora antes de seleccionar dos.

—Creo que la mejor manera de describirlo es "constantemente ocupados". El crimen organizado está creciendo, a pesar de nuestros esfuerzos, pero al menos eso significa que los jefes vieron conveniente darme un presupuesto ligeramente mayor para contratar a tres personas más. —Amanda sirvió café de una gran jarra y le pasó una taza a Kay—. ¿Qué hay de ti?

—Nunca para. —Soltó una risa cansada, sirviéndose leche y azúcar—. Quiero decir, no lo querría de otra manera, pero…

—Un momento para salir a la superficie de vez en cuando estaría bien, ¿no? —Los ojos de Amanda se suavizaron—. ¿Y cómo estás, Kay? Perder a un miembro del equipo es difícil en cualquier circunstancia, pero especialmente cuando has trabajado tan duro para crear un grupo tan unido de investigadores. Recuerdo cómo era cuando trabajaba en Maidstone contigo.

Kay tragó saliva, con los ojos ardiendo ante las amables palabras. —Gracias. Eh, sí… ha sido duro. Aunque el oficial que estaba con él ya ha vuelto al trabajo.

—Me alegra oír eso. —Amanda señaló con su taza de café hacia una mesa al fondo de la cafetería—. ¿Nos sentamos allí? Mejor escondernos aquí mientras esté tranquilo.

Agradecida por el cambio de tema, Kay se acomodó en una silla a su lado y abrió su maletín, extendiendo los papeles. —Espero que puedas ayudarnos con este caso. Hemos tenido dos asesinatos. Una víctima fue asesinada hace unas semanas y su cuerpo recién se descubrió el martes, y la otra era una mujer que fue asesinada el viernes por la noche. Ambos presentaban las mismas heridas, lo que nos lleva a nosotros y a nuestro patólogo a creer que fueron torturados antes de ser apuñalados hasta la muerte.

Amanda asintió, con la boca tensa. —Lo escuché en las noticias, obviamente. Mencionaste por teléfono que había una tercera víctima, ¿no?

—Sí, el tipo que alquilaba la unidad de almacenamiento donde se encontró el cuerpo más antiguo, Angus Zilchrist. El informe de la autopsia dice que murió por causas naturales, un ataque al corazón, pero estamos trabajando con la hipótesis de que podría haber sido causado por descubrir que este tipo estaba metido en un armario dentro de la unidad de almacenamiento que él alquilaba.

—De acuerdo. ¿Por qué me necesitas?

—Estos son nuestros hallazgos hasta ahora después de revisar los estados financieros que obtuvimos de los bancos de las víctimas, prestamistas de tarjetas de crédito, ese tipo de cosas. Cada uno de ellos estaba endeudado y luchando por pagar las facturas. Pero aunque estaban ganando dinero, o en el caso de Angus tenía acceso a una pensión, no estaban al día con los pagos. Creo que el dinero iba a otro lado.

Amanda resopló. —Prestamistas ilegales.

—Exactamente. —Kay señaló los estados de cuenta de muestra que había dispuesto—. Pero no podemos probarlo con estos, y no sé qué necesito hacer para confirmar la teoría, o para obtener algo que me diga que estoy equivocada y que necesito buscar un motivo diferente.

Alcanzando su café, Amanda tomó un sorbo, sin

apartar los ojos de los documentos esparcidos frente a ellas. —¿No hay nada más que conecte a estas tres personas?

—Nada que hayamos encontrado aún. El equipo ha examinado las redes sociales y entrevistado a amigos y familiares. No hay conexiones en absoluto.

—Y sin embargo, todos deben haber entrado en contacto con el prestamista en algún momento de los últimos meses, y en un lugar similar.

—Hemos usado las cámaras de seguridad para rastrear los movimientos de Katrina Hovat desde sus dos trabajos (los legítimos, al menos) y no hemos visto evidencia que sugiera que estaba siendo amenazada antes de ser asesinada. Su piso... no había nada allí. —Kay se estremeció ante el recuerdo—. Estaba trabajando a todas horas, y aun así apenas sobrevivía. El equipo no encontró notas amenazantes cuando registraron el lugar. Voy a consultar con Andy sobre su portátil después de que terminemos aquí, pero no parece muy prometedor.

Amanda reunió los papeles y los deslizó de vuelta. —Bien, entonces hablemos de los primeros pasos. Puedo darte catorce horas del tiempo de mi equipo antes de que tengamos que escalar esto y obtener autorización para más. ¿Te sirve eso?

Kay parpadeó. —Tendrá que servir. No tengo más presupuesto para este caso.

—Jesús. —La mujer mayor sacudió la cabeza—. Bueno, es lo que hay. Asignaré a dos personas para las búsquedas porque eso consumirá la mayor parte del tiempo, pero necesitas respuestas lo antes posible. Haremos una búsqueda en la base de datos ELMER para ver si hay algún Informe de Actividad Sospechosa específicamente para el área de Maidstone, y con énfasis en el tipo de transacciones realizadas por tus víctimas. Obviamente incluiremos sus datos para que nos alerte si aparecen sus nombres. Esos IAS incluirán todas las empresas involucradas en la industria financiera.

—Pero no creemos que estuvieran preocupados por una empresa legítima, Amanda. Estoy pensando en bandas de drogas con un negocio secundario de préstamos e intimidación.

—Lo sé —dijo la investigadora financiera, con los ojos brillantes—. Pero ese dinero tuvo que *entrar* en las vidas de tus víctimas de alguna manera, ¿no?

Kay se reclinó en su silla, dándose cuenta. —Así que si puedes averiguar cómo se recibió el dinero…

—Sí. Con suerte, podremos averiguar quién o de dónde se recibió.

CAPÍTULO 30

A primera hora de la mañana siguiente, Kay observó la niebla arremolinada que abrazaba el río Medway, luego se protegió los ojos y miró hacia el irregular horizonte más allá, mientras la luz del sol coronaba los edificios de apartamentos y oficinas de la ciudad.

El ruido del tráfico de los viajeros se propagaba por el aire a su alrededor, en contraste con los graznidos de los patos y el alegre parloteo de los delichones comunes que se lanzaban en picada sobre la superficie del agua, atrapando mosquitos en pleno vuelo.

Un olor rancio a vegetación podrida se aferraba a los juncos y la hierba alta que crecía junto al paseo pavimentado del río, el agua golpeando contra la orilla mientras un equipo de buzos trabajaba a lo largo del curso de agua, sus trajes de neopreno brillando.

Aflojó el agarre de las llaves de su coche, se aseguró de que estuvieran bien guardadas en el bolsillo de su chaqueta y se dirigió hacia donde Kyle Walker estaba de pie junto a un tramo de cinta de la escena del crimen que había sido anudada entre dos árboles, bloqueando efectivamente el camino.

—Buenos días, jefa. —Le entregó un portapapeles y esperó mientras ella firmaba su nombre—. Siento haberte despertado temprano.

—No hay problema. ¿A qué hora llegaste aquí?

Su boca se torció.

—Poco después de las seis. Aunque todavía se sentía como si fuera la mitad de la noche.

—Me lo imagino. —Asintió hacia otra tira de cinta a unos metros dentro del cordón exterior—. ¿Cuál es la historia, entonces? Dijiste por teléfono que alguien vio un cuerpo en el río.

—Sí, uno de los contratistas que trabaja aquí en el mercado. Se había alejado hasta el extremo del aparcamiento junto a la orilla del río para fumarse un cigarrillo, y vio lo que pensó que era la pierna de un hombre sobresaliendo detrás de uno de los pilotes de madera. Resulta que tenía razón: el cuerpo quedó atrapado en los restos de un viejo embarcadero. —Kyle sonrió con suficiencia—. No creo que vaya a tomar más descansos furtivos para fumar por un tiempo.

—¿Quién está allí abajo con el equipo de buceo?

—Simon Winter llegó hace diez minutos con la furgoneta. Lucas ha venido y se ha ido. Patrick está liderando el lado forense de las cosas; Harriet está en la escena de un apuñalamiento en Ashford de anoche. —Recorrió la lista con la mirada—. El oficial Barnes se ha ido, pero dijo que volvería pronto, y Aaron Stewart está dirigiendo la escena como oficial superior de investigación en funciones. Dave Morrison ha comenzado las investigaciones casa por casa a lo largo de este tramo. —Señaló con la barbilla hacia un grupo de elegantes pisos a su derecha, con balcones con vistas al río—. Hay cámaras de seguridad a lo largo de los pasillos entre los bloques, así que van a hablar con el equipo de gestión para ver si podemos echar un vistazo a las imágenes, además de entrevistar a los residentes.

Kay sintió que parte de la tensión abandonaba sus hombros mientras lo escuchaba, aliviada de que su equipo hubiera actuado tan rápido, especialmente porque muchos de ellos habían completado turnos nocturnos antes de la llamada de emergencia o, como Kyle, habían trabajado hasta tarde en el turno del día anterior.

—Buen trabajo, Kyle, gracias. —Le devolvió el bolígrafo y luego miró por encima del hombro cuando una voz familiar la llamó por su nombre—. Buenos días, Ian.

Barnes le entregó un café para llevar, con vapor saliendo del pequeño agujero cortado en la tapa de plástico.

—Ya son cuatro cuerpos si incluimos a Angus Zilchrist, jefa.

—Que sepamos. Gracias. —Acunó el vaso de cartón entre sus manos y entrecerró los ojos hacia el puente que cruzaba el río más abajo—. Puedo ver al menos un teleobjetivo, así que dad la espalda. No quiero que los cabrones lean nuestros labios en esta conversación.

—Patrick ha autorizado el camino entre los dos cordones, así que podéis caminar por allí si queréis ver lo que está pasando —dijo Kyle, haciéndose a un lado y mirando el café con envidia—. Te veré de vuelta en la comisaría cuando hayas terminado aquí. No me importaría otra actualización.

—De acuerdo.

Caminando al lado de Barnes, Kay sopló sobre el agujero en el vaso de café y dio un sorbo tentativo antes de hacer una mueca cuando el líquido ardiente le quemó la lengua.

—Supongo que has estado allí abajo. ¿A qué nos enfrentamos?

—Varón, finales de los veinte o principios de los treinta. —Barnes quitó la tapa de su propia bebida antes de detenerse bajo un joven abedul plateado. La cinta del cordón ondeaba con la brisa, el extremo atado al tronco del árbol golpeando contra la corteza con un suave crujido—. Pantalones de traje, buenos zapatos. Aún no hay camisa ni identificación. Por eso están trabajando a través del río y luego río abajo, por si algo quedó atrapado en el lodo.

La mirada de Kay vagó más allá de donde trabajaban los buzos y encontró el Archbishop's Palace en la orilla opuesta. Dos agentes uniformados custodiaban el paseo del río señalizado, alejando a cualquier ciclista o corredor para evitar que fotografiaran la escena del crimen.

Miró hacia arriba, observando el aparcamiento de varios pisos que dominaba la explanada de hormigón donde se celebraba el mercado los fines de semana.

—¿Ya han revisado allí?

—Está en la lista, jefa. —Barnes tragó su café antes de suspirar al oír el sonido de una bocina de coche—. Lo hemos cerrado hasta que tengamos la oportunidad de echar un vistazo, de ahí el ruido que se oye.

—¿Dónde está el tipo que encontró el cuerpo?

—Siendo entrevistado en la comisaría. —Sacó su móvil cuando vibró en su bolsillo, puso los ojos en blanco y luego lo guardó de nuevo—. Y esa era Laura: aparentemente Sharp acaba de llamar para decir que viene de camino. La jefatura quiere una actualización urgente de nosotros y nuestras opiniones sobre si esto está relacionado con los otros cuerpos.

Kay lo miró por encima de su taza.

—Me dio la impresión de que pensabas que lo estaba.

—Le eché un vistazo al cuerpo mientras Lucas le daba un repaso. Nuestra víctima tiene el mismo tipo de marcas de cortes en el torso y los brazos —hizo una pausa, con el rostro preocupado—. También hay mucha sangre alrededor de su ingle.

—¿Y dijiste que no había identificación?

Señaló con el pulgar por encima de su hombro.

—No, a menos que los buzos encuentren algo.

—Tal vez sea un robo que salió mal, en lugar de algo relacionado con las otras muertes.

Incluso Kay pudo oír la incertidumbre en su propia voz.

Ambos miraron hacia abajo cuando el móvil de Barnes vibró de nuevo, y él gimió cuando miró la pantalla antes de girarla hacia Kay.

Laura había enviado una captura de pantalla de un conocido sitio de redes sociales, una fotografía de la escena del crimen acompañada de las palabras "Cuerpo de hombre sacado del río".

—Parece que se nos adelantaron con el comunicado de prensa, jefa —dijo.

Kay se acercó a un desagüe, vertió los restos de su café

en él y luego arrojó el vaso vacío a un contenedor de reciclaje cercano utilizado por los comerciantes del mercado.

—Mejor volvamos a la comisaría, entonces. Nos espera una mañana ocupada.

CAPÍTULO 31

Kay contuvo un bostezo mientras caminaba hacia la pizarra blanca, con los párpados pegajosos por la falta de sueño.

Aún llevaba las robustas botas de caminar con las que había bajado al río, las suelas más cómodas que los zapatos de tacón que había arrojado bajo su escritorio al llegar a la sala de incidentes.

La sala estaba más silenciosa que el día anterior, con muchos miembros de su equipo aún en la nueva escena del crimen o siguiendo pistas y tomando declaraciones.

Debbie West le dedicó una débil sonrisa mientras se acercaba con la agenda del informe diario y una pila de carpetas. —Necesito tu firma en algunas cosas antes de que desaparezcas, jefa. Eso incluye los horarios de este fin de semana y los informes de Harriet Baker sobre la casa de los Brassicks. ¿Quieres que les llame para avisarles de que ya pueden volver a su casa ahora que hemos terminado?

—Por favor. ¿Hubo alguna novedad de Harriet aparte de lo que ya sabemos?

—No, y Aaron dijo que tampoco había grabaciones de seguridad en esa granja. La que pensábamos que los sospechosos podrían haber atravesado para entrar y salir de la casa de los Brassicks.

—Maldita sea. —Kay tomó la pila de carpetas y comenzó a hojear el contenido, añadiendo su firma con un floreo donde Debbie había colocado flechas adhesivas—. ¿Quién tiene el día libre hoy?

—Nadine, Dave y uno de mis administrativos. Nadine y Dave vuelven el domingo. Hablé con Ian antes de que llegaras, y planea trabajar todo el fin de semana. Gavin y Laura están mañana, pero tienen el domingo libre por ahora. —Se encogió de hombros—. Ninguno quiere tomarse un descanso mientras haya un asesino suelto por ahí.

Kay cerró la última carpeta. —De acuerdo, gracias Debbie. Reúne a todos aquí y empezaremos.

Cinco minutos después, el equipo estaba reunido a su alrededor, sus conversaciones cesaron cuando ella se aclaró la garganta.

—Empezaremos contigo, Gavin. ¿Cómo te fue ayer en la unidad de almacenamiento?

—Will Clyborne no pudo ayudar, pero me indicó la dirección de un tipo llamado Brian Melgren, que es dueño del negocio de restauración de coches clásicos al otro lado de la calle. —Gavin dio un sorbo a su bebida energética antes de continuar—. Por suerte para nosotros, tiene dos cámaras apuntando al lugar de almacenamiento y respalda las grabaciones en línea. Nunca ha tenido que borrar nada por falta de espacio de datos, y me ha enviado por correo electrónico un enlace a todas las grabaciones de las dos cámaras desde finales del año pasado hasta finales de la semana pasada. Pensé que podríamos revisarlas para ver si Preston Winford alguna vez fue a las unidades de almacenamiento con Angus, o si apareció allí con alguien más. Will Clyborne dijo que solo la persona que alquila la unidad tiene que registrarse, así que Angus podría haber aparecido con cualquiera y aún no lo sabríamos.

—Eso es genial, gracias Gavin. —Kay actualizó la pizarra, luego llamó por encima del hombro—. Voy a necesitar ayuda para revisar todas esas grabaciones, chicos. ¿Quién tiene tiempo para ayudar?

—Yo puedo —dijo Laura—. De todos modos iba a trabajar el fin de semana mientras los teléfonos estén tranquilos.

—Yo también —dijo Barnes. Miró por encima del hombro hacia un escritorio donde Kyle y Aaron estaban sentados—. ¿Y vosotros dos? ¿Algún plan para este fin de semana?

Ambos hombres negaron con la cabeza.

—Todavía estoy trabajando en seguir las pistas del asesinato de Katrina —dijo Kyle—, así que podría echar un vistazo a algunas de las grabaciones entre eso.

—Bien, de acuerdo. Ian, te dejaré coordinar el trabajo. —Kay volvió a tapar su bolígrafo—. Hablé con Andy Grey mientras estaba en Northfleet ayer. Ha logrado recuperar algunos archivos del ordenador portátil de Katrina, pero hasta ahora son solo cosas como antiguas nóminas de su trabajo en la tienda que había descargado, currículums antiguos y cosas así. Seguirá buscando, pero no parece que vaya a encontrar nada que haga avanzar nuestra investigación. También finalmente nos han concedido acceso a los registros telefónicos de Preston Winford, así que me gustaría que alguien los cotejara con el número de móvil de Angus Zilchrist para comprobar si esos dos estuvieron alguna vez en contacto.

Sean Gaskell levantó la mano. —Jefa, yo puedo encargarme de eso. Puedo trabajar el fin de semana también si ayuda.

—Hay poco presupuesto para horas extras, pero intentaré sacar algunas horas del presupuesto para todos vosotros —dijo Kay, sonriendo—. Gracias.

—No hay problema. —El agente en prácticas se encogió de hombros—. Solo quiero ayudar, jefa.

Kay pasó la página de la agenda del informe, repasó las actualizaciones administrativas para el equipo y luego la dejó a un lado. —Por último, ayer me encontré con Amanda Miller en Northfleet. Ella y su equipo de contabilidad forense pueden darnos unas horas para revisar los extractos bancarios y otros registros financieros que hemos obtenido hasta ahora de Katrina, Preston y Angus. También tienen su propia base de datos de información que pueden cotejar, además de tener un conocimiento profundo sobre muchas de las bandas de crimen organizado que están actualmente bajo investigación activa por parte de la Jefatura. Tan pronto como tenga algo que decirnos, me aseguraré de que estéis actualizados. Mi sensación es que...

Se interrumpió cuando el teléfono móvil de Laura sonó, y le hizo un leve gesto de asentimiento mientras ella retrocedía su silla y se apresuraba hacia el fondo de la sala. —Bien, mientras Laura se ocupa de eso, lo que iba a decir es que el ángulo de la deuda es uno que vale la pena seguir hasta que tengamos pruebas de lo contrario. Lo que aún no puedo ver con la información que tenemos hasta ahora es cómo esos tres fueron el objetivo de la persona o personas que los asesinaron, o por qué los asesinatos han comenzado de repente ahora. ¿Qué ha pasado que los ha desencadenado?

—¿Jefa? —Laura se mantenía al margen del grupo.

—¿Qué tienes?

—Era el equipo de prensa por teléfono. Alguien acaba de llamarles para decir que cree que conoce al tipo que sacaron del río esta mañana.

CAPÍTULO 32

Capítulo Treinta y Dos

Laura estaba de pie frente a la puerta del jardín de una elegante casa adosada de ladrillo pálido en las afueras de Wateringbury y puso su móvil en silencio.

Más allá de la puerta, un camino de guijarros conducía a una puerta principal de PVC con paneles de vidrio esmerilado en la parte superior. A ambos lados de la puerta, grandes macetas azules contenían geranios de un rojo brillante, cuyo aroma llegaba hasta donde ella esperaba a Gavin.

Finalmente, él terminó su llamada y se acercó. —Perdona, tenía que contestar. La hermana de Leanne se casa en marzo y las dos están como locas decidiendo dónde celebrar la despedida de soltera.

Ella se rio. —¿Qué estaba haciendo, pidiéndote que investigaras el lugar?

—No. —Puso los ojos en blanco—. Me preguntaba cuánto podría gastar si lo celebraran en Ibiza o en algún sitio así.

—Vaya. Y nosotros sin horas extras, además.

—Afortunadamente, ha tenido algunos turnos extra desde el año nuevo. —Su sonrisa se desvaneció—. Aunque algunos fueron difíciles. La búsqueda y rescate no siempre termina bien.

Laura le dio un suave puñetazo en el brazo. —Vamos.

Caminó hacia la puerta principal y tocó el timbre, retrocediendo cuando escuchó el sonido de una cerradura girando.

Un hombre de unos treinta años abrió la puerta, con el rostro pálido y los ojos enrojecidos. —¿Es él, verdad? ¿Es Alec?

Laura mostró su placa y se presentó junto con Gavin. —¿Y usted es Edwin Moore?

—Llámeme Ed. —Se hizo a un lado—. Todo el mundo lo hace.

Mientras los guiaba a una ordenada sala de estar, retorcía sus manos. —¿Quieren algo de beber?

—Estamos bien, gracias. —Laura miró por encima de su hombro cuando una mujer apareció en la puerta abrazándose a un suave cárdigan—. Hola.

—Hola.

—Esta es Lisa, mi esposa. —Ed rodeó con su brazo el hombro de ella y lo apretó suavemente antes de hundirse en el sofá a su lado—. Por favor, tomen asiento.

Laura le lanzó una mirada agradecida a Gavin mientras él sacaba su libreta, luego volvió su atención a Ed.

—¿Puede decirme qué le hace pensar que el cuerpo sacado del río esta mañana es su amigo Alec?

El hombre tragó saliva y miró sus manos. —Vi una publicación en las redes sociales esta mañana diciendo que habían sacado un cuerpo del Medway. He estado intentando ponerme en contacto con él desde anoche. Cenamos en la ciudad, en realidad era una reunión de negocios. El año pasado inicié una práctica contable con alguien con quien solía trabajar en la ciudad, y logré convencerla de que contratara a Alec. Lo de anoche era solo una forma informal de que se conocieran; el trabajo es suyo. Angela, mi socia, quería conocerlo para evaluar su personalidad, para ver si encajaría.

—¿A qué hora salieron del restaurante?

—Alrededor de las nueve y media —dijo Lisa—. Lo recuerdo porque recibimos una llamada de nuestra niñera justo después para decirnos que nuestra hija no se sentía bien.

—Y Ed, usted dijo que intentó llamar a Alec anoche. ¿Por qué fue eso?

—Después de que se fuera la niñera, recibí una llamada de Angela diciéndome que contratara a Alec de inmediato. Estaba preocupada de que alguien más pudiera llevárselo. —Su boca se torció—. No se anda con rodeos una vez que ha tomado una decisión sobre algo. Tan pronto como terminé de hablar con ella, llamé a Alec, pero me saltó directamente el buzón de voz.

—¿A qué hora fue eso?

—Un momento. —Ed se removió en su asiento, luego sacó su teléfono móvil del bolsillo del pantalón y deslizó la pantalla—. Eso fue a las diez y diecisiete. Lo intenté de nuevo a las diez y treinta y dos. Y otra vez a las siete y media de esta mañana.

Laura vio que su mano temblaba mientras bajaba el móvil. —¿Es eso inusual en él?

—Mucho. Alec no deja su móvil fuera de su vista en este momento por si es una oferta de trabajo. Está desesperado por dejar el lugar donde está porque el sueldo es una mierda.

—De acuerdo. ¿Podría describirme a Alec?

—Em, más o menos de mi altura. Ojos marrones, pelo castaño claro. Tiene una pequeña cicatriz en la barbilla; se la hizo al caerse de un columpio cuando teníamos seis años. Ah, y tiene uno de esos tatuajes de brazalete celta en el brazo izquierdo.

—¿Tiene una foto de él?

—Sí. —Más deslizamientos y desplazamientos siguieron, y luego Ed giró la pantalla de su móvil hacia ella—. Lisa nos tomó esta en febrero en casa de un amigo. Habíamos ido a ver el fútbol mientras las chicas charlaban.

Laura gimió internamente, tratando de mantener su rostro impasible. —Gracias.

Le dio un ligero asentimiento a Gavin.

Él se movió en su asiento y se inclinó hacia adelante. —Ed, Lisa, en la más estricta confidencialidad, lamentamos mucho decirles que, basándonos en lo que nos han contado y en esta fotografía, el hombre recuperado del río esta mañana es Alec.

Un sollozo estalló de Lisa, y el rostro de Ed se arrugó mientras se limpiaba los ojos.

—Será necesaria una identificación formal, y debemos insistir en que no se lo digan a nadie más hasta que se haya hecho —dijo Laura con voz suave—. ¿Saben si Alec tiene familia, o…?

Ed sorbió. —Su padre murió hace unos años, y su madre no está bien.

—¿Pueden darme los datos de contacto de la madre de Alec para que podamos ir a verla?

—Claro.

—Cuando estén listos, tenemos algunas preguntas más que nos gustaría hacerles, ¿de acuerdo?

El hombre asintió. —¿Me disculpan un momento?

—Por supuesto. —Laura notó que dejó su móvil atrás cuando salió de la habitación, y exhaló.

—Ed conoce a Alec desde el jardín de infantes —dijo Lisa, con la voz temblorosa—. Son como hermanos. Inseparables. No sé cómo va a sobrellevarlo…

—Puedo enviarles una lista de consejeros locales especialmente capacitados —dijo Laura—. Si es que no sienten que quieran hablar con su médico de cabecera.

—Tendríamos suerte si conseguimos una cita estos días. —Lisa sorbió—. Dios mío, pobre Alec.

Ed volvió a entrar, con un pañuelo arrugado en el puño y la cara enrojecida. —¿Qué pasó? ¿Lo saben? No estaba borracho, apenas tocó su bebida anoche.

—En este momento no podemos dar demasiados detalles, no hasta que se haya realizado un examen oficial —dijo Gavin—. Pero Alec fue atacado. Creemos que o se cayó o fue arrojado al río después del ataque.

—Oh, Dios. —Lisa se llevó la mano a la boca—. ¿Le robaron?

—Eso es parte de nuestra investigación en curso.

—Ed, cuando esté listo, ¿puede decirme cómo estaba Alec cuando lo vio anoche? —preguntó Laura—. ¿Parecía preocupado por algo?

El hombre apoyó los codos sobre las rodillas y fijó la mirada en la alfombra. —No preocupado, no. Más bien…

retraído. Es decir, hizo un buen papel para Angela, pero hubo un par de veces en las que levanté la vista y me pareció que estaba distraído. Sé que odia el lugar donde trabaja, pero ahí estábamos diciéndole que iba a tener un nuevo comienzo con un mejor salario, y... no sé. Algo le preocupaba, sí.

—¿Acaso Alec tenía problemas económicos, quizás le costaba llegar a fin de mes?

—Sí, creo que sí. Es decir, ayer tomó el autobús para venir al centro. Dijo que su coche estaba en el taller, pero hace un año o así habría tomado un taxi o un viaje compartido, ¿sabe?

—También se veía delgado —dijo Lisa—. Me pregunté si no estaría comiendo bien. Noté que fue muy cuidadoso con lo que eligió del menú también. Las opciones más baratas.

Ed gimió y cerró los ojos. —Y luego la maldita Angela se fue sin ofrecer pagar su parte de la cuenta, así que Alec y yo tuvimos que pagar. Jesús, no pensé...

—¿Cómo regresó a casa después? —preguntó Laura.

—No pudimos ofrecerle llevarlo, estamos en dirección opuesta de todos modos, pero mientras caminábamos de vuelta al coche con Alec, fue cuando nuestra niñera llamó para decir que Hayley había vomitado. —Lisa se limpió nuevas lágrimas—. Si lo hubiéramos llevado a casa primero, nada de esto habría pasado...

—Había un taxi —dijo Ed—. Lo detuve y le pedí al conductor que llevara a Alec a Tovil. Luego me fui corriendo con Lisa. Llegamos a casa y descubrimos que Hayley había cogido un virus en la escuela y empezaba a tener fiebre.

Laura levantó la vista de sus notas. —¿Vieron a Alec subir al taxi?

—Sí. Bueno, lo vi hablando con el conductor, así que debe haber subido. —Frunció el ceño—. Al menos, *creo* que lo hizo.

CAPÍTULO 33

—Dos visitas a la morgue en una semana —dijo Barnes, entrando en el abarrotado estacionamiento del Hospital Darent Valley—. Lucas tendrá que empezar a repartir puntos de tarjeta de fidelidad a este ritmo.

Kay negó con la cabeza, aunque una sonrisa se dibujó en sus labios ante las palabras de su colega.

Siempre lograba aligerar una ocasión sombría y parecía saber exactamente cuándo ella corría el peligro de sumergirse en sus propios pensamientos oscuros.

—Hay un espacio allí abajo, junto al todoterreno carmesí —dijo, mirando su reloj—. Horario de visitas. Tenemos suerte de encontrar uno. Déjame aquí, iré por un boleto.

Corriendo hacia un viejo parquímetro que funcionaba con monedas, Kay metió el resto de su cambio suelto y se apresuró a volver al coche mientras Barnes se quitaba la chaqueta y la ponía en el asiento trasero.

—¿Lista? —dijo él.

—Esto *va* a ser exactamente como Preston y Katrina,

¿verdad? —Lo siguió hacia las grandes puertas de cristal del hospital, manteniendo la voz baja—. Exactamente igual.

—Vamos, vamos —dijo Barnes, meneando el dedo hacia ella mientras subían los dos tramos de escaleras hasta el siguiente piso—. Lucas dirá que estás sacando conclusiones precipitadas.

—Pero tengo razón, ¿no?

Él suspiró.

—Probablemente. Eso creo, sí. Demasiada coincidencia, ¿no?

Kay redujo el paso al oír voces que provenían de la puerta del área de recepción de la morgue, viendo a un consultor hablando con Simon en voz baja. Tiró de Barnes a un lado para esperar debajo de un cartel que advertía sobre las consecuencias de amenazar al personal, sus hombros tensándose ante la idea de que tal mensaje fuera siquiera necesario.

—Me preocupa que no hayamos avanzado nada en el asesinato de Katrina, Ian. No hay nada en las declaraciones de los testigos o en las investigaciones casa por casa, nada en sus redes sociales… Si la mataron porque debía dinero, ¿cómo diablos se enteró de la gente a la que pidió prestado? Kyle y Nadine revisaron todas las compañías de préstamos legítimas a principios de esta semana; ninguna de ellas tiene registro de haber tratado con ella.

—Esperemos que Amanda encuentre algo, jefa. Después de todo, esa base de datos suya se enfoca únicamente en el aspecto financiero, mientras que nosotros simplemente no recibimos ese tipo de información de manera regular. —Su rostro se tornó sombrío—. No hasta que es demasiado tarde y estamos investigando una muerte, de todos modos.

—¿Detectives?

Se volvieron al oír la voz de Simon para ver al asistente de la morgue haciéndoles señas.

—Estamos listos para vosotros ahora si queréis prepararos

Kay le dirigió una sonrisa agradecida mientras firmaba el registro.

—¿Cuántos más tenéis hoy?

—El vuestro es el último, gracias a Dios. —Señaló el papeleo que cubría su escritorio—. Esto lleva tanto tiempo como el examen estos días.

—Entonces no os haremos esperar mucho.

—Tengo la sensación de que probablemente ya ha empezado antes de que llegaran. —Simon sonrió—. Tiene bebidas y cena en su club de golf esta noche, así que no creo que esté planeando quedarse mucho tiempo.

Ella y Barnes se separaron para cambiarse y ponerse los trajes de protección y, diez minutos después, entraron en la sala de examen para ver a Lucas blandiendo una sierra una vez más, el agudo sonido reverberando en las superficies de acero inoxidable.

Kay apretó los dientes, la puerta cerrándose detrás de ella, y un gemido emanando de su colega.

—Si me hubiera detenido para volver a atarme los cordones…

Ella no dijo nada, pero estuvo de acuerdo con el sentimiento. El casi ritual de desmontar un cuerpo humano era algo a lo que nunca se acostumbraría, a pesar de su aceptación de que el proceso proporcionaba las respuestas que tan desesperadamente buscaba.

La sierra quedó en silencio después de un par de minutos más, y Lucas miró por encima del hombro, con una mirada amable en los ojos por encima de la máscara quirúrgica protectora que llevaba.

—Vamos, vosotros dos, la peor parte ya pasó.

—¿Cómo va el golf? —preguntó Barnes inocentemente mientras se acercaba a la mesa, dirigiéndose más hacia los pies de la víctima que hacia el abdomen abierto o el cráneo.

—Sinvergüenza. Simon, ¿has estado esparciendo rumores otra vez?

—Puede que haya sugerido que tienes planes para cenar esta noche, de ahí la urgencia con este.

—Válgame Dios. El primer final de día temprano que tengo en casi tres meses, y esto es lo que obtengo. —Lucas chasqueó la lengua, alejándose con la sierra y regresando con un escalpelo de aspecto amenazador—. Bien, ¿comenzamos?

—¿Es el mismo modus operandi que Katrina y Preston? —soltó Kay, y luego levantó las manos—. Lo siento, sé que no has terminado, pero…

—Entonces te sacaré de tu miseria. Sí, creo que lo es. —El patólogo hizo una incisión precisa y luego dio un paso atrás—. La única diferencia que he encontrado hasta ahora es esta contusión en la base del cráneo, y verás que a diferencia de los otros dos, no se usó una herida punzante fatal para rematarlo.

—¿Estaba vivo cuando entró al agua? —dijo Barnes, incapaz de ocultar la sorpresa en su voz.

—Sí. —Simon levantó la vista de otra mesa de examen a un lado donde se habían dispuesto varios órganos—. Hay suficiente agua en sus pulmones para sugerir que ese fue el caso.

Kay frunció el ceño.

—Bueno, eso es diferente. Me pregunto si su asesino fue interrumpido, por lo que tuvo que improvisar.

—Podría ser el caso de que su víctima se desmayara por el shock antes de que el asesino pudiera realizar el corte final. Si no pudieron reanimarlo, entonces empujarlo al río, si el ataque ocurrió cerca, tendría sentido. —Lucas colocó su mano enguantada en el pálido hombro de Alec —. El pobre chico no habría podido hacer nada una vez que estuviera en el agua. Si recuperó la consciencia bajo la superficie, su primer instinto habría sido inhalar.

—Ahogándose así si no tenía la fuerza para volver a la superficie o mantenerse a flote —dijo Barnes.

—Vamos a tener que asegurarnos de que nuestra búsqueda continúe a lo largo del paseo del río más atrás de donde lo encontraron —dijo Kay—. Laura ha hablado con algunos amigos suyos, y nos han dicho que Alec tenía un piso cerca del río en Tovil.

Su colega sacó su móvil, ignorando la mirada fulminante que Lucas le dirigió. —Me pondré en contacto con Debbie ahora mismo para pedirle que transmita eso a los equipos en la escena del crimen antes de que perdamos alguna evidencia. Menudo riesgo tirarlo allí, jefa. Es decir, no es como si su cuerpo fuera a ser arrastrado hasta el mar, ¿verdad? Demasiados obstáculos en el camino, sin mencionar la esclusa de Allington.

A Kay se le aceleró el corazón mientras observaba las

heridas de Alec. —A menos que, por supuesto, sus asesinos *quisieran* que lo encontraran.

—¿Nos están provocando, jefa?

—No a nosotros. —Se apartó de la mesa de examen y miró las radiografías mostradas en el negatoscopio junto al portátil de Simon—. ¿Y si están usando las noticias sobre su muerte para asustar a todos los demás, tal como usaron ese vídeo de Katrina?

CAPÍTULO 34

Kay se frotó los ojos cansados y luego arremetió contra su teclado una vez más, sus dedos apuñalando las teclas de plástico con una renovada ferocidad.

El tráfico de los viajeros que salían de Londres había exacerbado su regreso a la comisaría de Maidstone, con Barnes maldiciendo a cada furgoneta que les cortaba el paso en el camino de vuelta desde Gravesend.

Un grupo cansado de oficiales uniformados se apiñaba en una esquina de la sala de incidentes, los bajos de sus pantalones manchados de barro y restos de maleza de la búsqueda a lo largo del Medway, sus esfuerzos frustrados por los efectos del clima y el tiempo.

No se había encontrado ninguna cartera ni móvil perteneciente a Alec Mingrove entre los juncos y las malas hierbas que bordeaban el camino del río; cualquier rastro de sangre había sido lavado por la lluvia del miércoles por la noche, y si no hubiera sido por la corazonada de Edwin Moore de que algo le había pasado a su amigo, estarían perdidos para identificar su cuerpo.

Kay presionó "enviar" en el último correo electrónico del día y abrió un mapa en línea.

Haciendo zoom en el área donde se había encontrado a Alec, se dirigió río arriba hacia Tovil, cambiando a la vista satelital en un intento de determinar dónde había sido atacado.

Levantó la mirada cuando Laura pasó caminando. —¿Cómo os va con la búsqueda en el piso de Alec?

—Conseguimos la llave de repuesto de su madre hace media hora, jefa. Los uniformados informan que no hay señales de lucha allí, ni en ninguna parte del edificio. Aunque han embolsado su portátil. —Laura señaló con la barbilla hacia el mapa—. Y están organizando una búsqueda en el área ajardinada entre el bloque de apartamentos y el río, por si acaso.

—Gracias. —Volvió a su pantalla—. No puedo evitar sentir que quien lo asesinó lo atacó más cerca del centro de la ciudad. Es decir, tendremos que corroborar el flujo del río y todo eso, pero hay demasiados obstáculos entre ese embarcadero junto al aparcamiento y su piso. No creo que sea posible que haya viajado tan lejos río abajo.

Echando hacia atrás su silla, estiró el cuello y luego se inclinó para bloquear su pantalla. —Vamos, es hora de la reunión. Veamos qué más tenemos.

El equipo se congregó rápidamente alrededor de los escritorios más cercanos a la pizarra, el ambiente apagado.

—Sé que ha sido una semana frustrante desde que se encontró asesinada a Katrina Hovat —comenzó Kay—. Pero sabéis tan bien como yo que a veces tenemos que luchar para atrapar a un asesino. Eso no significa que nos rindamos.

Como uno solo, los oficiales frente a ella se enderezaron, dos reprimiendo bostezos y bajando sus móviles para escuchar.

—Laura, ¿puedes darnos una actualización después de tu entrevista con Edwin y Lisa Moore?

La detective más joven se movió al lado de la pizarra y se enfrentó a sus colegas. —Bien, ambos tenían una coartada en su niñera, quien confirmó la hora a la que llegaron a casa el miércoles por la noche. Su hija, Hayley, también sigue enferma y no va a la escuela. Ed nos dijo que Alec les comentó que su coche estaba siendo reparado, así que tomó un autobús al centro para encontrarse con ellos esa noche. Cenaron con la socia comercial de Ed, Angela Boxcombe, quien dejó el restaurante antes que ellos después de la comida. Hablé con ella esta tarde y se sorprendió al enterarse del asesinato de Alec, pero también proporcionó una coartada ya que su marido estaba en casa cuando ella llegó justo después de las diez.

Kay observó mientras el resto del equipo inclinaba la cabeza hacia sus libreta, el suave *tap tap* de los dedos de Debbie volando sobre el teclado de su portátil era el único ruido mientras Laura hacía una pausa para beber agua.

—Después de la comida, Ed, Lisa y Alec se fueron juntos —continuó—. Ed había aparcado su coche en el estacionamiento de varios pisos junto al supermercado, pero cuando su niñera llamó para decir que su hija estaba enferma, eso frustró cualquier plan de llevar a Alec a casa. Lisa dijo más tarde que normalmente él conduciría a casa de todos modos, o compartiría un viaje cuando habían salido juntos en el pasado. Para entonces, estaba lloviendo y cuando Ed vio pasar un taxi, lo paró para Alec. Esa fue la última vez que lo vio.

Kay dejó que las palabras de su colega calaran por un momento, ansiosa por reiterar la necesidad de que su equipo mantuviera el enfoque. Después de un momento, agradeció a Laura y se volvió hacia Gavin.

—¿Lograste localizar el taller que tiene el coche de Alec?

—No, jefa —dijo—. Pero eso es porque no había nada malo con su coche.

—¿Qué quieres decir?

—Lo vendió hace tres semanas.

Un silencio atónito llenó la sala.

—No tuve suerte llamando a los talleres locales, así que antes de perder más tiempo, pensé en hacer una búsqueda en la Agencia de Licencias de Conducir y Vehículos —explicó Gavin—. Se lo vendió a un tipo en Sevenoaks. Cuando hablé con él, creía que lo había conseguido por una ganga. Dijo que Alec no puso mucha resistencia a la hora de negociar el precio y parecía estar contento de deshacerse de él.

—Necesitaba el dinero —murmuró Kay.

—Apenas había nada en su piso tampoco, jefa —dijo Laura—. Al igual que Katrina, había estado vendiendo cosas. Con prisa, además, por lo que se veía; los uniformados dijeron que todavía había marcas de polvo donde solía estar la televisión. Tal vez se dio cuenta de que la venta del coche no era suficiente para cubrir la deuda.

—Yo también me apresuraría si hubiera visto ese vídeo —dijo Barnes.

Kay volvió su atención a Gavin. —¿Dónde dejó el taxi a Alec?

—No lo dejó. Ed recordó el nombre de la empresa en el costado del taxi, así que les llamé y lograron localizar al conductor. Cuando hablé con él, me dijo que trató de persuadir a Alec para que subiera, pero no quiso; estaba lloviendo a cántaros para entonces. Sus palabras, jefa —añadió Gavin con una ligera sonrisa.

—Así que caminó a casa. ¿Qué hay de las grabaciones de videovigilancia a lo largo de ese tramo de carretera?

—Se han solicitado, jefa. Me han prometido tenerlas para las cinco, así que iba a empezar mañana por la mañana.

—Te echaré una mano —dijo Laura—. De todos modos no hay una mierda en la tele.

La risa rompió la tensión en la sala, y Kay sonrió. —Estaré aquí desde las ocho, así que si puedo despejar algo del papeleo, también ayudaré.

—Jefa, no lo entiendo —dijo Barnes una vez que las risas se habían apagado—. Alec conocía a Ed desde el jardín de infantes. Obviamente confiaban el uno en el otro, y estaba a punto de conseguir un nuevo trabajo que iba a cambiar su vida. Entonces, ¿por qué les mentía a sus amigos?

Kay golpeó el extremo del bolígrafo contra sus labios, mirando fijamente la pizarra. Finalmente, se volvió hacia su colega.

—Porque estaba asustado, Ian —dijo—. Porque estaba muerto de miedo.

CAPÍTULO 35

Sophie Anderley salió tambaleándose de la puerta de la licorería y apretó su bolso contra el pecho.

Con los ojos mirando a izquierda y derecha, se apresuró pasando por entradas oscuras y callejones, mientras el hedor a orina rancia y cosas peores asaltaba sus sentidos.

Una brisa ligera agitó su cabello oscuro y lacio, y se rascó un parche de piel inflamada detrás de la oreja.

Esto desencadenó una sensación ardiente por todo su cuero cabelludo, con el eccema extendiéndose por su pálida piel.

Sorbió por la nariz, parpadeando para contener las lágrimas.

Todo lo que quería era una botella barata de vino. Hacía siglos que no se daba un gusto, y esta noche necesitaba algo para ayudarla a dormir.

Especialmente después de ver las noticias sobre el cuerpo del hombre en el río.

Esa podría haber sido yo.

—¿Todo bien, cariño? ¿Te apetece un polvo?

Ella tropezó, alejándose de la figura que se tambaleó a través de las puertas abiertas de un pub de ventanas sucias, y le gruñó:

—Vete a la mierda.

Una risa estruendosa siguió a sus palabras, mientras el hombre se tambaleaba con el brazo alrededor de un amigo igualmente ebrio antes de que ambos desaparecieran de nuevo en el interior.

Sus manos temblaban, la culpa se filtraba en sus venas, y aceleró el paso, esquivando a dos mujeres cuarentonas que la miraron de reojo antes de que una de ellas se riera y la otra murmurara algo entre dientes.

Sorbió por la nariz, con los ojos ardiendo.

No debería haber gastado el dinero, en realidad.

No cuando todavía les debía.

Sophie miró sus vaqueros desteñidos y la sudadera negra con los puños deshilachados y un agujero en una de las mangas, y tragó saliva.

Podría ser peor, se recordó a sí misma, enderezando los hombros.

Gracias a su hermana, quien pensaba que Sophie había tardado siete años en dejar al marido que la había maltratado durante ocho años, tenía un techo sobre su cabeza.

Ahora solo tenía que encontrar un trabajo.

No era perfecto, pero estaba decidida a darle un giro a su vida.

—Se lo demostraré —murmuró—. Se lo demostraré a todos.

Al girar hacia Tonbridge Road, esperó en un paso de peatones mientras el tráfico pasaba zumbando, con la mirada atraída hacia el río y los remolinos que se formaban corriente abajo.

Fluía rápido después de la reciente lluvia, y se estremeció ante la idea de entrar en sus aguas turbias.

Apartó los ojos al oír el *zap* del paso de peatones y aceleró el paso mientras la carretera comenzaba a inclinarse.

Una tienda de kebabs en la esquina frente a ella lograba un negocio próspero, sus brillantes luces de neón anunciaban pizza y patatas fritas y cualquier otra cosa que un transeúnte menos exigente pudiera necesitar.

El estómago de Sophie rugió, y se apartó al pasar, conteniendo la respiración para no inhalar el embriagador aroma de las especias y la grasa cocinándose en las parrillas.

Su hermana apenas podía pagar sus propias facturas, mucho menos proporcionar comida para dos, así que Sophie había insistido en pagar su parte.

Si eso significaba saltarse comidas dos o tres veces por semana, que así fuera.

Frunció el ceño al girar hacia la estrecha calle serpenteante donde vivía su hermana, tratando de recordar si quedaban galletas de arroz en el armario y esperando que el bote de humus en la nevera aún no estuviera mohoso.

Ese era el único problema con los estantes más baratos del supermercado: o te arriesgabas con la fecha de caducidad o te la jugabas y te daba una intoxicación alimentaria.

Apretó la bolsa contra su pecho. Si su hermana estaba en casa, la compartiría con ella.

Y luego le entregaría todo el dinero de su monedero para el alquiler de las próximas dos semanas, porque esa era la regla que se había impuesto cuando se mudó.

Charmaine había discutido, por supuesto, poniendo los ojos en blanco ante su insistencia en que quería mantener un mínimo de independencia en esas circunstancias.

Pero ahora…

Sophie se mordió el labio.

Si tan solo se hubiera tomado el tiempo de *pensar* antes de aceptar la oferta de esa mujer. Después de todo, era un poco extraño la manera en que se le había acercado a unos cientos de metros del centro de acogida para mujeres.

Pero estaba desesperada, y la mujer había sido amable, y… y…

Gruñó entre dientes.

—Algo tiene que ceder —murmuró—. *Encontraré* algo la próxima semana. Lo que sea.

Mientras los últimos rayos de sol se desvanecían, inclinó la cabeza para apreciar los suaves tonos del crepúsculo que abrazaban el cielo, y respiró hondo.

Al menos estaba mejor que el año pasado por estas fechas.

Y las cosas cambiarían para ella, estaba segura.

Después de todo, todo el mundo merecía un golpe de suerte alguna vez en la vida, ¿no?

No oyó el coche detrás de ella cuando se acercó al bordillo y mantuvo su ritmo por un momento hasta que percibió su movimiento por el rabillo del ojo.

Saltando hacia atrás, sobresaltada, observó la brillante pintura plateada y las ventanas traseras oscurecidas, luego frunció el ceño cuando frenó y se abrió la puerta trasera.

Un hombre corpulento de unos cuarenta años miró fijamente a través del parabrisas, luego hizo un gesto con la cabeza hacia la parte trasera del coche.

Los pies de Sophie se arrastraron por la acera mientras se movía, su corazón cayendo al estómago cuando un rostro familiar se asomó.

—¿Rosalind? ¿Qué haces aquí? —Sophie miró a izquierda y derecha, pero todas las cortinas de los vecinos estaban cerradas y no había nadie más caminando por la calle—. Mi próximo pago no es hasta julio.

La mujer sonrió, exponiendo dientes que parecían tumbas y brillaban en el crepúsculo.

—Cambio de planes, Soph. Lo siento, pero vamos a necesitar el monto total más los intereses la próxima semana.

—¿Estás bromeando? —Con la mandíbula caída, Sophie miró fijamente a Rosalind—. Me dijiste que tenía seis meses para devolverte el dinero.

—Bueno, como dije, cambio de planes. —La mujer contempló un juego perfecto de uñas, luego levantó la mirada—. Es solo negocios, estoy segura de que lo entiendes.

Sophie se mordió el labio.

—No sé si puedo conseguirlo todo para la próxima semana. Quizás para fin de mes. Podría… podría buscar algún trabajo en negro, tal vez, o…

—Me temo que no es suficiente. Te dije desde el principio que esto podría suceder, y me aseguraste entonces que cumplirías si la deuda tenía que ser cobrada antes. Después de todo, han pasado, ¿cuánto…?

El conductor miró por encima del hombro.

—Cuatro meses.

—Cuatro meses —asintió Rosalind—. Cuatro meses, y seguramente has tenido tiempo de sobra para encontrar algo que hacer con tu tiempo, ¿no?

—Es difícil. Tengo un currículum que apenas tiene algo porque mi ex no me dejaba trabajar, y no consigo entrevistas para puestos de oficina. Los supermercados tienen más solicitudes que puestos de trabajo, y…

Rosalind agitó la mano con impaciencia.

—No necesito oír tus excusas, Sophie. Como dije, cuatro meses. Y aquí estás, comprándote caprichos. ¿En qué *estabas* pensando?

—Ya te dije, te devolveré el dinero.

—Promesas, promesas, Sophie, y sin embargo aquí estamos. —La mirada de Rosalind cayó sobre la bolsa—. Después de todo, si puedes permitirte el lujo de comprarte una botella de vino, puedes permitirte pagarnos, ¿verdad?

Una lágrima rodó por su mejilla, y se la limpió con rabia.

—Cumplo mis promesas. Siempre lo he hecho.

—Bien. Tienes una semana.

—Pero eso es imposible. Yo…

—Una semana. Espero el pago completo para el próximo viernes. —Rosalind entrecerró los ojos—. Después de todo, ya sabes lo que le pasará si no lo haces.

—De acuerdo. Tendré que…

Rosalind agitó la mano como si apartara un mal olor.

—No necesito saber *cómo*, solo que lo *harás*.

Sophie contuvo un sollozo, luego asintió.

—Lo prometo.

—Bien —Rosalind sonrió—. Y recuerda: es nuestro pequeño secreto, ¿verdad?

CAPÍTULO 36

A la mañana siguiente, aturdida por el sueño, Kay bajó las escaleras y entró en la cocina, su mano encontrando automáticamente el interruptor del hervidor.

Arriba, el sonido de la ducha se mezclaba con el ruido de los erizos bebés en su recinto mientras se revolcaban unos sobre otros, husmeando en busca de comida.

Colocando su chaqueta de traje sobre el respaldo de uno de los taburetes metidos bajo la encimera central, se estiró y abrió una de las ventanas sobre el fregadero para refrescar el aire; el hedor de la orina de los erizos era pútrido después de que la habitación hubiera estado cerrada toda la noche.

La luz brillante del sol se colaba a través del cristal, el mirlo local trinaba desde el jardín del vecino. Un fino rocío cubría el césped, y se dio cuenta de que tendrían que cortarlo pronto, o Adam sugeriría traer otra cabra a casa.

—Sobre mi cadáver —murmuró, sonriendo.

Bostezando, preparó café para dos y añadió una cucharada de azúcar al de Adam.

Entonces su móvil vibró en la encimera con un nuevo mensaje, la realidad del trabajo interrumpiendo sus pensamientos.

—No hay descanso para los malvados —dijo Adam, entrando en la cocina y secándose el pelo con una toalla—. ¿Cuál es el mío?

—La taza roja.

—Gracias. —La señaló hacia ella—. ¿Es Ian?

—Sí. Me recogerá en media hora.

—¿Tienes tiempo para ayudarme a alimentar a los pequeños primero?

—De acuerdo. Déjame ir a maquillarme y estaré lista.

Él la rodeó con el brazo cuando ella iba a pasar y la besó. —No hay nada malo con tu cara.

—Puede que los demás no aprecien esta piel de vampiro a primera hora de la mañana. —Sonrió—. Pero, gracias.

—Diles que quieres todos los trabajos al aire libre durante el próximo mes para trabajar en tu bronceado —le gritó—. Estás pasando demasiado tiempo encerrada en la oficina.

—Ni que lo digas —murmuró, subiendo las escaleras de dos en dos.

Diez minutos después, lamentando los círculos oscuros bajo sus ojos que el maquillaje solo podía ocultar un poco, volvió a la cocina para encontrar a Adam arrodillado en el suelo junto a los erizos bebés.

Antes de que pudiera acercarse, su móvil sonó y abrió los ojos al ver el nombre de la llamante en la pantalla.

—¿Amanda? ¿Qué haces trabajando un sábado?

—¿Me creerías si te dijera que es porque amo tanto mi

trabajo que no puedo mantenerme alejada? —respondió la analista financiera con ironía.

—No —dijo Kay, riendo—. En serio, ¿está todo bien?

—Todo está bien. Es solo que tuvimos un gran avance en uno de los casos de crimen organizado al que estoy asignada ayer por la tarde, y quería informarte sobre lo que mi equipo ha encontrado en relación con el tuyo antes del lunes. Después de eso, me temo que no obtendrás más ayuda de mi equipo durante al menos seis semanas. De hecho, tengo una reunión con la subjefa de policía más tarde hoy. No quería esperar.

Kay cerró los ojos, conteniendo su frustración por la continua falta de recursos que obstaculizaba cada investigación. —No hay problema. ¿Quieres enviarme por correo electrónico lo que tienes? Me encantaría charlar, pero me recogerán en unos quince minutos y tengo una reunión informativa a primera hora de la mañana.

—En realidad, estoy haciendo algunos recados en Maidstone antes de ir a Gravesend, así que iba a sugerir que me pasara. Digamos, ¿sobre las nueve? ¿Te viene bien?

—Eso sería genial, gracias. Nos vemos entonces.

Terminando la llamada, Kay dejó caer el móvil en su bolso y se acercó a donde Adam estaba acunando a uno de los erizos bebés, con un gotero de plástico en la mano.

—Bien, ¿qué necesito hacer? —dijo, agachándose a su lado.

—Los goteros están justo ahí, ya los he llenado con la fórmula de alimentación, así que coge un erizo y adelante. Solo sé suave con la cantidad que les das, no queremos que se ahoguen. —Adam asintió hacia una caja separada llena de mantas donde dos erizos más estaban acurrucados en la esquina—. Esos dos ya han sido alimentados, y quedan tres.

—¿Cuántas veces te levantaste en la noche para hacer esto?

—Cuatro. —Dio una sonrisa cansada—. Pronto dejarán el líquido. Esto es solo un refuerzo mientras se adaptan a la comida sólida. Una vez que estén completamente con sólidos, podemos intentar llevarlos a uno de los centros de rescate hasta que estén listos para volver a la naturaleza. Es esta etapa cuando son tan jóvenes la que es crítica, y simplemente no hay suficientes voluntarios por aquí para hacer frente.

Kay frotó su pulgar sobre la espalda del pequeño erizo mientras succionaba la tetina del gotero con entusiasmo. —Bueno, gracias a Dios que pudiste acogerlos. Al menos son más fáciles de cuidar que…

De repente, un chorro de líquido cálido brotó sobre su regazo, y se quedó paralizada de horror cuando el erizo emitió un pequeño pedo, el hedor ya la abrumaba.

Kay miró las rayas marrones que ahora cruzaban sus pantalones de traje, la bilis subiendo por su garganta mientras Adam estallaba en carcajadas.

Entonces sonó el claxon de un coche afuera.

—Oh, mierda. —Cerró los ojos—. Nunca voy a dejar de oír sobre esto.

CAPÍTULO 37

—¿Así que el erizo se cagó encima de ella?

Gavin le entregó a Barnes una copia de la agenda de la reunión, mientras el ruido elevado de los otros miembros del equipo llegaba hasta sus escritorios.

—Sí. —Barnes sonrió, recogiendo su libreta desgastada y un bolígrafo—. Creo que la tintorería le prohibirá volver a usar sus servicios una vez que terminen con esos pantalones.

Un fajo de papeles lo golpeó entre los omóplatos, y giró su silla para ver a Kay mirándolo fijamente, con los ojos brillantes a pesar de sus esfuerzos por parecer enojada.

—La próxima vez, te haré llevarlos a ti —dijo ella—. Basta de chismes, vosotros dos. Vamos.

Gavin le lanzó una mirada de soslayo a Barnes mientras ella se alejaba pisando fuerte. —¿Crees que alguna vez dejará que Adam traiga algo a casa de nuevo?

Barnes se rio entre dientes. —Subestimas lo blanda que es, a pesar de su exterior de acero. Ya verás, la próxima vez que él tenga algo pequeño y peludo que necesite cuidados, ella será la primera en ayudar. ¿Recuerdas los gatitos?

Después de encontrar asientos cerca del frente de los oficiales reunidos, hojeó su libreta y estiró el cuello.

Kay no perdió el tiempo y comenzó la reunión en el momento en que el último sargento uniformado se apresuró a llegar.

—Bien, Gavin, ¿qué pasa con las cámaras de seguridad respecto a los últimos movimientos de Alec Mingrove?

—Se enviaron como se prometió ayer por la tarde, jefa —respondió el agente—. He comenzado a revisarlas esta mañana; afortunadamente nos proporcionaron el metraje editado, así que no tengo que hacerlo yo. Hasta ahora, no he visto nada que me cause preocupación cerca del centro, así que me pregunto si lo secuestraron más cerca de su casa. Os mantendré informados sobre eso. Si me quedo sin ángulos de cámara, comenzaré a hacer preguntas puerta a puerta desde la última ubicación donde se le vio.

—Suena bien, gracias. ¿Algo que sugiera que pudo haber caminado por el sendero del río?

—Todavía no. —Gavin hizo una mueca—. Esperemos que no lo haya hecho, porque hay muy pocas cámaras por allí. Por cierto, ¿viste que Edwin Moore fue citado en ese artículo de noticias en línea esta mañana?

Las cejas de Kay se elevaron. —No. ¿Qué tuvo que decir?

—Afortunadamente, por lo que parece, no elaboró nada de lo que hablamos con él. Es un poco corto de contenido, para ser honesto. —Gavin sacó su teléfono móvil y se desplazó por la aplicación de noticias hasta que encontró el artículo—. Aquí tienes. Dice: "Conocía a Alec desde que estábamos en la escuela juntos. No puedo creer que se haya ido. No así. Tenía todo por vivir, iba a comenzar un nuevo trabajo la próxima semana. Era mi mejor amigo, no sé qué haremos sin él". El artículo termina con el número de teléfono que nuestro equipo de medios proporcionó en caso de que alguien tenga más información.

Barnes se giró en su asiento cuando la puerta de la sala de incidentes se abrió y Amanda Miller entró con una expresión decidida en su rostro.

Kay la saludó con una cálida sonrisa y luego la presentó al equipo. —Algunos de vosotros habréis trabajado con Amanda hace unos años, pero para los que no lo habéis hecho, Amanda dirige nuestro equipo de investigación de contabilidad forense en la Jefatura. Su equipo ha estado revisando las finanzas de cada una de las tres primeras víctimas, incluidas las de Angus Zilchrist, para ver si hay una conexión entre ellas y tratar de averiguar a dónde lleva esa conexión.

—Gracias. —Amanda abrió su maletín y le entregó una serie de carpetas—. Todo esto se enviará por correo electrónico y se agregará a HOLMES2 más tarde esta mañana, pero pensé que también os gustaría tener copias impresas.

Girando hacia una página nueva en su libreta, Barnes se dio cuenta de que estaba conteniendo la respiración mientras esperaba que Amanda continuara. La mujer había sido fundamental para el éxito de la investigación anterior en la que habían trabajado juntos, así que seguramente ayudaría a proporcionar el avance que tan desesperadamente necesitaban ahora.

—Pasaré por alto las partes aburridas, podéis leerlas en vuestro tiempo libre —dijo Amanda con una sonrisa antes de volverse hacia la pizarra y esbozar un diagrama de sus hallazgos mientras hablaba—. La introducción al informe de cada víctima simplemente establece los parámetros de nuestras búsquedas, como se discutió con la detective Hunter a principios de esta semana, y luego tenéis un par de páginas sobre cómo llevamos a cabo esas búsquedas. Estoy segura de que todos solo queréis escuchar sobre los resultados.

Un murmullo de acuerdo se escuchó entre los oficiales antes de que la contadora forense continuara.

—La primera parte de nuestra investigación fue determinar con cuáles de los prestamistas legítimos las tres víctimas tenían cuentas, y luego sumar la exposición total a la deuda. Eso incluye algunos de los tipos más nuevos de prestamistas, en su mayoría asociados con compras en línea, prestamistas de capital inmobiliario, ese tipo de cosas. Felizmente puedo confirmar que ninguno de ellos parece ser culpable de nada excepto tal vez algunas prácticas turbias en relación con las verificaciones de antecedentes sobre deudas existentes antes de alentar a las personas a sacar un préstamo con ellos. Hemos pasado los detalles de dos de ellos al defensor financiero.

Hizo una pausa y le dio una sonrisa agradecida a Laura cuando la agente le pasó un vaso de agua. —Gracias. Bien, una vez que agotamos todos los prestamistas legítimos, nos quedamos con una anomalía que apareció en cada uno de los perfiles que habíamos creado de las víctimas. Cada uno de ellos, sin excepción, había ingresado grandes sumas de efectivo entre julio pasado y enero, pero habían dividido el pago entre varias cuentas, como tarjetas de crédito, prestamistas hipotecarios, etc., para que no se levantara sospecha. La mayoría de los bancos hoy en día limitan los depósitos en efectivo a mil libras en cualquier momento de acuerdo con las regulaciones contra el lavado de dinero.

—Alguien les dijo que hicieran eso —dijo Amanda, volviéndose hacia Kay—. Quien les prestó el dinero les dijo que no llamaran la atención sobre sí mismos. Normalmente no me arriesgaría a decir eso, pero el patrón es demasiado obvio entre las tres víctimas como para ignorarlo. Como dije, los pagos se dividen entre cuentas regulares, pero todos caen el mismo día en cada instancia. Comienzan con una cantidad mayor, digamos de cuatro a cinco mil libras, luego hay una o dos cantidades más pequeñas después de eso, no más de novecientas libras. Algunas de esas cantidades más pequeñas en efectivo no necesariamente se pagaron en ninguna cuenta, pero pudimos ver en nuestro análisis que tal vez un par de veces al mes, cada víctima usaba menos su tarjeta de débito, lo que sugiere…

—Que tenían efectivo extra para gastar en necesidades —dijo Barnes.

—Sí.

Cruzó los brazos y miró las flechas que se entrecruzaban en la pizarra blanca entre las fotografías de las cuatro víctimas. —Alguien sabía que estas personas estaban desesperadas. Alguien que podía prestar unos miles de libras a la vez…

—Y no podemos averiguar cómo porque les pagaron los préstamos en efectivo. —Kay se pellizcó el puente de la nariz y cerró los ojos por un momento—. Estamos jodidos, ¿verdad?

—Intentamos varios enfoques diferentes para ver si podíamos encontrar algo más, pero me temo que esa es la cuestión principal —dijo Amanda—. Lo siento, me doy cuenta de que no es el resultado que esperaban.

—Gracias de todos modos. —Kay suspiró—. Me doy cuenta de cuánto esfuerzo llevó reunir todo esto en el tiempo que tenemos.

—Como dije, os enviaré todo por correo electrónico más tarde esta mañana —dijo Amanda, recogiendo sus cosas y dirigiéndose hacia la puerta—. Y llamadme si tenéis alguna otra pregunta.

Un silencio atónito se cernió sobre el equipo después de que la puerta se cerrara detrás de ella, y Barnes captó la mirada ansiosa de Kay mientras escaneaba las notas desordenadas que ahora cubrían la pizarra.

—¿Qué está pensando, jefa?

—Quien esté haciendo esto está escalando, ¿no? —dijo ella—. El cuerpo de Preston fue escondido para que Angus lo encontrara, y sin embargo tanto Katrina como Alec, trabajando sobre la base de que encontraremos el mismo tipo de préstamos en efectivo entre sus estados financieros cuando los obtengamos, fueron exhibidos públicamente. Es como si quien los mató quisiera anunciar el hecho en lugar de apuntar a una sola persona.

—Es atrevido —dijo Barnes—. Parece estar increíblemente confiado de que no lo van a atrapar.

—¿Lo está? —Kay caminó por la alfombra—. ¿O es

una señal de desesperación? Quiero decir, no hemos tenido nada como esto antes, ¿verdad?

—No hemos tenido el mismo método de matar, me refiero a la tortura con los cortes —dijo Gavin—. No desde que estoy aquí.

—¿Apareció algo en los registros?

—Nada, jefa. Esa fue una de las primeras tareas que ejecuté en HOLMES2 cuando encontraron a Katrina.

—Lo que me preocupa es por qué esas deudas están siendo cobradas ahora. —Kay golpeó con los nudillos contra la pizarra y luego se volvió para enfrentar a su equipo—. ¿Qué ha cambiado en los últimos tres meses que signifique que quien prestó este dinero lo necesita de vuelta con tanta prisa que está dispuesto a matar a algunos de sus clientes para hacer que los otros paguen?

CAPÍTULO 38

Gavin abrió la anilla de la lata de bebida energética, el suave *pop* y el burbujeo del aire esparcieron un aroma dulce por encima de su teclado.

Laura arrugó la nariz mientras él bebía un trago. —Dios, se puede oler el azúcar desde aquí. ¿Por qué no tomas café como una persona normal?

—Lo hago. A veces no es suficiente.

—Se te van a pudrir los dientes.

—Eso me dice mi madre. —Dejó la lata y sonrió—. Y tú suenas igual que ella.

Su colega le dio una palmada en el brazo y luego señaló las tres pantallas de ordenador frente a ellos. —¿Listo para empezar de nuevo?

—Adelante.

Apoyando la barbilla en la mano, la mirada de Gavin saltaba de una pantalla a otra, un barrido casual de las imágenes que le ayudaba a mantenerse alerta y con la mente abierta a cualquier anomalía que pudiera aparecer.

Sabía que Laura estaba haciendo lo mismo, habiendo pasado ya dos horas de su mañana en la sala de observación viendo las grabaciones de las cámaras del patio de la gasolinera de Brian Melgren.

Había más tranquilidad aquí ahora que los detenidos de la noche anterior habían sido procesados y trasladados.

Una puerta se cerró de golpe en algún lugar más adelante en el pasillo, y una sonrisa sardónica se formó en sus labios mientras unos pasos pesados pasaban por la habitación.

Al menos era más tranquilo que el caos de la sala de incidentes de arriba.

Laura bostezó. —Ojalá estuviéramos viendo las grabaciones de la ciudad. Ese tipo de la gasolinera podría haber filtrado estas grabaciones, ¿no?

—Supongo que deberíamos estar agradecidos de que las haya guardado en primer lugar. —Miró su reloj y luego sus ojos volvieron a la pantalla—. Pero al menos tenemos los registros de visitantes del almacén para reducir esto. De lo contrario, estaríamos aquí hasta el próximo fin de semana.

—Cierto. —Suspiró mientras la grabación se detenía —. Bien, pasemos al siguiente archivo. Este es del fin de semana de Pascua.

—Parece que fue hace una eternidad —refunfuñó Gavin—. Y hacía más calor que ahora.

—¿Se te está yendo el bronceado?

—Muy graciosa. —Se inclinó más cerca—. Melgren no abrió ese sábado. Dijo que él y su esposa consiguieron una escapada de última hora a Copenhague a mitad de precio hasta el miércoles siguiente. Puedes acelerar la grabación también, Angus no se registró ese día hasta la una y media.

Se sentaron en silencio por un momento, observando un flujo constante de visitantes a las unidades de almacenamiento en vehículos de diferentes formas y tamaños.

—Parece que todos tuvieron la misma idea de hacer una limpieza de primavera ese fin de semana —murmuró Gavin.

—Angus no parecía detenerse mucho en sus otras visitas, ¿verdad? —Laura echó un vistazo a sus notas—. Y esa que acabamos de ver fue en febrero. ¿Crees que es inusual cuánto tiempo dejó pasar hasta esta próxima visita?

—No realmente. Quiero decir, si era un poco acumulador de todas formas, probablemente solo metía cosas allí y se olvidaba de ellas. No es como si volviera a revisarlas, por lo que sugiere este registro.

—¿Cuántas visitas más después de esta?

Gavin miró hacia abajo y luego se quedó inmóvil. —Solo una, el día antes de que muriera.

—Espera, mira. —Laura pausó la grabación—. Ese es Angus, ¿no?

En la pantalla, una furgoneta de mudanzas de color oscuro y aspecto maltratado se había detenido en la entrada del negocio de almacenamiento, y mientras se arrastraba hasta detenerse, el hombre en el asiento del conductor miró hacia la gasolinera.

—No parece feliz —dijo Gavin.

—¿Por qué no está conduciendo su coche? ¿De quién

es esta furgoneta? —Laura reinició la grabación a velocidad normal y vieron cómo la furgoneta avanzaba hasta que ya no bloqueaba la entrada, y luego el conductor salió.

—No puedo ver las placas de matrícula desde este ángulo, pero podría haber acceso a otras cámaras de videovigilancia a lo largo de la carretera. Tendré que comprobarlo.

—¿Quién es ese que está con él, Gav?

—No lo sé, pero tiene la contextura de un tanque, ¿no?

Observó al hombre fornido que estaba de pie en la parte trasera de la furgoneta hablando con Angus, los bíceps del hombre sobresalían de una camiseta sin mangas, su cabeza afeitada brillaba bajo la luz del sol como si estuviera sudando.

Otro coche se arrastró hasta la entrada, luego giró hacia el patio de almacenamiento y desapareció de la vista. El hombre señaló con el pulgar por encima de su hombro y Angus corrió a través de las puertas, regresando cinco minutos después con un carro de palés.

Gavin tragó saliva, su corazón latía con fuerza. A pesar de la bebida energética, tenía la boca seca y contuvo la respiración.

En la pantalla, Angus llevó el carro hacia las puertas traseras de la furgoneta.

El otro hombre las abrió de golpe y subió, la furgoneta se balanceó sobre su suspensión por un momento y luego apareció un objeto grande.

—Ese es el armario, en el que encontraron a Preston —soltó Laura.

Los dos hombres empujaron el armario sobre el elevador trasero, y luego Angus presionó un botón en la parte trasera de la furgoneta para bajarlo.

Después de otros dos minutos de empujar y gestos enojados del otro hombre, los dos hombres tambalearon el armario a través de las puertas de entrada al patio de almacenamiento.

—¿Por qué no meter la furgoneta en el patio primero? —dijo Laura—. Les habría ahorrado algo de esfuerzo.

—Hay cámaras allí, recuerda. —Gavin asintió hacia la furgoneta en la pantalla—. Quienquiera que esté conduciendo la furgoneta lo sabía, pero no sabía que los archivos no se guardan por mucho tiempo. No quería que se vieran las placas de matrícula.

—No puedo ver ningún logo de empresa de alquiler en ninguna parte, ¿puedes tú?

—No, así que o es el vehículo del conductor o lo tomaron prestado.

Quince minutos después, los dos hombres regresaron, se subieron a la furgoneta y se fueron.

—Preston ya estaba dentro de ese armario, ¿verdad? —Laura detuvo la grabación y giró su silla para mirarlo—. Se podía ver que estaban luchando con el peso, y era solo un mueble barato.

—Creo que sí. —Gavin se reclinó y miró fijamente la pantalla en blanco.

—Pero el informe de Harriet decía que el peso de su cuerpo hizo que las puertas del armario se abrieran una vez que movieron esa caja. No había nada malo con las puertas cuando lo movieron ahora, ¿verdad?

—Creo que el peso de Preston debe de haberse desplazado cuando pusieron el armario en la unidad y luego lo encerraron. —Suspiró y tiró su bolígrafo sobre el escritorio—. Pero, ¿sabía Angus que Preston estaba dentro? ¿O solo le estaba haciendo un favor al otro tipo?

—Vaya favor, Gav.

CAPÍTULO 39

Kay hojeó las imágenes impresas de las grabaciones de videovigilancia del garaje y se mordió el labio.

Gavin y Laura esperaban pacientemente a su lado mientras su mente trabajaba, sus rostros demacrados por haber estado mirando las pantallas de los ordenadores durante tanto tiempo.

—¿Los hijos de Angus tenían alguna idea de quién es este? —dijo finalmente, clavando las fotos en una segunda pizarra blanca que se había unido a la primera en la parte delantera de la habitación.

—Fuimos a casa de Richard antes para mostrarle estas, pero no lo reconoció —dijo Gavin—. Lo mismo ocurrió con Alana. Tampoco tenían idea de a quién podría pertenecer esa furgoneta.

—¿Qué hay de las cámaras de videovigilancia desde otros ángulos a lo largo de ese tramo de carretera?

—Se han solicitado, jefa, pero dado que es fin de semana...

—Tendremos suerte si lo vemos antes de mediados de semana. —Kay suspiró—. Al menos tenemos otra pista en la que trabajar. ¿Qué más planeáis hacer?

—Iba a ayudar a Ian con algunas grabaciones de seguridad que llegaron de uno de los otros comercios cercanos a donde trabajaba Katrina —dijo Gavin, frotándose los dedos por su pelo puntiagudo—. Tuvieron que obtener permiso de su oficina central en Newcastle antes de entregárnoslas.

—Haré que Kyle lo ayude con eso; necesitas descansar, así que después de que terminemos aquí, no quiero verte hasta el lunes. Eso también va por ti, Laura.

—De acuerdo, jefa, gracias —dijo Laura—. Pensé en pedirles a algunos de los agentes uniformados que revisaran los extractos bancarios de Alec Mingrove esta tarde para ver si pueden detectar un patrón como el que Amanda identificó.

—Buen plan. Antes de irte a casa, ¿puedes redactar un comunicado para enviarlo a las organizaciones benéficas locales que tratan con la adicción al juego, bancos de alimentos y ese tipo de cosas, advirtiéndoles que creemos que tenemos una nueva organización criminal organizada que se dirige a personas vulnerables? —Kay se dirigió a su escritorio, con los dos detectives siguiéndola—. Ten cuidado con cómo lo redactas; no quiero que lo vinculen con nuestra investigación, pero tenemos que asegurarnos de que estamos siendo proactivos. Lo último que queremos es que más personas caigan víctimas de quienquiera que esté detrás de estos asesinatos.

Laura asintió. —Lo haré y luego te lo enviaré por correo electrónico una vez que esté listo.

—Gracias. Bien, nos vemos a los dos el lunes.

Kay se volvió hacia su escritorio, que actualmente estaba oculto bajo una pila de actas de reuniones de la Jefatura, cuatro nuevos informes presupuestarios que requerían su revisión y firma, y un montón de migas de un pastel danés de manzana a medio comer.

Reprimió un gemido.

Todo lo que quería hacer era concentrarse en cazar y detener a un asesino, pero parecía que sus superiores tenían otras ideas para su fin de semana.

Cogiendo el pastel, se lo metió entre los labios y luego agarró su taza de café tibio y su libreta y se dirigió de vuelta a la pizarra.

El café y la libreta fueron colocados en un escritorio a su lado mientras mordisqueaba lo que tendría que constituir su almuerzo, su mirada abarcando las notas y fotografías que se habían recopilado.

—¿Quién demonios eres? —murmuró entre bocados, observando al hombre calvo de la fotografía—. ¿Y cómo conocías a Angus?

—¿Hablando sola de nuevo, jefa?

Ella miró por encima del hombro al oír la voz de Barnes. —Ayuda. ¿Has visto a este tipo antes?

Su colega miró atentamente la pizarra. —No. No puedo decir que lo haya visto. ¿Es una nueva persona de interés?

—Sí. Gavin y Laura lo vieron fuera del almacén durante el fin de semana de Pascua ayudando a Angus con ese armario. Yo también he visto las imágenes; dada la forma en que estaban luchando con él, suponemos por ahora que el cuerpo de Preston ya estaba dentro.

Barnes silbó por lo bajo. —Entonces, ¿Angus sabía...?

—¿O fue engañado? —Kay se sacudió los dedos y alcanzó el café—. Según los registros de la unidad de almacenamiento, la próxima vez que Angus fue allí fue el día antes de morir.

—Pero el informe de Harriet confirmó que el cuerpo no había sido perturbado desde que fue colocado en el armario. Angus no podría haber abierto la puerta, descubierto lo que había dentro y luego cerrarla de nuevo. Habríamos podido darnos cuenta.

—Tal vez le contaron sobre el cuerpo, fue allí para verlo por sí mismo, pero cambió de opinión cuando llegó.

—O lo sabía y accedió a esconderlo.

—También está esa posibilidad. —Kay apuró lo último de su bebida y cogió su libreta, hojeando las páginas—. ¿Tenemos algo ya que sugiera si Angus conocía a Preston, o a Katrina, para el caso?

—Aún no. Puedo hablar de nuevo con Richard Zilchrist si quieres.

—Gavin ya habló con él antes para ver si conocía a nuestro hombre misterioso. No lo conoce.

Barnes asintió hacia la fotografía. —Angus no era muy activo en las redes sociales, pero podría haber pertenecido a algún tipo de club social, o bebía regularmente en algún pub en particular, algo así. Ya hemos descartado la casa de apuestas que frecuentaba en la ciudad, y nos han dicho que Angus siempre iba solo. Richard dijo cuando hablamos con él por primera vez que su padre había dejado de beber en su local habitual, lo que el dueño corroboró, pero debe haber ido a otros lugares antes de que comenzara a quedarse sin dinero, ¿no? Él y Preston podrían haberse cruzado en algún sitio.

—Vale la pena intentarlo. —Ella dio una última mirada a la pizarra—. Haré que los uniformados comiencen con eso mientras trabajas en las nuevas imágenes de las cámaras.

CAPÍTULO 40

—Este escritorio no fue diseñado para dos personas.

Kyle le sonrió al detective mayor a su lado. —Es acogedor, eso te lo concedo, oficial.

Volvió su atención al banco de pantallas, sus ojos saltando de una a otra mientras Barnes sorbía una taza de té y picoteaba los restos de una ensalada de pollo.

En los monitores, una imagen granulada de Katrina Hovat entró en el campo de visión y se dirigió hacia la tienda donde una vez había trabajado.

Se veía diminuta, envuelta en un grueso cárdigan que abrazaba a su alrededor, con la cabeza baja mientras hablaba por su teléfono móvil.

Se detuvo antes de llegar a las puertas dobles de cristal, ignorando el hecho de que se abrían automáticamente en anticipación, y en su lugar le dio la espalda a la tienda y pareció estar discutiendo con alguien.

—¿Tenemos los registros de esa llamada de su proveedor de telefonía móvil, oficial? —preguntó Kyle.

En la pantalla, Katrina caminaba de un lado a otro,

gesticulando con la mano a quien fuera que estuviera al otro lado de la llamada.

—Espera. —Barnes dejó la lata y hojeó una lista de números—. Sí, aquí está. Parece ser uno de los bancos, es de su equipo de cobro de deudas con sede en Leeds.

Kyle resopló. —Es difícil pensar que estaba muerta un día después de esto. No tenía ninguna posibilidad contra ellos, ¿verdad? Es decir, no tenía nada con qué defenderse.

—No si ese tipo que conducía la furgoneta con Angus estaba involucrado, no.

Los dos hombres guardaron silencio mientras Katrina terminaba su llamada, hacía una pausa como para calmarse, y luego entraba a grandes zancadas en la tienda.

Extendiendo la mano para adelantar la grabación, Kyle observó cómo un flujo constante de clientes entraba y salía por las puertas delanteras, algunos apareciendo momentos después con bolsas cargadas de productos en oferta, otros luchando con algunos de los artículos más grandes antes de meterlos en el maletero de sus coches.

Se removió en su asiento, arriesgando una mirada de reojo al hombre a su lado.

Barnes siempre había sido alguien a quien admiraba, desde que había comenzado su carrera en la Policía de Kent, y no era como si el hombre se contuviera con sus opiniones, así que…

—¿Oficial? ¿Puedo preguntarte algo?

Los ojos del oficial permanecieron en la pantalla. —Claro.

—¿Crees que debería solicitar hacer el examen de detective?

Barnes se volvió hacia él y arqueó una ceja. —Tal vez. ¿Qué ha provocado esto?

—Philip y yo estábamos hablando de ello antes de que lo mataran; ambos íbamos a inscribirnos. He estado pensando… —Se interrumpió, mirando sus manos—. Creo que necesito tener algo así en lo que enfocarme. Algo en lo que pueda hincar el diente, ¿sabes?

El detective mayor sonrió, su atención de vuelta en la grabación. —Entonces creo que sería una gran idea. Para ser honesto, no me sorprende que quieras hacerlo. Has recorrido un largo camino desde que eras un policía en prácticas, y sé que Kay habla muy bien de ti.

—Gracias, oficial. —El calor subió a las mejillas de Kyle, y luego asintió ligeramente—. De acuerdo. Presentaré mi solicitud la semana que viene. Entonces…

—Aquí está ella. —Barnes se enderezó—. Debe estar en un descanso o algo así.

—Eché un vistazo a las declaraciones de la tienda. Su gerente, o supervisor, no recuerdo, dijo que en las últimas semanas de su vida estaba haciendo más llamadas telefónicas de lo habitual —respondió Kyle—. Mira la marca de tiempo. Son solo las nueve cuarenta y cinco.

—Está de nuevo al teléfono, mira.

Observaron cómo Katrina se acurrucaba contra el lado del edificio, escondida detrás de una exhibición de grandes macetas de jardín, con el móvil en la oreja.

—Es otra compañía de tarjetas de crédito a la que está llamando —dijo Barnes, señalando con el dedo los registros telefónicos.

Luego, poco más de un minuto después, una mujer con

una camisa de uniforme similar salió de la tienda y le hizo señas, sus formas impacientes.

—Esa es una de las supervisoras —murmuró Barnes—. La reconozco de cuando hablamos con el gerente de Katrina.

Katrina entró arrastrando los pies tras la otra mujer, las puertas deslizándose tras ellas.

Pasaron la siguiente media hora deteniendo la grabación, anotando los momentos en que Katrina reaparecía. Las últimas exhibiciones exteriores fueron recogidas por otros dos trabajadores mientras Katrina salía del trabajo por el día.

—Bien. Eso es todo, entonces. —Oyendo la decepción en su propia voz, Kyle extendió la mano para detener la grabación.

—Espera.

Se quedó inmóvil cuando Barnes señaló la pantalla.

Una mujer, más alta que Katrina debido a los tacones que llevaba, se le había acercado y ahora le hacía gestos agresivamente.

—¿Quién es esa? —El oficial le quitó el ratón y amplió la ventana de la aplicación—. No la reconozco, ¿tú sí?

—Quienquiera que sea, no está contenta por algo.

—¿Crees que es una clienta? —Barnes se puso sus gafas de lectura, tratando de inclinar la cabeza para obtener una mejor vista.

Kyle repasó sus notas, luego negó con la cabeza. —No recuerdo haber visto a nadie vestida así entrar en la tienda hoy.

Guardando sus gafas de vuelta en su bolsillo, Barnes cruzó los brazos y se reclinó en su silla mientras la mujer terminaba de hablar y se alejaba a grandes zancadas. —Ponlo de nuevo. Mira cómo Katrina simplemente se queda ahí parada.

—Parece conmocionada.

—No, parece aterrorizada.

———————

—¿Qué opinas?

El ruido en la sala de incidentes se había reducido a un bajo murmullo de voces mientras Kyle sostenía el teléfono en su oreja y giraba un suave balón de fútbol de fieltro entre sus dedos, lanzándolo al aire mientras esperaba.

Una puesta de sol cada vez más profunda bañaba la alfombra junto a sus pies, el ruido del tráfico exterior cambiando a medida que los compradores y turistas dejaban la ciudad por el día y las calles se volvían más tranquilas en el tiempo antes de que todos los pubs y discotecas se pusieran bulliciosos.

Contuvo una sonrisa melancólica al recordar sus primeros días patrullando esas mismas calles, lidiando con las consecuencias.

Una tos educada al otro lado del teléfono interrumpió sus pensamientos.

—Eh, no creo que sea posible, no con el ángulo o la calidad de esta grabación —dijo Andy Grey—. No hay manera de que podamos mejorar lo que tenéis aquí, no sin que la imagen se pixele por completo. Ciertamente no de una manera en la que podáis conseguir que alguien lea los labios de lo que están diciendo, en cualquier caso.

—Mierda. —Kyle arrojó la pelota sobre su escritorio,

donde rebotó en el teclado y golpeó un portalápices junto a su ordenador—. Pensé que podríamos haber tenido algo entonces.

—Siento no poder ayudar.

—No, está bien. Disculpa por interrumpir tu fin de semana. —Kyle colgó el teléfono y rápidamente revisó los nuevos correos electrónicos que habían aparecido.

—¿Qué dijo? —Barnes se acercó, con dos pequeñas cajas de pizza en la mano—. Aquí tienes.

—Gracias, oficial. —Abriendo la tapa, sacó una rebanada y hundió sus dientes en ella, el queso caliente y el pepperoni enviando sus papilas gustativas a la estratosfera—. Dice que no se puede hacer.

—Maldición.

—Sí, dije algo parecido.

Comieron en silencio por un rato, cada uno perdido en sus pensamientos.

—Buenas noches, oficial.

Barnes asintió a un agente uniformado que pasaba, luego volvió su atención a su pizza. —¿No hay más archivos pendientes que cubran ese estacionamiento, verdad?

—No. Ese lote de la otra tienda eran los únicos que estábamos esperando. —Kyle contuvo un eructo y tomó la última rebanada, reprimiendo un bostezo—. Y crucé referencias con los otros archivos mientras estabas fuera comprando estas; puedo verlas a ambas en otra toma de esa tienda de muebles de al lado, pero cuando terminan de hablar, esa mujer camina alrededor del lado de ese bloque de unidades y no se la vuelve a ver.

Barnes cerró la tapa de su caja de pizza y la colocó

junto al bote de basura al lado del escritorio, el aroma grasiento aún persistía en el aire. —Así que debe haberse ido en coche, pero por una salida diferente a la principal.

—Yo también pensé eso. Pero no hay ángulos de cámara. —Kyle tragó lo último de su pizza y se limpió los dedos con una servilleta de papel—. Así que estamos jodidos.

Levantó la vista cuando la puerta de la sala de incidentes se abrió de golpe y Kay entró a zancadas, con una nube cruzando su rostro.

—Jefa —dijo Barnes—. ¿Todo bien?

—Los uniformados hablaron con Richard Zilchrist —respondió ella—. Sugirió que Angus podría haber socializado ocasionalmente con miembros de su antiguo club de golf, pero eso no arrojó nada. Cuando el equipo fue allí, resulta que Angus canceló su membresía hace semanas y no se le ha visto desde entonces. Incluso revisaron los registros de visitantes. Nada.

Se apoyó contra el escritorio de repuesto junto a Barnes y luego miró fijamente la pantalla de Kyle. —¿Quién es esa?

Él esperó mientras Barnes la ponía al día, y observó cómo un destello de interés se convertía en una creciente alarma.

—¿Alguien en la tienda donde trabajaba Katrina la reconoció? —dijo ella.

—Hemos hablado con el gerente de allí y con los supervisores —dijo Barnes—. Todos dicen que no.

—Y para ser honesto, por la forma en que está vestida… no parece una cliente —añadió Kyle.

—¿Qué hay de las redes sociales de Katrina? ¿Algo allí?

—Nada que pudiéramos ver en sus amigos o seguidores, no.

—¿Puedes imprimir eso y ponerlo en el tablero listo para la reunión del lunes? —dijo Kay—. No habrá una mañana porque apenas hay alguien disponible en el horario.

—Lo haré, jefa —dijo Barnes.

—Podríamos revisar nuevamente todos los perfiles de redes sociales de nuestras víctimas mañana —dijo Kyle, viendo la frustración en el rostro de la inspectora—. Incluso si no está listada como amiga o seguidora, podría aparecer en una foto con una de ellas.

—Buena idea. Haced eso. —Kay señaló la pantalla—. ¿Cuándo se tomó esto?

—El viernes en que la mataron por la tarde —dijo Barnes—. Según nuestra línea de tiempo, Katrina fue de aquí directamente a la casa de los Brassick.

—Bueno, sea quien sea, necesitamos encontrarla, y rápido. Posiblemente sea la última persona que vio a Katrina con vida.

CAPÍTULO 41

Los primeros hilos de calor se elevaban del asfalto del estacionamiento mientras Kay se detenía junto a un banco de madera y se volvía a atar los cordones de sus zapatillas deportivas.

Detrás de ella, cerca del pequeño café que atendía a los visitantes de Mote Park, un hombre mayor en una barredora motorizada iba y venía, con el ceño fruncido en concentración mientras su cabeza se movía al ritmo de la música que escuchaba bajo los protectores auditivos proporcionados por el ayuntamiento.

Una ardilla salió disparada de la base de un arbusto de espino al acercarse él, correteó por los bordes de tierra del área de estacionamiento, y luego subió rápidamente por un conveniente roble antes de desaparecer de la vista.

Más allá del estacionamiento, los perezosos movimientos de un pueblo despertando a una brillante mañana de domingo comenzaban a llegar a Kay, con el ocasional susurro del tráfico a lo largo de la A20 llegando hasta donde ella estaba.

Después de estirar los isquiotibiales y balancear los brazos para aflojar los músculos, levantó la mano saludando al trabajador del ayuntamiento, volvió a comprobar que había cerrado el coche, y luego empezó a trotar a un ritmo cómodo.

Normalmente, habría corrido hasta aquí desde la casa, pero dadas las circunstancias, planeaba ir directamente a la sala de incidentes pasando por las duchas de la comisaría e intentar revisar todos los informes que se esperaba que enviara a la Jefatura mañana.

Simplemente había demasiado que hacer, demasiados cabos sueltos en la investigación del asesinato.

Kay exhaló mientras una suave pendiente la llevaba a través de un prado abierto hacia el lago en el borde norte del parque.

Siguiendo el camino de la izquierda, sintió que la pendiente se nivelaba, y entonces aceleró el paso.

A su derecha, el lago se extendía a lo largo del parque, sus aguas reabastecidas por el río Len mientras serpenteaba por el condado hacia el más grande Medway.

Unos patos nadaron alegremente hacia ella, luego le dieron la espalda al darse cuenta de que no tenía comida, mientras un par de cisnes sumergían sus largos cuellos y buscaban alimento bajo el agua.

—Buenos días.

Asintió en respuesta a la pareja de corredores masculinos que pasaban, sin querer romper su ritmo ahora que se había asentado en un paso cómodo. Sus voces desaparecieron en la distancia mientras continuaban su conversación, mientras Kay alargaba sus pasos y seguía el camino hacia la derecha.

Una colección desordenada de botes de pedales con proas en forma de cisne estaba amarrada a un muelle de hormigón, meciéndose con una suave brisa que cruzaba el agua y acariciaba sus brazos desnudos antes de que pasara por una cala tranquila donde un viejo labrador chapoteaba felizmente mientras sus dueños lo observaban.

El camino comenzó a elevarse de nuevo ahora, la ruta circular dando paso a un espacio abierto mientras emergía de bajo un dosel de sauce y volvía al parque con vistas al lago. Buscando una ruta que la llevara a lo largo del borde oriental y más lejos del centro de la ciudad, se limpió el sudor de la frente e intentó lo mejor posible ignorar los dolores que comenzaban a pellizcar sus pantorrillas.

Podía sentirlo ahora, la tensión comenzando a aliviarse en sus hombros, su ritmo cardíaco pulsando con cada metro que corría, y su mente volvió a la investigación.

Si no tenía cuidado, sus superiores en Gravesend pronto comenzarían a escudriñar sus acciones hasta la fecha, preguntándose por qué no había habido un avance a pesar de obstaculizarla con personal inadecuado para lograrlo.

Era un acto de equilibrio, todo ello.

Especialmente cuando su equipo ya estaba sobrecargado de trabajo.

Recordó su determinación obstinada, su desesperación por encontrar a quien estuviera alimentado con tanta rabia como para destrozar tantas vidas humanas.

No solo las vidas de sus víctimas, sino también las de los que quedaban.

Kay comenzó a bombear sus brazos mientras giraba en una suave curva y avanzaba con fuerza pasando el templo de piedra abovedado que dominaba la extensión de césped, dirigiéndose de vuelta hacia el estacionamiento.

Sus uñas se clavaron en sus palmas.

¿Era culpable de esperar demasiado de su equipo, quizás?

¿Todas las demandas de la Jefatura relacionadas con presupuestos, horarios y los cambios de personal de los próximos seis meses habían nublado su juicio?

Porque habían pasado algo por alto, en alguna parte, estaba segura de ello.

Dos personas estaban ahora conectadas a la investigación del asesinato, y sin embargo no sabían nada sobre ellas.

Empezando por la mujer que fue vista regañando a Katrina fuera de su lugar de trabajo, y luego el hombre que ayudó a Angus a mover el armario a la unidad de almacenamiento.

Kay llegó a su coche, jadeando mientras lo desbloqueaba y alcanzaba en el interior una botella de agua de acero inoxidable en la consola central. Bebiendo un cuarto de ella, se apoyó contra la puerta mientras su ritmo cardíaco volvía a la normalidad y miró de vuelta a través de los árboles que salpicaban el parque, su mente divagando.

Sus pensamientos se congelaron mientras observaba a la gerente de la cafetería descargando cuatro cajas de la parte trasera de un coche hatchback, la mujer resoplando por el esfuerzo. Las cajas estaban estampadas con el logotipo del proveedor y las etiquetas del mensajero estaban pegadas por todo el exterior, la cinta de embalaje marrón brillando al reflejar la luz mientras ella trabajaba.

Después de tomar otro sorbo de agua, Kay dejó la botella y luego se inclinó y apoyó las manos en las rodillas.

Respiró profundamente mientras el oxígeno gradualmente se abría paso a través de su cuerpo cansado, y una sonrisa comenzó a formarse.

Quizás el papeleo podría esperar.

Quizás pasaría el día siendo detective, no gerente.

CAPÍTULO 42

—Gracias por recogerme.

Kay lanzó su bolso al espacio para los pies del coche del departamento y se abrochó el cinturón mientras Barnes volvía a salir al carril.

—No hay problema. Es bueno tener una excusa para salir cuando hace un día así. —Barnes se empujó las gafas de sol sobre la nariz y giró hacia la carretera principal—. ¿Adónde quieres ir?

—Al almacén. Llamé antes; Will Clyborne está trabajando hoy y quiero hablar con él. —Kay hojeó sus notas, leyendo los garabatos apresurados que había hecho antes de ducharse después de correr—. Quiero ver si conoce al tipo que Gavin y Laura vieron ayudando a Angus con el armario.

—Ellos vuelven mañana, jefa.

—Lo sé. —Kay golpeó con el puño el borde de la puerta mientras esperaban que el semáforo en la A20 se pusiera verde—. Pero no puede esperar.

Él frunció el ceño.

—¿Los buitres están dando vueltas?

—Aún no —dijo ella, incapaz de reprimir una sonrisa ante su referencia a sus superiores en la Jefatura—. Sharp los mantendrá a raya un poco más; todavía no ha olvidado cómo es. Pero vendrán, Ian. Vendrán.

—Y no quieres que se hagan cargo.

—No, no quiero. Se lo debo a Katrina, a todos ellos, averiguar quién demonios es responsable de sus muertes. Y luego me aseguraré de que los encierren por mucho tiempo.

—Estamos haciendo nuestro mejor esfuerzo, jefa.

—Sé que todos lo estáis haciendo. —Exhaló mientras las luces cambiaban y él aceleraba—. Pero siento que últimamente he estado abrumada siendo jefa, no detective.

Él sonrió.

—Ah, así que de eso se trata hoy. Simplemente estás celosa del resto de nosotros.

—Maldición, ¿es tan obvio?

———

—¿Gavin y Laura vieron a ese tipo en alguna otra grabación? —dijo Barnes mientras caminaban hacia la pequeña oficina de la empresa de almacenamiento.

—No en las grabaciones que nos dieron. —Kay entrecerró los ojos contra el brillante sol que moteaba el pavimento de concreto—. Pero me preguntaba si él podría reconocer la furgoneta, o si le mostramos una foto del hombre que vieron…

Hizo una pausa cuando él arqueó una ceja.

—Lo sé, es una posibilidad remota.

—Quien no arriesga no gana, jefa. —Empujó la puerta y se hizo a un lado para dejarla entrar primero a la oficina.

Will Clyborne se asomó por detrás de un cliente en el mostrador y asintió levemente.

—Estaré con ustedes en un momento.

Kay se dio la vuelta y miró por la ventana, su mirada vagando sobre la línea de unidades que se extendía hasta donde alcanzaba la vista.

Hasta hace unos años, el sitio había quedado abandonado después de que una antigua empresa manufacturera dejara de operar, el área separada de la carretera por una cerca de alambre de púas deteriorada que solo lograba no mantener nada fuera y servir como una monstruosidad visual.

Ella se había sorprendido tanto como muchos otros residentes locales cuando la empresa de almacenamiento nacional había comprado el sitio, demolido los almacenes en descomposición y plantado una serie de contenedores de envío apilados en su lugar.

Sin embargo, a juzgar por el número de coches que pasaban por las puertas de entrada hoy, el negocio iba bien.

La puerta de la oficina se cerró de golpe con su cierre automático y ella miró por encima del hombro a Will.

—¿Ocupado?

Él puso los ojos en blanco y se alejó del mostrador.

—Ojalá. Ese era otro curioso. He tenido más de esos que clientes reales desde que encontraron el cuerpo de ese tipo.

—Desafortunadamente, sucede —dijo Barnes—. Perderán el interés eventualmente.

—¿Qué hay de sus clientes habituales? —preguntó Kay—. ¿Ha perdido muchos?

—No, pero eso probablemente es solo porque a la mayoría no le interesa encontrar otro lugar y luego mover todas sus cosas —Will sonrió—. En fin, ¿qué querían hoy?

Barnes sacó una fotografía de las imágenes de seguridad que mostraba al hombre grande y calvo junto a Angus Zilchrist.

—¿Reconoce a este hombre de la izquierda?

—No. El que alquiló la unidad es el que está parado con él, ¿no? Lo reconozco de otra foto que uno de los suyos me mostró la semana pasada. —Sus ojos se abrieron de par en par—. ¡Maldición! ¿Ese es el armario en el que encontraron al tipo muerto?

—Creemos que sí —dijo Kay—. Por eso estamos ansiosos por hablar con él.

—Me lo imagino.

—Esta foto fue tomada en abril. ¿Puede confirmar quién estaba trabajando aquí el mismo día?

—Claro. Venga por aquí mientras reviso el sistema.

Kay esperó pacientemente mientras él se desplazaba por los cronogramas de la empresa, solo para ser recompensada con un ceño fruncido perplejo.

—Parece que solo estaba yo ese día —dijo Will—. Beth, que a veces me ayuda, estaba de vacaciones esa semana. Y recuerdo que tenía dos clientes vaciando unidades, así que estaba jodidamente ocupado. Probablemente por eso no recuerdo haberlos visto mover ese armario. Eso explica por qué estaban estacionados en la calle también, porque había al menos cuatro camiones de mudanza estacionados aquí en un momento dado. Recuerdo eso. Era un caos.

—¿Y está absolutamente seguro de que no tienen cámaras a lo largo de la calle a las que tenga acceso?

—No, no tenemos; esa cerca corrugada impide que la gente entre, especialmente con el alambre de púas en la parte superior. Solo yo y los otros dos empleados de tiempo completo tenemos el código de la puerta.

Kay se tragó su decepción mientras Barnes metía la fotografía de vuelta en su bolsillo y logró una pequeña sonrisa.

—Gracias por su tiempo.

—Joder —murmuró Barnes entre dientes una vez que estuvieron afuera—. Y le pedí a Dave Morrison que volviera a verificar; definitivamente no hay cámaras de videovigilancia apuntando a la calle desde ningún ángulo diferente, así que no podemos obtener una vista clara de la matrícula de esa furgoneta.

Caminando a través de la puerta abierta, Kay se detuvo en la acera mientras un flujo constante de tráfico pasaba.

—¿Y no fue captada por ninguna cámara en las carreteras principales cuando salió de aquí?

—No, así que eso significa que probablemente cortaron por las calles laterales. —Barnes hizo una mueca—. Aunque, dos cámaras estaban rotas y esperando un equipo de mantenimiento esa semana, así que...

—Cristo. —Kay se mordió el labio—. Está bien. Hay un lugar más al que me gustaría ir hoy, pero mientras conduzco, ¿puedes llamar a la sala de incidentes y hacer que un equipo se dirija al antiguo bar de Angus y al club de golf para ver si alguien reconoce a este tipo?

—Los uniformados podrían hacer eso mañana, jefa.

—No podemos esperar tanto tiempo, Ian. Me preocupa que podamos encontrarnos con otra víctima para entonces.

CAPÍTULO 43

Kay se arremangó y deambuló por el aparcamiento del centro comercial, con la mandíbula tensa.

El traqueteo de los carritos metálicos de la compra sobre el asfalto llenaba el aire, mezclándose el ocasional lamento de un niño aburrido con las voces estresadas de padres intentando sacar a sus hijos mayores de las tiendas de mascotas antes de que sucumbieran a los ruegos por un conejo o un conejillo de indias.

Una pareja joven discutía frente a la tienda de ropa de cama; la mujer hacía lo posible por equilibrar tres cojines blancos y esponjosos en sus brazos mientras una bolsa de compras abultada se balanceaba en una de sus muñecas mientras se apresuraba tras su novio exasperado.

Deteniéndose bajo el alero de la tienda de ropa de cama, Kay se giró hasta quedar de frente al aparcamiento del personal y miró hacia arriba.

La cámara que había captado a Katrina Hovat discutiendo con la mujer misteriosa estaba posicionada sobre ella, su lente reflejando la luz del sol de media tarde.

Una telaraña cubierta de hojarasca antigua se aferraba al soporte montado en la parte trasera, y Kay frunció el labio ante la vista del lente sucio.

—¿Las imágenes son de esta, Ian?

—Sí. —Señaló más adelante a lo largo del bloque de unidades—. Las otras dos están bajo los aleros por allá, ¿las ves?

—Así que es aquí donde esa mujer desapareció después de hablar con Katrina… —Kay caminó alrededor de la esquina, posando su mirada sobre una línea poco profunda de contenedores de reciclaje de tamaño industrial —. ¿Con qué frecuencia los vacían?

—Semanalmente. Los uniformados lograron revisar el último lote antes de que llegaran los contratistas. —Pateó una piedra suelta y la fulminó con la mirada mientras rodaba lejos—. No encontraron nada.

Ella miró hacia arriba.

—¿Qué hay de esta sobre la puerta de servicio?

—El ángulo era incorrecto; lo revisé yo mismo. Quienquiera que sea, mantuvo la cabeza girada para que la cámara no captara bien sus rasgos.

Kay continuó más allá de los contenedores, observando el cartón y el embalaje de plástico desbordantes que habían sido arrancados de varios artículos de stock, luego dirigió su atención a un seto bajo de carpe y jazmín.

Un hueco había sido abierto en medio del seto hacia una acera que bordeaba una calle de servicio, y se detuvo por un momento, examinando las diferentes entradas a otros negocios.

No había cámaras de videovigilancia a la vista.

—Maldita sea.

Barnes maldijo entre dientes mientras se abría paso entre las plantas desaliñadas, liberando la pierna de su pantalón de una espina persistente, y luego se unió a ella.

—Podría haber ido a cualquier parte desde aquí —dijo Kay, señalando con la barbilla hacia el final de la calle—. Esa carretera lleva al centro de la ciudad o sale hacia la M20 por el otro lado, y ni siquiera sabemos qué estaba conduciendo.

—Si es que conducía.

Kay negó con la cabeza.

—No me la imagino caminando, ¿y tú? No parecía el tipo de persona que caminaría hasta aquí. No con los tacones que llevaba en esas imágenes, de todos modos.

—Trabajaré con los uniformados a primera hora de la mañana para averiguar si algún miembro del personal de las tiendas de por aquí la reconoce. —Barnes intentó mostrar una expresión esperanzada y fracasó—. Lo intentaremos, de todos modos.

Una sensación de frustración invadió a Kay al darse cuenta de que, a pesar de sus mejores intenciones, se enfrentaba a los mismos problemas que su equipo. Quienquiera que hubiera abordado a Katrina había desaparecido sin dejar rastro.

—Esto fue una pérdida de tiempo —murmuró—. La perdimos en el momento en que dobló la esquina de este edificio, ¿no es así?

—Valía la pena echar un vistazo, jefa —dijo Barnes. Frunció el ceño cuando su móvil comenzó a vibrar en su bolsillo—. Es Kyle.

Kay se acercó mientras él contestaba, poniéndolo en altavoz.

El joven agente de policía no se anduvo con rodeos.

—Oficial, estoy en el club de golf, al que Angus Zilchrist solía pertenecer. Hay un tipo aquí que dice que conoce al hombre de la fotografía, el que estaba moviendo el armario con Angus.

———

Veinte minutos más tarde, Kay se apresuró a través de las puertas dobles de cristal y entró en el espacioso salón de miembros de un extenso campo de golf en las afueras de Maidstone.

Un mostrador de recepción de caoba se extendía por el lado izquierdo de la sala, mientras que varios sofás de cuero y sillones orejeros rodeaban una mesa baja en el centro del espacio.

Divisó a Kyle Walker sentado en uno de los sofás junto a un hombre de finales de los setenta que parecía desconcertado por la repentina atención.

El agente de policía se puso de pie cuando ella se acercó, asintió a Barnes e hizo las presentaciones.

—Jefa, este es George Lamplighter.

Kay no perdió el tiempo y señaló la fotografía que yacía sobre una mesa baja junto a un menú de almuerzo encuadernado en cuero.

—Supongo que reconoce al hombre de la derecha en la fotografía. ¿Quién es?

—No estoy seguro —fue la respuesta. El hombre se tiró del lóbulo de la oreja—. Pero como le estaba diciendo a su colega, recuerdo haber visto a Angus hablando con él allí en el aparcamiento hace unas semanas. Habíamos quedado para jugar una ronda una mañana; suele estar tranquilo aquí los domingos como hoy, y de vez en cuando jugábamos una partida y luego almorzábamos. Hacen un carvery delicioso.

—¿Cuándo fue esto?

—El quince de mayo. —El hombre se enderezó bajo el escrutinio de Kay, luego señaló a Kyle—. Le mostré el calendario en mi móvil.

—De acuerdo. ¿Qué sucedió?

—Parecía que estaban discutiendo sobre algo. Recuerdo que Angus se apartó de mí, pero no antes de que lo viera palidecer. Como si hubiera tenido un shock. El hombre le habló en voz baja; no pude oír lo que decían.

—¿Cuánto tiempo estuvieron hablando?

—No más de un par de minutos. Cuando se marchó, Angus simplemente se quedó allí un momento sin hacer nada. Luego pareció tomar una decisión y volvió caminando hacia mi coche. —Lamplighter bajó la mirada hacia sus manos—. En realidad, me sentí avergonzado por él, así que simplemente fingí que seguía sacando cosas de la parte trasera de mi coche. Él intentó quitarle importancia, pero pude notar que estaba bastante alterado.

—¿Angus dijo quién era?

—No un nombre, no. Solo dijo que era alguien que conocía de pasada y que había habido un malentendido sobre algo, eso es todo. Cambió de tema después de eso, y yo no quise insistir. —Lamplighter esbozó una sonrisa tímida—. Aunque lo derroté ese día; su juego estaba completamente descentrado.

—¿Parecía que tenía problemas para concentrarse?

—Estaba completamente disperso. Y antes de que pregunte, sí, eso era inusual en Angus. Fue una lástima también; esa fue la última vez que estuvo aquí.

—¿Nunca volvió a jugar?

—Canceló su membresía al día siguiente.

CAPÍTULO 44

Kay clavó un alfiler en una nueva copia de la fotografía de la mujer extraída de la grabación de videovigilancia y dio un paso atrás para observar el tablero.

A sus espaldas, un flujo constante de oficiales entraba en la sala de incidentes, un contingente completo que se unía a los demás ahora que el fin de semana había terminado y un nuevo turno había comenzado.

Tal era su ansia por volver a la investigación y encontrar al asesino que algunos aún se ajustaban las mangas de la camisa o se quitaban los cascos de ciclismo mientras se dirigían a sus escritorios, ansiosos por comenzar la reunión matutina.

Dave Morrison se pasó una mano por el cabello aún mojado de la ducha mientras hablaba en voz baja con Nadine Fenning. Ambos oficiales parecían renovados después de un tiempo libre, aunque cuando Nadine se unió a Kyle junto a la máquina de café, Kay pudo oír a la joven agente en prácticas comentando sobre la cantidad de actualizaciones de la base de datos HOLMES2 que tendría que revisar para ponerse al día.

Kay se dio la vuelta, esperando mientras Barnes reunía al equipo a su alrededor.

—Esto está llevando demasiado tiempo —murmuró, mirando fijamente la segunda imagen que mostraba al hombre misterioso junto a Angus Zilchrist—. Y aún no tenemos nada, y seguimos sin saber quiénes son estos dos.

—Jefa, los uniformados ya han comenzado en el parque comercial para ver si alguien en la tienda donde trabajaba Katrina reconoce a esa mujer, pero hasta ahora no han tenido suerte —dijo Barnes—. Actualmente están recorriendo las otras unidades a medida que esas tiendas abren.

—Gracias, Ian. —Suspiró—. Aunque no tengo muchas esperanzas.

—Debbie dijo que escuchó que Sharp vendría aquí más tarde hoy.

Ella forzó una sonrisa.

—No te preocupes, aún no voy a dejar que se haga cargo de esto. Sí, viene aquí para una actualización, pero no será su decisión poner a un tercero aquí. Eso vendrá de alguien más arriba.

—¿Cuánto tiempo crees que tenemos hasta que lo hagan?

—No mucho. —Echó un vistazo por encima del hombro de él mientras los últimos miembros del equipo tomaban asiento—. Bien, empecemos.

Gavin y Laura tomaron sus posiciones habituales a un lado de los oficiales reunidos, con sus ojos recorriendo el tablero mientras intentaban descifrar qué podrían haberse perdido durante el fin de semana. Kay les dio un breve asentimiento, luego tomó la agenda preparada de Debbie y se aclaró la garganta.

—Para aquellos que no estuvisteis aquí durante los últimos dos días, me temo que no hemos tenido mucho progreso en vuestra ausencia. Hemos hablado con otro testigo que juega al golf en el mismo club al que solía ir Angus Zilchrist, y confirmó que el hombre que aparece en las imágenes de la cámara con Angus cuando trasladaron el armario a la unidad de almacenamiento también fue visto en el club de golf. Desafortunadamente, el club no tiene ninguna grabación disponible, porque su sistema funciona con una rotación de cuatro a seis semanas y justo nos la perdimos.

Un gemido colectivo llegó hasta ella, y reprimió el impulso de responder con un comentario sarcástico.

Se recordó a sí misma que sus oficiales estaban tan frustrados como ella, y que aquellos que aún no habían tenido un día libre programado estaban agotados.

—Lo que nuestro testigo pudo decirnos es que vio a Angus y a ese hombre discutiendo, y que Angus estaba bastante alterado después. En cuanto al momento, esto sucedió poco tiempo antes de que Angus muriera, así que me pregunto si su discusión contribuyó a sus problemas de salud continuos relacionados con el estrés, o tal vez fue cuando Angus fue informado sobre exactamente lo que había en ese armario. —Hizo una pausa, dirigiendo su atención a la siguiente fotografía—. Además, se vio a esta mujer acosando a Katrina Hovat el día que la mataron. —Kay hizo una pausa y golpeó con los nudillos la nueva fotografía—. A todos se os han enviado copias de las imágenes actualizadas, y tendréis enlaces a las declaraciones de testigos relevantes que se han recopilado durante el fin de semana en HOLMES2.

Dejando la agenda a un lado, se cruzó de brazos y reunió sus pensamientos por un momento antes de hablar de nuevo.

—Antes de continuar, me gustaría disipar algunos de los rumores que probablemente están circulando esta mañana. Es típico en una investigación como esta que ha durado varios días sin un avance que se traiga a un oficial superior para auditar el progreso hasta la fecha. Esto es perfectamente normal y no es algo de lo que preocuparse. Cualquier revisión no es un reflejo de vuestro trabajo, es simplemente un medio para asegurarnos de que no nos hemos perdido algo crítico en el camino. Tengo entendido que el comisario Devon Sharp se dirige aquí desde la Jefatura más tarde hoy. Hasta donde sé, él no se está haciendo cargo de esta investigación, todavía. Con ese fin, si os hace alguna pregunta sobre nuestras investigaciones, aseguraos de ayudarlo en todo lo posible. Nuestra prioridad general es averiguar quién mató a Katrina, Preston y Alec.

Observó mientras sus oficiales se removían en sus asientos, se lanzaban miradas de reojo entre ellos y luego volvían a prestarle atención.

—Bien, con eso aclarado, veamos en qué necesitamos enfocarnos hoy. En primer lugar, bienvenidos de nuevo Gavin y Laura. Gav, parece que lograste broncearte de nuevo, así que gracias por hacer que el resto de nosotros parezcamos una mierda.

Haciendo una pausa mientras las risas disminuían, recorrió con la mirada la agenda.

—Me gustaría que ambos revisarais las grabaciones de videovigilancia que hemos recopilado sobre Alec Mingrove y veáis si alguna de estas personas de interés aparece. También me gustaría que hablarais con Edwin y Lisa Moore para ver si reconocen a alguno de ellos. Es demasiada coincidencia que estas dos personas aparezcan justo antes de que Katrina y Angus mueran.

Hizo una pausa cuando Laura murmuró entre dientes, con una expresión desconcertada en el rostro.

—¿Qué pasa?

—Solo me preguntaba por qué demonios ella, de entre todas las personas, podría haber estado hablando con Katrina.

—¿Sabes quién es?

—Sí. —La detective más joven parpadeó, luego miró a Gavin—. Es Jackie Nithercott, ¿no?

Kay frunció el ceño.

—¿Jackie…?

—Ella apareció en la Jefatura después de que hablamos con su esposo, Duncan —dijo Laura—. Ya sabes, el jefe de Stephen Brassick.

CAPÍTULO 45

—¿Quieres entrevistarla aquí o en la Jefatura?

La pregunta de Gavin rompió el silencio mientras Kay caminaba de un lado a otro por la alfombra en la parte delantera de la sala de incidentes.

El personal administrativo y los agentes uniformados volvieron a sus escritorios mientras sus detectives esperaban pacientemente junto a la pizarra mientras ella hacía un balance de la situación.

La revelación de Laura había causado una oleada de actividad al final de la reunión informativa, con comprobaciones en las redes sociales que no revelaron nada que sugiriera que la mujer conocía a Katrina Hovat, o qué pudiera vincular a las dos.

—Creo que intentaremos entrevistarla en su casa —dijo finalmente, deteniéndose junto a Barnes y mirando la fotografía una vez más—. Existe el peligro de que saquemos conclusiones precipitadas dada la falta de evidencia inmediata que sugiera que hay algo entre estas dos.

Laura se aclaró la garganta e hizo un gesto hacia Gavin.

—Podríamos hablar con ella, jefa. Me siento mal por haber estado ausente ayer… Hemos perdido aún más tiempo en esto ahora, ¿verdad?

—No puedes pensar así —dijo Kay para tranquilizarla—. Si hubieras trabajado cansada, es posible que no hubieras hecho la conexión en absoluto. Es lo que es. Dicho esto, no… Creo que Barnes y yo deberíamos hablar con ella. Si de alguna manera está conectada con todo esto, no quiero que asocie nuestra entrevista con la que tú realizaste con su marido.

—¿Qué estás pensando, jefa? —Barnes frunció el ceño—. O estaba amenazando a Katrina en ese video, o estaba enfadada con ella por algo. No hay escapatoria de eso.

—Lo sé —dijo Kay—. No te preocupes, esta charla será solo preliminar.

—¿Para averiguar si conoce a Katrina? —preguntó Gavin.

—No. Para averiguar si nos va a mentir.

El viaje desde la comisaría de Maidstone hasta Eynsford solo tomó cuarenta minutos, pero en ese tiempo, Kay había buscado a Amanda Miller y le había suplicado a la contable financiera más de su tiempo, además de organizar que Gavin recibiera al comisario Sharp cuando llegara para informarle sobre los últimos acontecimientos.

Mientras guardaba su móvil y miraba por la ventana

del coche, comenzó a formular las preguntas que le haría a Jackie Nithercott.

—¿Cómo sabes que estará en casa? —dijo Barnes, disminuyendo la velocidad cuando un tractor salió de un campo con portón y avanzó lentamente frente a ellos.

—Laura encontró una reunión benéfica regular en la página de redes sociales de Jackie a la que asiste todos los lunes por la mañana. Es una de las administradoras, así que supongo que estará en casa antes de eso.

—Entonces llegará tarde a la reunión.

—Si no responde a mis preguntas, sí.

Barnes sonrió, indicando hacia la izquierda mientras entraban en el pueblo y seguían un estrecho camino sinuoso.

Momentos después, redujo la velocidad frente a una gran casa moderna independiente protegida de la calle por un alto seto de ligustro, con las puertas de la entrada abiertas de par en par. Pasando entre postes de ladrillo a juego, Barnes aparcó junto a un elegante SUV frente a la puerta principal.

Kay se abrochó la chaqueta del traje y luego extendió la mano para tocar el timbre antes de sacar su placa de su bolso.

Pasaron unos segundos, y luego la puerta se abrió y la mujer del video de videovigilancia se asomó.

El sonido de una aspiradora llegaba desde algún lugar dentro de la enorme casa, y el aroma distintivo de abrillantador fresco contrarrestaba el aroma que emanaba de una maceta ornamental junto a la puerta llena de geranios.

—¿Jackie Nithercott? —dijo Kay—. Soy la inspectora

Hunter, y este es mi colega, el oficial Ian Barnes. ¿Podemos pasar?

—Yo, em… ¿De qué se trata?

Kay dio una sonrisa dulzona.

—Si pudiéramos entrar, señora Nithercott. Esto solo tomará un minuto o dos, estoy segura.

—Oh. De acuerdo. —Jackie empujó la puerta un poco más, luego se apartó cuando cruzaron el umbral. Hizo un gesto hacia la parte trasera de la casa—. Mejor pasen por allí. Mi limpiadora aún está aquí en este momento, así que hablaremos en la cocina.

—No hay problema —dijo Kay—. ¿Tiene una limpiadora regular?

Jackie agitó la mano por encima de su hombro con desdén mientras los guiaba.

—Solo cada dos semanas. Mi marido insiste en que tenga algo de ayuda en la casa. Me siento culpable por ello, pero si ella no estuviera aquí, no podría dedicar tanto tiempo a la caridad.

—Tiene sentido —dijo Barnes—. ¿Es de una agencia, su limpiadora?

—Sí. Esa de Maidstone llamada "Maid By Us". ¿Por qué lo pregunta?

Kay ignoró la pregunta y, en su lugar, echó un vistazo a la cocina en la que acababan de entrar.

Con una moderna variedad de equipos, las encimeras de granito brillaban bajo la luz del sol que se filtraba a través de las puertas correderas de cristal que daban a una zona pavimentada del patio. Un jarrón de lirios estaba sobre la encimera junto a una cafetera recién hecha, y un montón de cartas sin abrir se había apoyado contra un frutero rebosante.

Jackie se quitó una mota de pelusa imaginaria de la blusa, luego cruzó los brazos y se apoyó contra el fregadero.

—Bien, ¿qué querían preguntarme? Tengo una reunión de administradores en media hora y no puedo llegar tarde.

—Me gustaría mostrarle una fotografía —dijo Kay, sacando la imagen capturada de la cámara de videovigilancia—. ¿Puede confirmar que es usted?

Jackie frunció el ceño en respuesta, pero tomó la fotografía y la miró por un momento.

Finalmente la extendió, pero Kay la ignoró.

—¿Puede confirmar que es usted?

—Podría ser, sí.

—¿Sí o no, señora Nithercott? Es muy importante.

Jackie volvió a mirar, luego asintió.

—Sí, soy yo.

—¿Qué le estaba diciendo a la otra mujer?

—No puedo recordarlo. ¿Cuándo se tomó esto?

—Hace poco más de dos semanas.

—Bueno, ahí lo tiene —dijo Jackie, exasperada—. Si supiera cuántas personas conozco a diario con mi trabajo benéfico…

—Su nombre es Katrina Hovat. La encontraron muerta en la casa de Stephen y Penelope Brassick hace dos semanas. También trabajaba para Maid By Us.

—¡Dios mío, *ella*! No tenía idea… —Sus ojos se abrieron de par en par mientras miraba a cada uno de ellos—. ¿Qué tiene eso que ver conmigo?

—¿Dónde estaba usted el viernes de hace dos semanas entre las cinco y las nueve de la noche?

Los ojos de Jackie se endurecieron. —Justo aquí, detective Hunter. Duncan estaba regresando de la ciudad y yo había acordado que cenaríamos en el gastropub que está cerca de aquí. Lo encontré en la estación de tren a las siete y media y entramos al pub no más de diez minutos después. —Jackie tomó su móvil y buscó entre las aplicaciones hasta que encontró lo que quería, volteándolo hacia Kay—. Era nuestro aniversario, ¿sabe? Así que le pedimos a uno de los camareros que nos tomara una foto.

Kay reprimió su decepción mientras la mujer guardaba su móvil y en su lugar señaló la fotografía. —¿Puede decirme qué estaba pasando aquí?

Jackie exhaló. —Ella dañó la pintura de mi coche, la muy idiota.

—¿Oh?

—Normalmente no compro allí. —El labio de la mujer se curvó—. Obviamente no es mi tipo de lugar. Pero iba pasando por el parque comercial y me di cuenta de que nos quedábamos sin croquetas.

—¿Tiene un perro? —Barnes miró alrededor de la habitación.

—Está en la sala de estar. No le gustan los extraños; la adoptamos de un centro de rescate hace tres años, y Dios sabe lo que le pasó antes, pero no le gustan los hombres en particular. No nos arriesgamos; lo último que queremos es que nos acusen de ser dueños irresponsables.

—Es comprensible. —Barnes asintió—. Muy admirable de su parte.

—¿Cuándo se dañó su coche? —dijo Kay.

Jackie resopló, señalando la fotografía con el dedo. —Cuando volvía con la comida para perros, la vi a *ella* junto a mi coche. Lo gracioso es que me había estacionado en la calle de servicio en lugar de arriesgarme a que me golpearan en el estacionamiento, porque eso puede pasar, ¿verdad? Y entonces *ella* pasa caminando balanceando su bolso y golpea el espejo lateral con uno de los broches metálicos. Es decir, debe haber estado soñando despierta o algo así, o drogada, creo. Logró rayar la pintura. De todos modos, no se detuvo ni nada, así que puse la comida para perros en el asiento trasero y la seguí a través del hueco en el seto. Llevaba una camisa tipo uniforme de esa tienda barata de artículos para el hogar.

—¿Qué pasó después?

—La llamé, y se podía ver de inmediato que sabía que me había dado cuenta de lo que había hecho. Intentó dar algunas excusas lamentables, pero entonces le dije que llamaría a los suyos. Fue entonces cuando empezó a insultarme.

—¿La amenazó con llamar a la policía?

Jackie bajó la mirada, girando la alianza en su dedo. —Sé que eso estuvo mal de mi parte, pero no sabía qué más hacer. En realidad no iba a llamar a la policía. Solo quería que pagara por el daño. Duncan ya estaba enojado conmigo porque había logrado chocar el coche contra uno de los muros de los vecinos el mes pasado. Fue un accidente; es un muro de piedra y algunas de las piedras más grandes sobresalen más que otras, pero costó bastante arreglarlo, el coche, no el muro. No había nada malo con *eso*. Es de pedernal sólido en la mayoría de los lugares. No quería decirle que el coche se había dañado de nuevo.

—¿Qué le dijo ella? —Kay miró la fotografía, tratando de imaginar la conversación mientras escuchaba.

—Bueno, precisamente eso. Me amenazó, detective Hunter. Me tomó una fotografía y dijo que la publicaría en las redes sociales si no la dejaba en paz. Quedé en shock; no podía permitir eso, no con todo el trabajo benéfico que hago, así que lo dejé pasar. Me fui lo más rápido que pude y conduje a casa.

Se estremeció. —Mire, lamento que esté muerta, pero fue absolutamente horrible conmigo. Me asustó.

CAPÍTULO 46

Laura levantó la vista por encima de la pantalla de su ordenador cuando la puerta de la sala de incidentes se abrió y Kay y Barnes entraron.

Un zumbido constante de actividad llenaba la sala, el equipo de investigación intentaba dividir su tiempo entre cada una de las tres víctimas de asesinato y otros casos en curso que aún requerían su atención diaria.

Después de dos semanas, cualquier efecto duradero de sus vacaciones era ya un recuerdo lejano y se cubrió la boca mientras un enorme bostezo se apoderaba de ella.

Bajó la mirada cuando los dos detectives superiores pasaron junto a su escritorio, sintiéndose culpable por haber sido ella quien proporcionara algún tipo de avance en el caso, pero un día más tarde de lo necesario dadas las circunstancias.

La puerta de la antigua oficina del comisario Sharp permanecía cerrada, con él y Gavin encerrados allí durante la última hora mientras su colega explicaba lo que el equipo había estado haciendo durante los últimos doce días.

Se abrió cuando Kay llegó a su escritorio, y Laura observó mientras ella hablaba con ambos en voz baja antes de guiar a Sharp hacia la pizarra.

Resoplando por lo bajo, volvió su atención a la pantalla y reanudó la redacción de sus notas de la conversación con Richard Zilchrist aquella tarde.

Ni él ni su hermana habían reconocido al hombre visto en la unidad de almacenamiento con Angus y, cuando se les preguntó en confianza, confirmaron que tampoco habían conocido a Jackie Nithercott.

Mientras ella había estado fuera haciendo eso, Gavin se había sentado con Kyle Walker para revisar las imágenes de videovigilancia de las últimas horas de Alec Mingrove.

Entonces Sharp había entrado, anunciando que habría una revisión del caso después de todo.

Gavin le había lanzado una mirada de horror antes de aceptar la invitación de Sharp para proporcionar una actualización.

No tenía elección, eso había quedado claro.

Laura se estremeció internamente, contenta de que su colega tuviera que ser el portador de las malas noticias, y no ella.

—¿Cómo fue? —dijo mientras él se hundía en la desgastada silla de su escritorio.

—Bien, supongo.

—¿Dijo quién es el nuevo inspector?

—No. Solo que es muy ambicioso.

El labio superior de Laura se curvó. —Me lo imagino. Cualquier cosa para derribar a la jefa de su pedestal, ¿eh?

—No puede pasar. —Gavin dejó de teclear y lanzó una mirada de soslayo—. ¿Verdad?

—Pero no tenemos nada, Gav —susurró ella. Señaló su pantalla—. Debbie y su equipo han revisado todo esta tarde. No hay información perdida, nada pasado por alto. Esta investigación es una de las más limpias que he visto jamás.

—Excepto que no hemos arrestado a nadie.

Laura guardó silencio, sus palabras cortando su desesperado optimismo.

—Gavin, Laura, ¿podríais uniros a nosotros aquí? — llamó Kay—. Traed también lo que tengáis sobre Jackie Nithercott.

Cuando se unieron a los oficiales superiores, Sharp sacó su teléfono móvil del bolsillo de la chaqueta al sonar ruidosamente. —Voy a tener que volver a Gravesend. Mirad, antes de irme, todos deberíais saber que traer a un tercero para revisar vuestro trabajo no es un reflejo de vuestros esfuerzos. Es algo común, y a menudo unos ojos frescos pueden ayudar a identificar un ángulo que aún no se ha considerado. No os lo toméis como algo personal, ¿de acuerdo?

Laura se aclaró la garganta. —No nos lo tomamos personalmente, jefe, pero *es* frustrante. Si solo hubiéramos tenido unos cuantos traseros más en los asientos…

Barnes levantó la mano antes de que pudiera continuar. —El comisario Sharp es muy consciente de los problemas de personal, créeme. Y tiene razón, esto es simplemente un proceso, nada más.

—Sin embargo, vuestras preocupaciones han sido debidamente anotadas —dijo Sharp amablemente—. Sé que os tomáis este tipo de cosas personalmente, pero eso es lo que os hace buenos en vuestros trabajos.

—No lo suficientemente buenos —murmuró Gavin.

—Nadie es superpoderoso —dijo Sharp. Guiñó un ojo—. Ni siquiera yo.

Eso provocó una risa educada, y luego Kay centró su atención en Laura.

—¿Qué has reunido sobre Jackie?

—No hay nada en el sistema que levante sospechas —respondió, abriendo la carpeta de manila en su mano y revisando los informes impresos—. Hice comprobaciones en la Agencia de Licencias de Conducir y Vehículos, búsquedas en redes sociales a través de sus publicaciones de los últimos dos años, y nada parece fuera de lo normal. También llamé a ese gastropub que te mencionó, y confirmaron la reserva de mesa hace dos semanas. Aparentemente, el chef incluso preparó un postre especial para ellos porque son, en palabras del dueño, "clientes habituales muy valiosos".

—Así que su coartada se confirma para la muerte de Katrina —dijo Sharp—. ¿Qué hay de las redes sociales? ¿Algo entre eso que la conecte con las otras víctimas o con las otras personas de interés que habéis identificado?

—Nada, jefe —dijo Laura, cerrando el archivo. Podía sentir el calor en sus mejillas—. A menos que podamos obtener autorización para verificaciones de historial crediticio y cosas así, no sé qué más puedo hacer.

—Y no obtendremos autorización para eso sin una causa justificada —dijo Kay.

Sharp revisó su móvil una vez más, luego los miró a todos. —Tenéis hasta el viernes antes de que Tess Bainbridge, la subjefa de policía, firme la revisión. Haced lo mejor que podáis.

Laura lo vio salir de la habitación, luego se volvió hacia Kay. —Odio decirlo, jefa, pero esto apesta.

—No te equivocas.

—¿Qué piensas, jefa? —dijo Barnes—. ¿Crees que Jackie estaba diciendo la verdad sobre ese asunto con Katrina en el aparcamiento?

Kay suspiró. —No lo sé, Ian. Hay algo pasando aquí, algo que conecta a nuestras tres víctimas y a Angus Zilchrist, pero no puedo ver qué es.

El oficial sonrió. —Solo hay una cosa que hacer, entonces.

—¿Qué es?

—Pub. Yo invito.

Kay esbozó una sonrisa cansada mientras el rostro de Gavin se iluminaba. —Bueno, ¿cómo podríamos resistirnos a una oferta así?

CAPÍTULO 47

El sargento de policía Ellis Hughes hizo crujir su cuello, se encogió de hombros y volvió a centrar su atención en la pantalla del ordenador frente a él.

La sala de custodia estaba relativamente tranquila esa noche, con solo un hombre detenido por embriaguez y desorden público alojado actualmente en la celda cuatro, y otro que había intentado iniciar una pelea fuera de una de las tabernas menos recomendables de la ciudad registrado en la celda seis.

El resto de las celdas estaban vacías, y con suerte permanecerían así durante el resto de su turno.

Hughes miró de reojo la gruesa puerta de seguridad que conducía al aparcamiento, y luego dio un trago de café tibio de una taza de cerámica blanca desportillada que tenía al codo.

A las diez y media, aún era temprano. Los pubs empezarían a cerrar en unos treinta minutos más o menos, y entonces todo podría cambiar.

Y no necesariamente para mejor.

Los dedos de Hughes picoteaban el teclado, sus ojos saltando entre la hoja de cargos que se había completado para su último visitante temporal y la pantalla. Más allá del escritorio elevado, una joven policía miraba con el ceño fruncido al individuo desaseado que se escurría junto a un tablón de anuncios que mostraba una serie de carteles de salud y seguridad, su radio emitía un leve crepitar desde su posición en el chaleco antes de que ella levantara la mano para bajar el volumen.

—¿Aún no has terminado con eso?

Hughes levantó la mirada y se quedó mirando al hombre cubierto de pulgas, que vestía unos vaqueros sucios y un fino jersey multicolor con agujeros en las mangas. —La única razón por la que esto está llevando tanto tiempo es porque tienes una carrera muy larga, Mickey.

El hombre emitió una risa estridente, exponiendo dientes podridos entre huecos donde el resto se habían caído. —No pretendo hacer daño. Necesitaba mear.

—Pues la próxima vez usa un baño público en lugar de la parada de autobús en Jubilee Square —replicó la policía, poniendo los ojos en blanco—. Honestamente, Mickey, tengo cosas mejores que hacer que lidiar contigo cada semana.

Hughes negó con la cabeza, presionó una secuencia de botones y luego se giró hacia la impresora detrás de él, sacando la página mientras aún estaba caliente. —Bien, he impreso todos los detalles para tu comparecencia en el juzgado. Asegúrate de que alguien te lea esto, y asegúrate de presentarte. De lo contrario, los magistrados te multarán por no comparecer también.

El labio inferior de Mickey cayó mientras doblaba la página. —Te dije que solo necesitaba mear.

—Eso está muy bien, pero no puedes seguir por ahí sacando su pilila en público —respondió Hughes—. Tal vez algún día, lo recordarás.

Observó al hombre tropezar hacia la puerta principal, y luego se volvió hacia la policía. —¿Cuántas veces van ya, Tara? ¿Cuatro? ¿Cinco?

Ella suspiró en respuesta. —Hablé con la gente del refugio sobre él la semana pasada. No está bien, sargento. Algún tipo de infección renal, creo. El problema es que sigue olvidando ir a las citas del hospital que le programan.

Hughes chasqueó la lengua, alcanzó un cajón y sacó un aerosol desodorante, lo roció generosamente alrededor del escritorio, y luego miró hacia arriba cuando la radio de Tara cobró vida.

Ella confirmó su asistencia al Control de la Fuerza y luego le lanzó una sonrisa irónica. —Y ahí voy otra vez. Marcus estará cabreado, esperaba poder comer algo antes de que nos llamaran de nuevo.

—Toma, llévate estas. —Moviéndose hacia un armario lateral, sacó un puñado de barras de muesli y las empujó por el escritorio hacia ella—. Os mantendrán en pie a los dos.

Tara sonrió. —Eres una leyenda, sargento.

Se apresuró hacia el aparcamiento, la puerta de seguridad cerrándose de golpe tras ella, y Hughes exhaló.

Detrás de él en la sala de custodia, podía oír al borracho cantando un viejo éxito de los años 80, sus palabras arrastrándose a través de la puerta de la celda.

El hombre que había estado en la pelea estaba sorprendentemente callado, quizás arrepintiéndose de su arrebato anterior.

O tal vez no.

Hughes miró su reloj y decidió que esperaría otros cinco minutos antes de revisarlos a ambos.

Los faros rayaron el cristal de la puerta de salida cuando otro coche patrulla entró en el aparcamiento, el zumbido electrónico de la barrera de seguridad vibrando contra la pared, y Hughes se preparó para otra ronda de papeleo y emociones intensas.

Nunca se sabía quién iba a ser traído a la sala de custodia.

Frunció el ceño cuando oyó voces al otro lado de la puerta, y luego el familiar zumbido de la tarjeta de seguridad de alguien contra el panel llegó a sus oídos y se abrió.

Un agente masculino recién salido de la academia de formación condujo a una joven de unos veinte años hacia el escritorio, sus ojos bajos bajo un flequillo desaliñado. Mientras le quitaba las esposas, ella se frotó las muñecas y sorbió ruidosamente.

Su ropa era vieja, pero limpia: una sudadera holgada de color oscuro sobre unos vaqueros negros ajustados, sus pies encerrados en botines negros.

Su labio inferior tembló cuando dio su nombre.

—Sophie… Sophie Anderley.

—La señorita Anderley fue arrestada después de irrumpir en la lavandería hacia la carretera de Aylesford —dijo el agente—. El dueño estaba en el piso de arriba y oyó a alguien romper el cristal de la ventana trasera y llamó a emergencias. La sometió antes de que pudiera escapar. Por suerte para él, ella no llevaba ningún tipo de arma.

—Yo… no quería hacerlo —dijo Sophie, una gruesa lágrima rodando por su mejilla—. Necesito el dinero.

El agente suspiró. —Tenía la recaudación del cajón del mostrador encima. Quinientas treinta libras en billetes de diez y veinte. El dueño dijo que normalmente no cierra el cajón porque suele hacer el ingreso en el banco antes de que llegue a esa cantidad, pero hoy ha estado demasiado ocupado. Es todo el efectivo de los clientes que quieren cambiar los billetes por monedas.

Hughes se volvió hacia la pantalla de su ordenador y luego miró a la mujer. —¿Es ese su nombre completo?

—Sí. Sin segundo nombre.

—¿Fecha de nacimiento?

Pasó por los preliminares y luego asintió al agente. —Bien, veamos qué más tiene en los bolsillos.

El agente giró a Sophie hacia un lado y le pidió que hiciera lo que Hughes había solicitado, su tono firme pero amable.

Salió un teléfono móvil de modelo antiguo, un billete de cinco libras doblado con una raya de rotulador en una esquina, y una sola llave en un llavero de cuero arrugado.

—¿Eso es todo?

Ella asintió. —Por favor, tienen que dejarme ir.

—¿Entiende que ha sido arrestada por allanamiento de morada? —dijo Hughes incrédulo, actualizando el informe inicial—. No irá a ninguna parte por un tiempo.

—Pero tiene que hacerlo. —Los ojos de Sophie se agrandaron mientras miraba al agente a su lado, y luego volvió a mirar a Hughes—. Me matarán si no les devuelvo el dinero antes del viernes.

Hughes sintió que su corazón daba un vuelco, sus manos quedaron congeladas en el aire sobre el teclado. —¿Qué ha dicho usted?

CAPÍTULO 48

El melodioso tintineo de la cuchara de acero inoxidable contra una taza de cerámica desgastada resonó por la pequeña cocina, y el aroma del café recién hecho hizo poco por aliviar el cansancio de Kay.

Solo se había quedado a tomar una pequeña copa de vino, dejando a sus colegas en un pub de East Street para que se relajaran con otra ronda, haciendo oídos sordos a su insistencia de que se quedara.

Recordando la decepción en sus rostros ante las palabras de Sharp esa tarde, había regresado a la sala de incidentes hace una hora y había pasado el tiempo desde entonces revisando la investigación.

Al volver a su escritorio, vio que la pantalla de su teléfono móvil se iluminaba y sonrió al ver el nombre familiar en la pantalla.

—¿Cómo están esos erizos? —dijo.

—Se ven culpables por la factura de tu tintorería —respondió Adam—. ¿Trabajando hasta tarde?

—Solo por un rato. —Se frotó las sienes—. Pensé que

podría quedarme otra hora mientras está tranquilo. ¿Sales temprano por la mañana?

—No tengo que estar en la clínica hasta las nueve. Aunque estoy de guardia esta noche, así que no te asustes si no estoy cuando regresas. Hice algo de pasta antes, así que caliéntala si tienes hambre. Apuesto a que no has comido hoy.

Ella sonrió, su estómago rugiendo en respuesta. —He estado un poco ocupada.

—Sabía que dirías eso.

Podía escuchar la sonrisa en su voz, luego levantó la mirada cuando la puerta se abrió y Ellis Hughes asomó la cabeza. —Tengo que irme. Te quiero.

Echó un vistazo a la cara del sargento de policía y alcanzó su libreta y un bolígrafo. —¿Estás bien?

—No lo sé. Puede que haya entendido mal, pero acaban de traer a una mujer después de ser arrestada por allanamiento. —Señaló con el pulgar por encima de su hombro—. Dijo algo sobre que si no conseguía el dinero de la caja de la lavandería donde la atraparon, "ellos" la matarían, sus palabras, no las mías.

Los pelos de la nuca de Kay se erizaron de energía. Empujando su silla hacia atrás, hizo un gesto hacia la puerta. —¿Cuáles son tus primeras impresiones? ¿Crees que está diciendo la verdad?

—No parece el tipo de persona que haya hecho esto antes. Ciertamente no ha sido arrestada antes, no está en nuestro sistema y no estaba familiarizada con la rutina como algunos de los otros que vienen aquí. —Hughes la guio por las escaleras—. Habla bien, y... no sé... simplemente tengo la sensación de que está más asustada de lo que sea o quien sea que esté ahí afuera, que de lo que le está pasando aquí. Casi como si estuviera en estado de shock.

—Espera. —Kay se detuvo junto a la puerta que conducía a la suite de custodia, se puso a un lado y miró a través del cristal reforzado.

Hughes había dejado a la mujer bajo la custodia del policía que la había arrestado, y ahora estaba sentada con la cabeza entre las manos en una de las sillas de plástico que estaban atornilladas al suelo.

El oficial uniformado parecía aburrido mientras releía varios carteles en la pared que sin duda había visto cientos de veces antes.

—¿Cómo se llama? —murmuró Kay.

—Sophie Anderley. Dio una dirección más allá de Tonbridge Road y dijo que es la casa de su hermana.

—De acuerdo. Quiero entrevistarla formalmente. ¿Puedes conseguir que alguien más se encargue de la recepción mientras me asistes a eso?

—Veré quién está disponible. Dame un minuto, jefa.

—Sin problema.

Él pasó junto a ella, y ella caminó de un lado a otro al pie de las escaleras hasta que él asomó la cabeza por la puerta y le hizo una seña. —Todo listo, y la he llevado a la sala de interrogatorios dos.

Cuando Kay entró en la habitación, se sorprendió por la apariencia de la mujer.

Al examinarla más de cerca, parecía medio muerta de hambre, con pómulos prominentes desprovistos de color y su sudadera parecía colgar de su delgada figura.

Los ojos de la mujer se agrandaron cuando Hughes se

acomodó en la silla frente a ella y encendió el equipo de grabación, luego observó a Kay con inquietud y se mordió una uña irregular.

—Sophie, soy la inspectora Kay Hunter, y creo que ya ha conocido a mi colega, el sargento Ellis Hughes. Vamos a grabar esta conversación, y necesita ser consciente de sus derechos, así que empecemos por eso.

Kay recitó la advertencia formal, luego buscó confirmación de la dirección de Sophie.

—¿Por qué entró a robar en la lavandería esta noche? —preguntó, abriendo su libreta en una página en blanco.

—N-necesitaba el dinero —murmuró Sophie.

—Tendrá que hablar más alto para que la grabación pueda oírla —dijo Kay.

—Necesitaba el dinero. —La mujer suspiró y llevó una mano temblorosa a sus ojos, limpiándolos con su manga —. No tenía opción.

—¿Puede decirme qué quiere decir con eso?

—No puedo. Me matarán. —Las lágrimas rodaron por las mejillas de Sophie y cayeron sobre la superficie irregular de la mesa—. Igual que lo hicieron con Katrina.

El corazón de Kay dio un vuelco, su boca se secó. —¿Quién, Sophie? ¿Quién la ha estado amenazando?

La mujer negó con la cabeza en respuesta.

—De acuerdo, volveremos a eso. ¿Por qué quieren matarla?

—Porque… porque tuve que pedir prestado dinero. No podía obtener crédito en ninguna parte porque no tenía trabajo.

—¿Cómo se enteró de esta gente?

Sophie tragó saliva, conteniendo un nuevo torrente de

lágrimas. —Ella me encontró. Debió haberme escuchado en la oficina de beneficios o fuera del refugio para mujeres o algo así. Luego se me acercó fuera de la oficina de correos después de que intenté sacar algo de dinero, y dijo que podía ayudarme.

—¿Cuándo fue esto?

—A principios de año.

—¿Y le importa si pregunto cuánto pidió prestado?

—Tres mil libras. —Las manos de Sophie temblaban mientras las juntaba—. Debía dinero de mi factura de calefacción, y mi antigua compañera de piso se fue después de dañar una mampara de ducha, así que tuve que pagar eso antes de poder recuperar mi depósito de alquiler.

—¿Y ahora está viviendo en la casa de su hermana, es correcto?

—Sí.

—Esta gente que dice que la ha amenazado, ¿qué puede decirme sobre ellos?

Sophie negó con la cabeza. —No puedo. Se lo dije, me matarán.

Kay hizo una pausa, miró a Hughes, luego respiró hondo. —Sophie, escúcheme. Esta gente es extremadamente peligrosa, usted lo sabe. Sabe lo que le pasó a Katrina. También sospechamos que son responsables de otros dos asesinatos que estamos investigando.

Un jadeo de asombro emanó de la mujer y se echó hacia atrás en su silla.

—Eso no es cierto.

—*Sí* es cierto, Sophie, y necesitamos detenerlos —dijo

Kay con firmeza—. Si no lo hacemos, me preocupa lo que pueda pasarle a usted o a su hermana. ¿Saben dónde vive?

Sophie asintió en silencio.

—Por favor —dijo Kay—. Cuénteme lo que pueda sobre ellos. Antes de que sea demasiado tarde. Antes de que lastimen a alguien más.

Sophie extendió la mano y se aferró al borde de la mesa con ambas manos, con la mirada baja por un momento.

Finalmente, tomó un profundo respiro y encontró la mirada de Kay.

—Solo sé su nombre de pila. Rosalind.

Kay se obligó a no suspirar de alivio y, en su lugar, volvió su atención a su libreta.

—De acuerdo, ¿qué puede decirme sobre Rosalind?

—Es… normal, supongo. De estatura media, un poco más alta que yo. Cuando la he visto, lleva pantalones de traje y una blusa o una camiseta sin mangas debajo de una chaqueta. Aunque no una chaqueta de traje a juego, sino algo más informal, como un blazer de color o una chaqueta acolchada en invierno.

—Eso es genial, Sophie. ¿Qué hay del color de cabello?

—Rubia, pero son mechas decoloradas, no todo el cabello. Raíces oscuras, pero parece que las deja crecer un poco. —Sophie se estremeció—. Ojos marrones, muy oscuros. Labios finos.

—¿Cuál es su apellido?

—No lo sé, nunca me lo ha dicho.

—Cuando la ha visto, ¿siempre va a pie o conduce un coche?

—Se acercó a mí caminando la primera vez. —Sophie se inclinó hacia adelante y cruzó los brazos—. Hay un hombre que la lleva en coche. Un coche plateado. Rosalind se sienta atrás, nunca en el asiento del copiloto. Las ventanas traseras están tintadas, así que no se puede ver el interior.

Kay levantó la vista y golpeó el bolígrafo contra la página.

—¿Cree que hay alguien más dentro del coche?

Sophie negó con la cabeza.

—No lo creo.

—Hábleme del hombre.

—Da miedo. Calvo, o al menos se afeita la cabeza. Más grande que yo. Más o menos de su altura —dijo, asintiendo hacia Hughes—. Lleva una chaqueta oscura y vaqueros, y parece que hace ejercicio.

—¿Todo músculo y fuerza en los hombros, quizás? —dijo Kay.

—Sí, exactamente. Ojos amenazantes.

—¿Algún tatuaje u otras características que lo distingan de la mayoría de los porteros que conozco por aquí?

Una pequeña sonrisa se formó en los labios de Sophie ante el comentario de Kay, y luego negó con la cabeza.

—No que yo haya visto, pero como dije, siempre lleva una chaqueta, así que podría estar cubriendo tatuajes.

—¿Qué hay de los acentos? ¿Cómo habla cada uno de ellos?

Sophie frunció el ceño.

—Él no habla mucho. Ella tiene… no sé, supongo que lo llamarías un acento de clase media. No como el mío.

—¿Hay algo más que puedas decirme sobre el coche?

Haciendo una pausa por un momento, la mirada de Sophie vagó hacia el techo y luego volvió.

—Huele bien, cuando ella abre la puerta, quiero decir. No es olor a coche nuevo, sino algo como perfume. Tal vez uno de esos ambientadores, ¿sabe? Pero no de pino. Algo más agradable.

—Y en cuanto a esta mujer Rosalind y el hombre que ha visto con ella, ¿hay algo más que pueda decirme sobre ellos?

Sophie negó con la cabeza.

—¿Los reconocería si los viera de nuevo?

—Absolutamente, sí.

Kay frunció los labios, luego abrió la carpeta manila que había traído consigo desde la sala de incidentes y sacó una fotografía de Jackie Nithercott.

—¿Es esta la mujer que la amenazó?

Sophie frunció el ceño.

—No, nunca la he conocido. ¿Quién es?

Decepcionada, Kay guardó la fotografía, recorrió sus notas con la mirada y luego suspiró.

—Bien, Sophie, ha sido de gran ayuda, gracias. El sargento Hughes se encargará a partir de ahora, pero me aseguraré de que su asistencia quede registrada cuando su caso sea enviado al juzgado de paz.

La boca de Sophie se abrió, con comprensión en sus ojos.

—¿Aún se me acusa?

—Fue arrestada por allanamiento de morada esta noche —dijo Kay suavemente—. Sí, se le acusa.

Mientras salía de la habitación detrás de Hughes, podía oír a la mujer sollozando suavemente.

Caminando de vuelta por el pasillo, envió un mensaje de texto a Barnes para que la recogiera temprano a la mañana siguiente.

—Jefa, ¿qué vamos a hacer con ella? —dijo Hughes—. Si tiene razón sobre esto, está en peligro.

Kay oyó voces, luego observó cómo Sophie era conducida a las celdas.

—Una vez que se complete el papeleo sobre el cargo de allanamiento de morada, tendremos que liberarla hasta que comparezca ante el tribunal, así que eso no es bueno si está diciendo la verdad y alguien *está* tras ella. Sin embargo, podemos mantenerla aquí durante treinta y seis horas antes de acusarla, así que hagamos eso. Asegúrate de que esté cómoda, dale algo de comer por el amor de Dios, parece que no ha estado comiendo lo suficiente, y mantén los oídos abiertos en caso de que diga algo más que pueda ayudarnos a identificar a estas personas.

—Lo haré. —Hughes miró por encima de su hombro cuando se cerró de golpe la puerta de una celda, el ruido vibrando en las paredes de yeso—. ¿Algo más antes de que te vayas?

—Sí. Llama a su hermana tan pronto como puedas. Averigua si hay algún otro lugar donde pueda quedarse unos días, solo por si acaso.

CAPÍTULO 49

—¿Lograste dormir algo anoche, jefa?

Barnes cerró con llave el coche del departamento y luego siguió a Kay hasta la puerta trasera que conducía a la comisaría.

—No mucho —admitió ella—. Creo que era pasada la medianoche cuando terminé de hablar con Sharp. —Se tomó un momento para disfrutar del cálido sol que bañaba los ladrillos, luego se volvió hacia su colega—. Estamos cerca, Ian. Puedo sentirlo. Algo va a ceder.

—Es necesario —dijo él con pesar, siguiéndola al vestíbulo y subiendo las escaleras—. Se nos acaba el tiempo, y no sé tú, pero a mí me preocupa que si esta Sophie está siendo amenazada por la misma gente que mató a nuestras tres víctimas, entrarán en pánico en el momento en que se enteren de que ha sido arrestada. Quién sabe lo que podrían hacer entonces.

—Exactamente lo que yo pienso. —Kay empujó la puerta de la sala de incidentes, se dirigió hacia la pizarra y llamó al resto del equipo.

Mientras se quitaba la chaqueta y los demás tomaban asiento, aceptó agradecida un vaso de café para llevar que le ofreció Laura, y luego se tomó un momento para ordenar sus pensamientos.

Las siguientes horas requerirían todas sus habilidades de liderazgo para guiar a los oficiales frente a ella y asegurarse de que cada paso que dieran resistiera el escrutinio tanto de sus superiores como del Servicio de Fiscalía de la Corona.

Levantó la mirada para ver a Barnes darle un guiño de ánimo, y luego comenzó la sesión informativa.

—Anoche, una mujer llamada Sophie Anderley fue arrestada por irrumpir en una lavandería aquí en la ciudad —dijo—. Cuando fue interrogada, proporcionó información que podría vincularla con las personas responsables de los asesinatos de Katrina Hovat, Preston Winford y Alec Mingrove.

Una explosión de voces llenó la sala mientras los oficiales uniformados se volvían unos a otros, y Gavin se atragantó con su bebida energética.

—Vaya manera de comenzar una sesión informativa, jefa —logró decir, golpeándose el pecho con el puño.

Ella sonrió. —Sabía que eso captaría vuestra atención. Bien, escuchad todos. La declaración de Sophie está en el sistema para que podáis revisarla después de esta sesión, pero esencialmente, ha confirmado que fue abordada de la nada por una mujer que le ofreció prestarle tres mil libras. Parece que la oyeron en la oficina de beneficios, o quizás en la oficina de correos mientras hablaba con uno de los empleados en el mostrador. La información que Sophie proporcionó incluía los detalles de un coche sedán plateado que utilizan las personas que cobran los pagos: la mujer que la amenazó y un hombre que conduce el coche.

Kay hizo una pausa para tomar un sorbo de café, la cafeína solo resaltando lo cansada que se sentía. —Tareas para esta mañana, entonces. Laura, quiero que vuelvas a revisar las redes sociales de Jackie Nithercott y veas si aparece alguien que coincida con la descripción que Sophie dio de la mujer que le prestó el dinero. Obviamente, ten en cuenta los cambios de color de pelo, dado que parece que se tiñe el cabello.

—Lo haré, jefa.

—Gavin, necesito que trabajes con un equipo de oficiales para revisar nuevamente las grabaciones de videovigilancia ya identificadas que muestran a nuestras víctimas en los días previos a sus asesinatos, para ver si puedes localizar este coche plateado que Sophie mencionó. —Kay hojeó sus notas—. Siguiente, Kyle, quiero que hables con Sophie para averiguar la fecha en que estuvo en la oficina de correos, y si puede recordarla o una aproximación cercana, contacta con la oficina de correos y obtén sus grabaciones de seguridad. Mira si puedes localizar a esta mujer y seguirle la pista.

Esperó mientras el agente anotaba la tarea sin cuestionarla. —Y sí, sé que suena imposible, pero tenemos que cubrir todos los aspectos de esto. En algún momento, una de estas personas habrá cometido un error. Siguiente, ¿dónde está Dave?

—Aquí, jefa. —El agente de más edad levantó la mano en la parte trasera del grupo.

—Lo más probable es que cuando esta gente se entere de que Sophie no va a cumplir con el plazo de pago, vayan a la casa de su hermana. Voy a ir a la Jefatura después de esto para conseguir que un equipo de vigilancia se encargue del lugar, pero necesito que organices una vigilancia mientras tanto. Hughes ha hablado con la hermana de Sophie, y ha hecho arreglos para quedarse con amigos fuera de Maidstone durante una semana, así que está a salvo. Dado que nuestros sospechosos parecen estar escalando en su violencia, podríamos tener suerte si están decididos a averiguar dónde está Sophie y aparecen allí mientras estamos vigilando. Advierte al equipo que tome precauciones; sabemos muy bien de lo que son capaces.

Kay esperó hasta que Dave Morrison se puso al día con sus anotaciones, luego dirigió su atención al resto del equipo. —El arresto de Sophie nos ha dado una oportunidad. Algo ha sucedido en las últimas semanas que ha hecho que estas personas entren en pánico; no tiene sentido matar a las personas a las que les han prestado dinero, entonces ¿por qué está sucediendo? ¿Por qué ahora?

Bajó sus notas y miró a cada uno de los oficiales a su vez mientras hablaba. —Necesito que todos vosotros prestéis toda vuestra atención a esta investigación. Sé que tenéis otros casos que ocupan tiempo, pero tened en cuenta mis palabras: si no obtenemos algunas respuestas hoy, podríamos arrepentirnos.

Laura levantó la mano. —¿Crees que la Jefatura se hará cargo antes del fin de semana, jefa?

—No —dijo Kay—. Me preocupa que alguien más muera.

CAPÍTULO 50

Gavin tamborileaba con los dedos sobre la impresora y cambiaba el peso de un pie a otro mientras esta cobraba vida.

Una atmósfera inquietante llenaba la sala de incidentes, con las palabras de Kay resonando en sus oídos mientras recogía cada página que salía, impaciente por volver a su escritorio.

Podía escuchar la desesperación en las voces de sus colegas, en la forma en que se gritaban entre sí antes de disculparse, y la falta de bromas provenientes de la pequeña cocina a un lado.

Los teléfonos sonaban, las conversaciones murmuradas se mantenían breves, y cuando miró por encima del hombro, todos parecían tan tensos como él se sentía.

No podían permitir que otra víctima muriera.

—Por fin —murmuró, arrebatando la última página y cruzando hacia su escritorio.

Revisando los diversos documentos en su mano, recogió su portátil y una lata de gaseosa a medio terminar antes de apresurarse hacia una de las salas de reuniones libres a lo largo del pasillo.

Cerrando la puerta de una patada, se tomó un momento para saborear el silencio, luego extendió las páginas sobre la mesa laminada que ocupaba el centro de la habitación y las miró fijamente.

Algo le había estado molestando desde que lo había despertado la alarma de Leanne a las cuatro en punto.

Estaba aquí, en alguna parte, estaba seguro de ello.

Sacó una de las sillas y se inclinó hacia adelante, frotándose las sienes. —Vamos, Piper, *piensa*.

Habían sucedido tantas cosas desde que Mark y Estelle Hastings-Jones descubrieron el cuerpo mutilado de Katrina Hovat que sus pensamientos se atropellaban unos a otros.

El primer documento al que se dirigió fue la transcripción de la entrevista en video que él y Laura habían realizado con Penelope y Stephen Brassick.

En ella, habían declarado que Katrina había estado trabajando para ellos a través de una agencia desde enero. Leyó a continuación la declaración de testigos de la empresa de limpieza, su ceño frunciéndose más con cada página. Ya había identificado dos pagos diferentes ingresando en la cuenta de Katrina, uno de la agencia de limpieza y el otro del trabajo a tiempo parcial en la tienda minorista, pero algo no cuadraba.

El siguiente documento que seleccionó era una lista de huéspedes que Penelope y Stephen habían alojado entre sus viajes a Nueva York durante los últimos seis meses.

Examinando las fechas, las rastreó hasta los pagos que Katrina había recibido de la agencia, luego bajó las páginas.

—Pero Penelope dijo que iba allí semanalmente cuando estaban en casa —murmuró—. ¿Entonces dónde están esos pagos?

Gruñendo por lo bajo, apartó los documentos a un lado, abrió su portátil e inició sesión en HOLMES2. Desplazándose lo más rápido que pudo, encontró la declaración de testigos que buscaba y leyó sus notas una vez más.

Cuando fue entrevistado en la sede de Northfleet, Duncan Nithercott había sido enfático en que no había problemas con el trabajo de Stephen Brassick.

Y sin embargo...

—Te encontré.

Cuando Laura le preguntó si socializaba con Stephen Brassick, confirmó que no lo hacía, excepto que ambas esposas se llevaban bien entre sí en los eventos. De hecho, había elaborado más, citando que se alegraba de que no lo hicieran por temor a que alimentaran el amor de cada una por las antigüedades y los zapatos.

Y sin embargo...

Apenas ayer su esposa, Jackie, había insistido en que su altercado con Katrina no había sido más que una discusión por un rasguño en su auto.

Y sin embargo...

Cuando habían entrevistado a Duncan en la sede, pareció sorprendido cuando su esposa apareció a pesar de haber hecho una broma sobre el hecho de que ella había estado de compras.

Gavin se quedó helado, aturdido por la realidad en las páginas frente a él.

¿Por qué *había* aparecido Jackie Nithercott en Northfleet esa mañana?

———

—¡Laura!

Gavin llamó a su colega mientras entraba en la sala de incidentes, luego se disculpó con el joven asistente administrativo con el que casi chocó en su prisa por llegar a ella.

—¿Por qué la estampida? —dijo su colega, con una sonrisa divertida en los ojos.

—Sea lo que sea en lo que estés trabajando, déjalo. Esto es urgente. —Agitó la copia de la declaración de Duncan Nithercott hacia ella—. Creo que hay algo aquí, y lo pasamos por alto.

—¿Qué quieres decir? —El rostro de Laura palideció.

Gavin deslizó el teclado de su ordenador hacia él, se desplazó por HOLMES2 y luego señaló las imágenes de Penelope Brassick y Jackie Nithercott. —¿Recuerdas cuando entrevistamos a Duncan, dijo que él y Stephen nunca socializaban fuera de los eventos de la empresa? Luego continuó diciendo que sus esposas se llevaban bien, pero de alguna manera insinuó que ambas tenían hábitos de compra voraces.

Laura le arrebató la declaración, hojeando las páginas. —También dijo que Jackie no trabaja, así que depende de él para el dinero, ¿no?

—Cierto, pero me dio la impresión de que no está completamente al tanto de en qué se gasta ese dinero.

—Dijo "antigüedades y zapatos". No hay nada malo en eso.

—A menos que no esté gastando el dinero en antigüedades y zapatos. ¿Y si está gastando su dinero en personas?

—Pero dijo que está involucrada en trabajo de caridad, así que eso tendría sentido.

—Yo… —Gavin hizo una pausa mientras las palabras de su colega se hundían—. Lo sé, pero ¿y si… y si ha estado prestando su dinero a algunas de las personas con las que ha entrado en contacto a través de su trabajo de caridad?

Alcanzando una bandeja junto a su teclado, Laura tomó otro documento y lo agitó hacia él. —Esta es la declaración de Sophie Anderley. No menciona nada sobre ir a una organización benéfica en busca de ayuda.

—Kay no se lo preguntó. Nadie se estaba enfocando en este ángulo cuando la entrevistó anoche.

Laura apartó sus dedos del ratón y tomó el control, abriendo otra ventana. —Bien, veamos con qué organizaciones benéficas trabaja Jackie. Si está tan involucrada, entonces tiene que haber algo en las redes sociales o en uno de los sitios de noticias locales.

Encontraron un informe en el sitio web del *Kentish Times* diez minutos después.

—Y mira quién está en la foto —murmuró Gavin.

Penelope Brassick y Jackie Nithercott vestían trajes de cóctel, con amplias sonrisas dirigidas a la cámara mientras levantaban copas de champán, con una tercera mujer al codo de Penelope.

Ninguno de los nombres de las mujeres aparecía bajo

la fotografía; el pie de foto solo proporcionaba una descripción generalizada de los donantes disfrutando de una gala benéfica.

Laura se desplazó por el artículo adjunto y luego suspiró. —Este artículo no menciona a Duncan ni a Stephen.

—¿Así que tal vez las esposas estaban socializando en este evento sin su conocimiento? —dijo Gavin—. Especialmente si Stephen estaba en el extranjero en ese momento.

—¿Y crees que son más que simples conocidas como sugirió Duncan?

—Exactamente —señaló la pantalla—. Imprime eso y ven conmigo.

Dos minutos después, estaban esperando fuera de la sala de interrogatorios uno cuando apareció un desconcertado sargento de custodia, guiando suavemente a Sophie Anderley hacia ellos.

Tras dispensar rápidamente las formalidades, Gavin se tomó un momento para calmar su respiración, luego levantó la barbilla y observó a la mujer frente a él.

Estaba tensa, pero ciertamente tenía más color en las mejillas esta mañana que cuando se había procesado su fotografía anoche al ser acusada.

—Sophie, voy a hacerle algunas preguntas en relación con otra investigación, y necesito que recuerde que actualmente está usted bajo advertencia. ¿Lo entiende?

—Sí.

—¿Se acercó usted a alguna organización benéfica en busca de ayuda o consejo antes o después de pedir prestadas esas tres mil libras?

La confusión cruzó el rostro de la mujer. —Sí, pero ¿qué tiene que ver…?

—Por favor, solo responda a la pregunta.

—Sí, lo hice. Hay una organización bastante nueva, bastante local, que ofrece ayuda a personas que necesitan asesoramiento legal, financiero, ese tipo de cosas. —Sus labios se curvaron—. Aunque fueron bastante inútiles; me dijeron que mis circunstancias no justificaban asistencia financiera según su ámbito de competencia o algo así, y me enviaron de vuelta.

—¿Conoció a Rosalind antes o después de acercarse a la organización benéfica?

—Después. ¿Por qué?

Desdobló el artículo de periódico y lo colocó en el escritorio frente a ella. —¿Reconoce a alguien en esta fotografía?

Sophie tragó saliva, y luego su dedo trazó a la mujer en el extremo izquierdo de la imagen. —Esta es Rosalind, la que le mencioné a la otra detective anoche.

Gavin escuchó la sorpresa ahogada de su colega, pero mantuvo su atención en Sophie. —¿Alguien más en esa fotografía le resulta familiar?

—Esta mujer, pero solo porque la otra detective me preguntó si la conocía. No la conozco. ¿Quién es?

—Jackie Nithercott. ¿Le suena el nombre?

—No.

—¿Qué hay de la mujer del medio?

—No, lo siento.

—Entrevista terminada a las nueve cuarenta y cinco.

Ignorando la expresión conmocionada de Sophie,

Gavin salió disparado de la habitación, con Laura pisándole los talones.

Deteniéndose junto a la puerta que conducía a la escalera, sacó su teléfono móvil, repasó sus notas y luego marcó un número.

Respondieron después de dos timbres.

—Soy el agente Gavin Piper, de la Policía de Kent. Necesito hablar con Duncan Nithercott. Ahora.

CAPÍTULO 51

Cuando Kay regresó de Northfleet y siguió a Barnes hasta la sala de incidentes, se quedó asombrada por la cantidad de oficiales que se habían reunido en pequeños grupos, cada uno trabajando frenéticamente en un ordenador mientras Gavin corría entre ellos.

Un aguacero de media tarde empapaba las ventanas, empañando los cristales y borrando la vista de la ciudad, creando una penumbra que absorbía la luz de las lámparas del techo y daba a todo lo que la rodeaba un tono apagado.

Extendió la mano y detuvo a Debbie cuando la agente uniformada pasaba apresuradamente. —¿Qué está pasando?

Cambiando de posición una pila de carpetas en sus brazos, la mujer señaló con la barbilla por encima de su hombro. —Gavin ha logrado que Stephen Brassick tome un avión de regreso esta tarde. Estamos tratando de coordinar con un equipo cerca de Heathrow para que lo reciban al bajar del avión y lo traigan para interrogarlo.

—Pero qué demonios… —Kay miró por encima de la

cabeza de Debbie, vio a Gavin mirando en su dirección y le hizo señas para que se acercara—. ¿Gav? ¿Podemos hablar?

Barnes se dirigió a sus escritorios, acercando una silla extra para el detective mientras Laura se escabullía hacia la fotocopiadora, sin duda creando algo de distancia entre ella y cualquier repercusión que pudiera caer sobre su colega.

Kay esperó hasta que Gavin se unió a ella, luego marchó hacia donde Barnes esperaba, dando una palmada en el respaldo de la silla mientras el detective más joven se sentaba.

Tomando un profundo respiro, Kay observó su rostro en busca de señales de arrepentimiento, luego se rindió. —Muy bien. Explícame qué está pasando.

—Primero que nada, jefa, lo siento. —Gavin se inclinó hacia adelante, con expresión seria—. Pero no creí que esto debiera esperar hasta que regresaras, y no pude comunicarme contigo en la Jefatura. También me preocupaba que, si mi teoría es correcta, Penelope Brassick pudiera representar un problema si tuviéramos que tratar de extraditarla de los Estados Unidos.

—¿Extraditarla? —Kay intentó y falló en ocultar su sorpresa en su voz, luego miró hacia arriba cuando Laura se acercó sigilosamente—. ¿Exactamente qué habéis estado haciendo vosotros dos mientras yo estaba fuera?

Escuchó mientras los dos detectives explicaban la teoría de Gavin, luego tomó el artículo de periódico impreso que él le entregó y examinó la fotografía.

—Maldita sea —murmuró, antes de pasárselo a Barnes.

—El asunto es, jefa, que cuando comenzamos con la muerte de Katrina y entrevistamos a Duncan Nithercott y Stephen Brassick, hubo un elemento de la investigación que consideró si su asesinato era un mensaje para ellos —dijo Gavin—. Estábamos tan enfocados en si los Brassick eran los que estaban siendo amenazados indirectamente que una vez que eliminamos el ángulo militar, no consideramos que sus esposas pudieran estar involucradas de alguna manera.

—¿Habéis hablado con la organización benéfica?

—Hace unos veinte minutos —dijo Laura, sus hombros relajándose un poco mientras se animaba con el tema—. Una de las directoras pudo reunirse con nosotros en sus oficinas en High Street con poca antelación...

—Aunque fuiste bastante persuasiva con tu petición —sonrió Gavin.

—Continuad —instó Kay.

—Bueno, la directora nos dijo que Penelope Nithercott ha sido fideicomisaria durante tres años y asiste a todos sus eventos sociales —continuó Laura—. Pero también dijo que... ¿cómo lo expresó, Gav?

—Sus contribuciones eran menos que saludables —terminó él—. Básicamente, comenzó siendo generosa con sus donaciones, pero se han secado durante el último año más o menos. Ahora tienen que preguntarle si necesitan que contribuya con algo más que su tiempo. Y su tiempo, como dijo Laura, se da mayormente solo cuando hay una reunión social involucrada en lugar de ayuda real.

—Especialmente si hay un periodista a la vista —dijo la detective más joven, con hoyuelos en las mejillas.

Kay los miró a ambos, luego sacudió la cabeza

maravillada. —Bien, ahora decidme qué tiene que ver esto con obligar a los Brassick a regresar de los Estados Unidos. Y ¿cómo diablos lograsteis eso de todos modos?

—Le pedí a Duncan Nithercott que llamara a Stephen con el pretexto de una reunión de negocios urgente que debía celebrarse en Londres por la mañana. Afortunadamente, los Brassick iban a regresar en un par de semanas de todos modos, así que no les sorprenderá demasiado que quiera que vuelvan antes. —La mirada de Gavin bajó a sus manos—. *Puede* que también le haya sugerido al Sr. Nithercott que estaba en su mejor interés ayudarnos.

—¿Cómo así?

—Al parecer, Duncan ha estado planeando secretamente divorciarse de Jackie. En sus palabras, las cosas no han estado muy bien entre ellos últimamente. —Hizo una mueca—. Le dije que intentaríamos no involucrarlo en ningún proceso penal si podíamos evitarlo.

Kay lo miró fijamente. —¿Y si no podemos evitarlo?

—Los Brassick ya están en el aire, jefa. —Miró su reloj—. Deberían aterrizar en Heathrow en poco más de seis horas.

Ella estiró el cuello y miró a través de la sala de incidentes, ignorando la expresión pétrea que Barnes tenía.

Sin duda, su oficial se estaba preguntando lo mismo que ella: si estrangular al detective más joven o aplaudir su audacia.

—¿Quién los va a recoger? —dijo.

—Ese es el problema. Estábamos tratando de conseguir que alguien de la Metropolitana nos ayudara —dijo Gavin —. Pero eso está resultando difícil, y no puedo comunicarme con nadie con la autoridad necesaria en Gravesend o Dartford.

Kay se volvió hacia él, incapaz de contener la sonrisa que se formaba. —Mejor que vosotros dos os deis prisa si vais a coordinar con la seguridad del aeropuerto antes de que lleguen, entonces. El tráfico en la M25 será un infierno a esta hora del día.

Él parpadeó, congelado en su asiento por un momento, luego entró en acción. —Bien, jefa. Gracias, jefa.

Laura trotó tras él, sus voces angustiadas mientras agarraban llaves de auto, chaquetas y mochilas y salían apresuradamente de la habitación.

Cuando Kay se volvió hacia Barnes, él estaba sonriendo.

—Hay que reconocérselo, jefa. Ese fue un buen trabajo.

—Lo fue —dijo ella—. Y la Jefatura lo va a adorar por ello, siempre y cuando tenga razón.

CAPÍTULO 52

Kay observó a Barnes pellizcarse el puente de la nariz, luego rebuscó en el cajón de su escritorio y encontró un paquete de paracetamol.

—Toma —dijo, lanzándole el blíster y empujando un vaso de agua sobre el escritorio—. Llevas haciendo eso los últimos diez minutos.

—Gracias, jefa. —Se metió dos cápsulas en la boca, bebió el agua y luego se frotó la mandíbula—. Creo que ya es hora de que me revise la vista otra vez.

—¿Te sientes mayor?

—A ti también te llegará —replicó, sin poder evitar el tono de sonrisa en su voz—. Y no, probablemente solo estoy pasando demasiado tiempo encorvado sobre esta pantalla de ordenador.

Ella miró más allá de Barnes hacia el reloj en la pared, luego la hora mostrada en la esquina de su propia pantalla.

—¿A qué hora aterrizó el vuelo?

—Hace una hora. Los habrán hecho pasar rápidamente por el control de pasaportes y como viajaban en clase ejecutiva, no les habrá llevado mucho tiempo llegar a la salida.

—¿Cómo están los informes de tráfico?

—No están mal para esta hora de la noche. La congestión habitual en el cruce con la M23, pero aparte de eso, deberían estar aquí en cualquier… ah, ahí los tienes.

Kay se giró cuando la puerta se abrió y Gavin y Laura entraron apresuradamente, sus rostros fatigados por la frenética carrera al aeropuerto.

—¿Cómo fue? —preguntó.

—Los separamos en la aduana —respondió Gavin—. A ambos se les leyeron sus derechos, y tan pronto como nos dieron los datos de su abogado, nos encargamos de que el control de la fuerza se pusiera en contacto con ellos. El primero acaba de llegar abajo y dice que su colega no está muy lejos.

—¿Quién los representa? ¿Alguien que conozcamos?

—Un bufete de Londres, jefa. No he tratado con ellos antes, están en Shoreditch. El tipo de abajo es uno de los socios, Bernard Crossley. Su colega, Diane Higgsworth, es socia subalterna.

—Joder, han traído a los peces gordos —dijo Barnes, y luego dirigió su atención a Gavin—. Más vale que tengas razón en todo esto.

—Eso espero —fue la respuesta murmurada.

—Ya es tarde para eso. —Kay se levantó y acercó hacia ella una pila de carpetas manila—. Bien, mientras vosotros dos hacíais de chóferes para el señor y la señora Brassick de vuelta aquí, hemos preparado paquetes informativos para cada uno. Laura, tú entrevistarás a Stephen con Barnes, y yo y Gavin entrevistaremos a

Penelope. Gavin, tú dirigirás esta dadas las circunstancias.

Le dio un golpecito con una de las carpetas en las manos. —Buena suerte.

———

Cuando Kay entró en la sala de interrogatorios con Gavin detrás, Penelope Brassick se encogió en su silla y se aferró a un cárdigan de cachemira más apretado contra su pecho.

A pesar de su vuelo de siete horas y su posterior arresto, su cabello y maquillaje estaban impecables, y después de su reacción inicial, se recuperó rápidamente y dirigió su atención a su abogado, quien murmuró en voz baja.

Después de tranquilizar a su clienta, sacó una tarjeta de visita del bolsillo de su traje y se la entregó a Kay. —Bernard Crossley.

—Señor Crossley, gracias por venir con tan poca antelación. ¿Procedemos?

Después de confirmar el nombre y la dirección de Penelope y recitar la advertencia formal, Gavin abrió la carpeta de pruebas y pasó los siguientes segundos revisando su letra garabateada.

Kay esperó pacientemente, con su bolígrafo suspendido sobre una página en blanco de su libreta y esperando silenciosamente que la hipótesis de su colega fuera correcta.

Después de todo, era la única que tenían.

Después de un rato, Gavin levantó la vista de sus notas y sacó el artículo de periódico.

—Hábleme de su amistad con Jackie Nithercott —dijo.

—¿Jackie? —Penelope se pasó la lengua por el labio superior, luego miró la fotografía en el centro de la página—. Somos solo conocidas casuales. Nuestros maridos trabajan juntos, pero eso ya lo saben.

—¿Cuándo fue la última vez que vio a Jackie?

—Bueno, hemos estado fuera del país desde abril, así que supongo que debe haber sido en marzo. Estuvimos todos en una fiesta que la empresa organizó después de la junta general anual para celebrar los resultados de ese año.

—¿Se refiere a la empresa para la que trabaja su marido, Stephen?

—Así es. —La boca de Penelope casi formó una sonrisa—. Son bastante generosos en ese aspecto. Incluso la recepcionista fue invitada, aunque comprenderá que no nos mezclamos con el personal administrativo.

—Esta fotografía fue tomada el año pasado en un evento benéfico. ¿Eso también fue organizado por la empresa?

—No. —El color subió al rostro de la mujer—. Ese fue un evento organizado por una organización benéfica en la que Jackie está involucrada. Recaudación de fondos y cosas así, ya sabe, tratando de elevar su perfil público.

—Si son solo conocidas casuales, ¿por qué estaba usted allí?

—Yo… em… —Los hombros de Penelope se tensaron, y Kay vio que lanzaba una mirada de reojo a su abogado—. Supongo que debe haberme invitado.

—¿Suele aceptar invitaciones de personas que apenas conoce?

La mujer levantó la mirada. —Era por una buena causa.

—¿Cuánto donó esa noche?

—No puedo recordarlo… usted mismo dijo que fue el año pasado en algún momento.

—Nada —dijo Gavin, con voz plana—. Nuestro equipo habló con la oficina central de la organización benéfica hoy temprano, y confirmaron que nunca han recibido un centavo de usted. Lo que para mí suena como derrotar el propósito del ejercicio, ¿no está de acuerdo?

Penelope no dijo nada.

—¿Por qué fue?

—Jackie dijo que sería bueno para hacer contactos.

—¿Contactos para qué?

Penelope exhaló. —No lo sé. Mire, me llamó de repente y dijo que sería divertido. Podríamos arreglarnos y salir sin tener que escuchar a nuestros maridos hablar de malditas adquisiciones hostiles y quién representa a quién en la próxima audiencia de arbitraje o lo que sea. Fue un cambio agradable, para ser honesta.

—¿Ha socializado con Jackie Nithercott desde entonces?

—Una o dos veces.

—¿Dónde?

—En otra gala justo antes de Navidad, y luego una en febrero que fue un poco mediocre, para ser honesta.

—¿Socializa con Jackie fuera de estos eventos?

Kay vio a Penelope lanzar una mirada de reojo a su abogado y fruncir los labios en respuesta.

Gavin se inclinó hacia adelante y señaló con el dedo la

fotografía en el artículo. —¿Quién es esa que está parada junto a usted?

—N-no estoy segura.

Kay entrecerró los ojos mientras observaba a la mujer removerse en su asiento.

Para su crédito, Gavin logró contener el resoplido que se le escapó, pero su incredulidad era evidente.

—No le creo —dijo—. Así que le recuerdo, está bajo advertencia y esta es una investigación de triple homicidio en la que usted está actualmente implicada. Entonces, le preguntaré de nuevo. ¿Quién es esta mujer?

Una lágrima solitaria se escapó, y Penelope la limpió, emitiendo un fuerte sollozo mientras su rostro se arrugaba.

—Es la hermana de Jackie, Rosalind. Y todo es culpa de ellas.

CAPÍTULO 53

Capítulo Cincuenta y Tres

Kay esperó hasta que Gavin se hubiera recuperado lo suficiente de la respuesta de Penelope para volverse hacia ella en busca de orientación.

Ella le dio un ligero asentimiento, luego miró a la mujer frente a ella.

Sin embargo, antes de que tuviera la oportunidad de proceder, Penelope emitió un suspiro tembloroso.

—Temía que fueran demasiado lejos —dijo—. Pero matar a Katrina así… en mi casa…

—¿Quién mató a Katrina? —preguntó Kay.

En respuesta, Penelope miró el artículo del periódico, luego lo empujó de vuelta hacia Gavin como si estuviera infectado.

—Rosalind, me imagino. No creo que ni siquiera Jackie pudiera hacer algo tan malvado como eso. —Penelope llevó un puño tembloroso a su boca—. Oh Dios, ¿qué he hecho?

Kay le dio unos momentos para recomponerse, luego

se inclinó hacia adelante. —Volvamos al principio. ¿Qué ha estado pasando entre ustedes tres, y cómo empezó?

—No estaba mintiendo sobre cómo nos conocimos —dijo Penelope—. Jackie y yo a menudo nos encontrábamos en eventos de la empresa. Creo que fue en junio del año pasado cuando nos encontramos en un bar pidiendo gin tonics al mismo tiempo y ella se volvió hacia mí y dijo que si tenía que arrastrarse detrás de su marido un poco más, perdería las ganas de vivir.

—¿Estaban pasando por un mal momento?

—Sí, y estaba empeorando. —Penelope negó con la cabeza tristemente—. Nunca deberían haberse casado, para ser honesta. Gracias a Dios que no tienen hijos.

Hizo una pausa mientras su abogado se inclinaba y le murmuraba al oído, luego asintió ligeramente y se enfrentó a Kay una vez más. —Nos reunimos para almorzar alrededor de una semana después, y Jackie me dijo que quería dejar a Duncan pero no podía permitírselo. Dijo que no trabajaba y dependía de él para el dinero. Él le daba una asignación mensual para que hiciera lo que quisiera. —Penelope miró fijamente la mesa entre ellas y se pellizcó una cutícula—. Podría haber estado describiendo mi propio matrimonio. Creo que eso es lo que resonó en mí. Quiero decir, incluso cuando viajo con Stephen, normalmente estoy atrapada en cualquier apartamento que la empresa nos reserva, y las compras solo ocupan tu tiempo por un rato, créame.

Kay no dijo nada, esperando mientras la mujer tomaba un pañuelo de papel de su abogado y se secaba delicadamente los ojos enrojecidos.

Finalmente, Penelope continuó.

—Había estado pensando en una forma de dejar a Stephen pero no tenía la confianza para intentarlo, y no tenía los contactos. Así que cuando Jackie me dijo que estaba ayudando con esa organización benéfica para salir de casa, yo… le sugerí que podría haber una forma de usar nuestras asignaciones para ganar algo de dinero extra y construir un nido de ahorros. O un fondo de escape, supongo.

—Así que se dirigieron a personas vulnerables que ya estaban endeudadas y les prestaron dinero ilegalmente, ¿es correcto?

Penelope asintió. —Sí.

—¿Cuánto interés les estaban cobrando?

—Veintidós por ciento. —La mujer levantó la mirada—. Todavía es más barato que algunas de las tarjetas de crédito que hay por ahí, y nunca habrían podido pedir prestado a un banco de todos modos. Les estábamos ayudando.

Kay tragó saliva para intentar contrarrestar la sequedad en su garganta. —¿Cuántos?

—No entiendo.

—¿A cuántas personas les prestaron dinero?

—No lo sé con seguridad. Tendría que preguntarle a Jackie. Ella es mejor con el papeleo que yo.

—Adivine.

—Tal vez quince, dieciocho desde julio del año pasado.

Un silencio atónito siguió a sus palabras, e incluso Bernard Crossley visiblemente se alejó de su cliente ante la revelación.

—¿Qué cambió? —dijo Kay—. ¿Por qué fue asesinado

Preston Winford?

—No estoy segura —susurró Penelope—. No estaba aquí cuando sucedió. A Stephen le habían pedido hablar en una conferencia en Atlanta y estuvimos fuera ese fin de semana. Cuando regresé, Jackie dijo que uno de los clientes (así es como los llamaba) había incumplido sus pagos durante tres semanas seguidas, y otro no había pagado nada durante dos meses. Dijo que querían asustar al anciano para que soltara lo que debía, pero…

Se interrumpió, con lágrimas frescas rodando por sus mejillas. —Oh Dios, no quería que nada de esto pasara. Salió mal. Eso es lo que dijo Jackie. Al principio le creí, pero luego…

Kay miró sus notas, su ritmo cardíaco acelerándose mientras hervía ante las palabras de la mujer. —Deduzco de lo que ha dicho que Angus Zilchrist era el que no le había pagado a Jackie durante tres semanas, y la deuda de Preston Winford tenía dos meses de retraso, ¿correcto?

—Sí.

—Entonces dígame, ¿qué salió mal? Cortaron a Preston Winford en pedazos y metieron su cuerpo en un armario. Para mí, eso sugiere que alguien pensó muy cuidadosamente en lo que le iba a pasar. No fue un accidente.

Penelope se volvió hacia su abogado. —Eso no es cierto. Dijeron que se asfixió.

Conteniendo su ira, Kay observó mientras Gavin abría una de las otras carpetas a su lado y deslizaba otra fotografía sobre la mesa hacia Penelope.

—Esto es lo que le pasó a Preston Winford —espetó.

Bernard Crossley se alejó aún más de su cliente,

apartando la mirada de la espeluznante imagen.

—¿A cuántas de esas víctimas ha matado? —dijo Kay finalmente.

Los ojos de Penelope se agrandaron. —¡A ninguna! No he hecho daño a nadie. Ya le dije, ni siquiera estaba en el país cuando esto sucedió, detective Hunter, y puedo asegurarle que no tenía idea de lo que Jackie había planeado.

—¿Por qué está involucrada su hermana Rosalind?

—No lo sé. Esa fue idea de Jackie hace unos seis meses. —Se encogió de hombros—. Tal vez en Navidad. Todo lo que sé es que a principios de enero, Jackie cambió de opinión sobre todo esto. Dijo que las cosas se habían deteriorado tanto entre ella y Duncan que tenía que dejarlo lo antes posible, y eso significaba recuperar todo el dinero que habíamos prestado...

—¿Y los intereses, supongo? —dijo Kay.

—Sí. Necesitaba todo en orden para poder dejarlo y alquilar un lugar mientras se tramitaba el divorcio. —Penelope se inclinó hacia adelante—. Puede entender eso, ¿verdad? Estaba desesperadamente infeliz.

Gavin sacó más fotografías de la carpeta y las dispuso sobre la mesa.

Penelope sollozaba en silencio mientras Kay nombraba a cada una de las víctimas por turno.

—¿Quién le dijo a Angus Zilchrist lo que había en el armario de su unidad de almacenamiento?

—Jackie, creo. Pensó que chantajearlo con esa información le haría pagar. Y luego él murió de un ataque al corazón debido al estrés, supongo, y ella no consiguió nada de dinero de todos modos, de ninguno de los dos. —

Penelope se aferró a su cárdigan—. Y fue entonces cuando dijo que Rosalind tenía un plan para conseguir el resto del dinero rápidamente. Duncan no es un hombre agradable, detective Hunter. Creo que Jackie estaba preocupada por lo que él haría si descubría que planeaba divorciarse. Tenía que escapar.

—Hábleme de Rosalind.

—Está completamente loca. Al igual que ese maldito marido suyo.

—¿A qué se dedica Rosalind? Aparte de descuartizar a gente inocente.

Penelope exhaló, su mirada recorriendo las imágenes. —Solía trabajar para un cirujano plástico en Londres. Todo lo que sé es que algo sucedió hace unos años. No estoy segura de qué, pero algo salió mal y tanto ella como el cirujano fueron expulsados del registro. No pudo encontrar trabajo después de eso, aunque creo que Miles ganaba lo suficiente para mantenerlos a ambos.

—¿Miles? ¿Es su marido?

—Sí.

—¿A qué se dedica él?

—Seguridad privada, cosas así.

—¿Él proporcionó el sistema de seguridad en su casa? Penelope asintió.

—Hable en voz alta para la grabación, por favor.

—Sí. Miles instaló nuestras cámaras de seguridad y todo. No sabía que planeaban usarlo en nuestra contra, le estoy diciendo la verdad.

—¿Cómo conoció a Katrina?

—A través de la agencia que usamos para conseguir limpiadoras cuando esperamos huéspedes.

—¿Fue esa la única vez que limpió para ustedes?

Penelope se mordió el labio. —No. Un día estábamos hablando y me dijo que le costaba llegar a fin de mes, pero esperaba que en su trabajo principal pronto hubiera una oportunidad a tiempo completo. Eso fue a principios de febrero. Una cosa llevó a la otra y le dije que Jackie podría prestarle algo de dinero para ayudarla. Le dije que podía hacer la limpieza para mí cuando yo estuviera en casa para ayudar a pagarlo. Estaba tratando de ayudarla, lo juro.

Asqueada por las excusas de la mujer, Kay señaló la fotografía de Katrina. —¿Qué demonios le hizo ella a usted?

—Le dije a Jackie el mes pasado que ya no quería ser parte de esto. No podía. No después de que mataran a ese hombre. Fueron demasiado lejos. Pero Rosalind dijo que no tenía elección porque Jackie necesitaba que le devolvieran el dinero y tenían que asustar a la gente para que lo devolviera. Estaba aterrorizada de que me hiciera daño. Luego recibí una llamada telefónica de Jackie a principios de esa semana; debía estar en las oficinas de la organización benéfica o algo así porque no reconocí el número. Me dijo que iba a dejar a Duncan ese fin de semana y necesitaba un lugar donde quedarse hasta que se organizara —dijo Penelope, con la cara enrojecida por el llanto.

—¿Qué hizo usted?

—Le di los últimos códigos de la casa. Y después, después de que… mataran a Katrina, me enviaron un enlace a ese video. Y Jackie me dijo que si alguna vez le contaba a alguien sobre nuestro sistema de préstamos, me matarían a mí después.

CAPÍTULO 54

Kyle Walker pasó el dedo por debajo del cuello de su camisa e hizo una mueca cuando el sudor le picó en el cuello.

El voluminoso chaleco antibalas que llevaba se le pegaba al pecho y a la espalda, clavándosele en la carne por encima de las caderas y pesando sobre sus anchos hombros.

Ambos coches patrulla estaban estacionados a cinco minutos de la casa identificada como alquilada por Rosalind y Miles Kirwen, y sus superiores no querían correr riesgos.

Se había ordenado al equipo esperar hasta que se realizaran las comprobaciones finales sobre los Kirwen, junto con cualquier asociado que pudiera estar viviendo en la propiedad y que pudiera complicar un arresto ya de por sí muy tenso.

Kyle miró a su alrededor a los otros tres agentes que estaban junto a los coches, estirando las piernas y hablando en voz baja, su suave charla ocultando la adrenalina que fluía por el aire, haciendo que se le erizaran los pelos de la nuca en anticipación.

Más allá del apartadero donde estaban aparcados los coches había una parada de autobús abandonada, con el viejo horario roto colgando a través de la caja de visualización de plástico rota y los paneles de protección contra la intemperie de plexiglás retirados para evitar que los vándalos los rompieran. En el lado opuesto de la carretera, una hilera de grandes casas adosadas les hacía frente, con las cortinas corridas, aunque notó un movimiento en una de ellas de vez en cuando.

Un leve aroma a hibisco llegaba hasta él en el cálido aire de la tarde, trayendo consigo un fragante recuerdo de unas vacaciones en climas más cálidos hacía más de un año.

Antes de todo esto.

Antes de que su colega, Philip, muriera accidentalmente durante una situación de rehenes.

Antes de que su turno lo encontrara aquí, empapado en sudor y preguntándose si esta vez le tocaba a él.

Con la boca seca, apoyó la mano en la radio mientras se transmitían las últimas órdenes de la sala de control, y entonces se dio cuenta de que Dave Morrison lo miraba fijamente.

—¿Todo bien por ahí? —dijo el agente más veterano—. ¿Cómo lo llevas?

—Estoy bien —respondió con voz ronca, y luego se aclaró la garganta—. Estoy bien.

—No vamos a correr ningún riesgo, no te preocupes.

—Dave señaló con el pulgar por encima del hombro hacia los otros dos agentes—. Estos dos tienen tanta experiencia como nosotros, y acabamos de recibir autorización de la Jefatura para usar las pistolas táser si es necesario.

Kyle asintió en respuesta, sin querer abrir la boca por si solo conseguía emitir un lastimoso chillido, y entonces la atención de Dave fue captada por un nuevo conjunto de órdenes que surgían de su radio.

Apretó los puños, clavándose las uñas cortas en la suave carne de las palmas, y exhaló.

La consejera que Kay le había recomendado era buena, tenía que reconocerlo.

Los ejercicios de respiración ayudaban, aunque se dio cuenta de que hasta ahora había dependido menos de ellos en las últimas semanas.

El familiar conteo de seis respiraciones de entrada y ocho de salida lo calmó, alejando parte del miedo que lo envolvía.

—Bien, allá vamos. —Dave bajó la radio de donde había estado hablando. Hizo una seña a los otros dos agentes para que se acercaran, y luego miró a cada uno de ellos por turno—. Debemos asumir que ambos sospechosos están armados y saben manejar un cuchillo, así que no vamos a correr riesgos. Hemos recibido confirmación del propietario de que la puerta trasera de la propiedad da a un jardín sin salida. Más allá de la valla trasera hay otra propiedad y esa sí conduce a la calle principal. Control tiene otro coche allí fuera de la vista por si uno de los sospechosos intenta huir. Los cuatro entraremos por la puerta principal. Yo primero, luego tú,

Kyle. Steve, tú vienes conmigo; nos encargaremos de Miles Kirwen y si necesitamos ayuda adicional, entonces puedes intervenir, Tom. Usaremos los coches para bloquear el suyo, que está estacionado en un apartadero privado justo enfrente de las casas adosadas. ¿Alguna pregunta?

Kyle negó con la cabeza mientras los otros dos agentes murmuraban su comprensión, y luego Dave los guio hacia su coche.

Hizo una pausa cuando arrancó el motor y miró alrededor —. ¿Listo?

—Todo lo que se puede estarlo —murmuró Kyle—. Hagámoslo.

Su cabeza se echó hacia atrás cuando Dave aceleró, y extendió la mano hacia el marco de la puerta para estabilizarse mientras el agente mayor tomaba el cruce a gran velocidad, las luces del otro vehículo destellando a través de la tapicería mientras los seguía.

En cuestión de minutos, se detuvieron bruscamente frente a una fea hilera de casas adosadas.

Empujando a través de una destartalada verja, Kyle siguió a Dave por un corto sendero bordeado de hierba descuidada y una lavadora abandonada, el sonido de pasos pesados detrás de él era un acompañamiento bienvenido mientras los otros dos agentes se unían a ellos.

El puño de Dave golpeó la puerta con tanta fuerza que Kyle se preguntó si necesitarían molestarse en derribarla, y entonces voces enojadas se filtraron a través del delgado cristal de la ventana y una luz parpadeó en una de las habitaciones del piso superior.

Luego hubo gritos, pasos atronadores, y de repente sintió ganas de vomitar.

Dio un paso atrás, chocando con Tom, quien emitió un gruñido confuso antes de empujarlo por la espalda cuando Dave derribó la puerta.

Sin otra opción más que seguir, Kyle cruzó el umbral y entró en la casa de los Kirwen.

Dave ya se dirigía por el pasillo hacia la parte trasera de la casa, gritando a todo pulmón a Miles, con Steve pisándole los talones.

Kyle se detuvo al pie de las escaleras por un momento, luego se volvió hacia Tom—. Ella todavía está aquí arriba.

Subieron corriendo los peldaños, el olor a humo de cigarrillo y sudor rancio lo invadió cuando llegó al rellano, justo a tiempo para ver cómo se cerraba de golpe una puerta a su izquierda.

—Se ha encerrado en el baño —dijo Tom.

—Dios sabe lo que tiene ahí dentro. Tendremos que derribarla.

—Espera, podría tener un cuchillo.

—Exactamente. Me preocupa que lo use contra sí misma.

Con eso, Kyle apuntó su bota talla cuarenta y cinco al lado del pomo de la puerta y la golpeó con toda la fuerza que pudo reunir.

El delgado panel se partió con el impacto, y con una patada más, la cerradura se torció y la puerta se abrió de golpe.

Apartando el resto del marco de madera, se abalanzó hacia adelante.

Rosalind Kirwen estaba inclinada sobre la bañera, sus

manos temblaban mientras sostenía un cuchillo contra su muslo.

Kyle se lanzó hacia ella cuando se volvió hacia él; sus ojos se abrieron de par en par mientras escapaba un grito desgarrador.

CAPÍTULO 55

Kay se frotó los ojos cansados y se apoyó contra la pared de bloques de hormigón fuera de la puerta trasera de la comisaría.

A su lado, Gavin revisaba los correos electrónicos en su móvil, con el rostro demacrado.

Ninguno había hablado desde que terminaron la entrevista y dispusieron que se presentaran cargos contra Penelope Brassick, y ahora Kay cerró los ojos e inhaló el aire cálido que le levantaba el cabello de los hombros y agitaba suavemente los papeles bajo su brazo.

Parpadeó al oír que se abría la puerta y vio salir a Barnes y Laura, ambos con expresiones sombrías.

—Stephen Brassick niega categóricamente tener algo que ver con el plan de su esposa —dijo el oficial—. Y se ha desentendido de ella, por decirlo educadamente. También ha accedido a proporcionar acceso completo a todos los registros financieros para mostrar el dinero que le pagaba a Penelope mensualmente, y cualquier registro telefónico que necesitemos. Resulta que también paga la factura de su teléfono móvil.

—Gracias —dijo Kay—. ¿Alguno de vosotros tiene la impresión de que está mintiendo sobre su participación?

—Yo no —respondió Laura—. Honestamente, pensé que iba a vomitar en un momento dado.

—¿Y vosotros dos? —dijo Barnes—. ¿Se sostuvo la teoría de Gavin?

—Así es. —Kay sonrió—. Y tenemos suficiente información de Penelope para arrestar a Jackie Nithercott; hemos enviado una patrulla uniformada para recogerla, así como a su marido.

Gavin levantó la vista de su móvil. —Jefa, Rosalind y Miles Kirwen han sido localizados en una dirección en Leybourne también. Control envió un par de coches para arrestarlos hace quince minutos.

—De acuerdo, gracias. —Kay miró su reloj—. Dado el plazo, me gustaría realizar todas estas entrevistas esta noche. ¿Alguno de vosotros tiene algún problema con eso?

—Yo no, jefa —dijo Barnes—. Solo podemos retener a Sophie unas horas más a menos que consigas que Sharp autorice otras doce, y si quieres mantenerla a salvo…

—Exactamente lo que pensaba, y tampoco quiero que otras víctimas de este esquema ilegal de préstamos se pongan en peligro. Cuanto antes podamos hacer estas entrevistas formales, mejor. Le he pedido a Hughes que corrobore lo que hemos aprendido hasta ahora con Sophie para entender mejor cómo se estaba apuntando a las víctimas. Además, podemos asegurarnos de tener algo que presentar a la Jefatura por la mañana con suerte.

—Eso estaría bien. —Laura dio un paso adelante—. Contad conmigo.

—Me quedo, jefa —dijo Gavin, y luego se sonrojó—. Quiero decir, de alguna manera es mi culpa que todos estéis trabajando hasta tarde esta noche.

—Y no creas que te vamos a dejarte olvidarlo. —Laura sonrió—. Estará bien, siempre que no te desmayes. ¿Cuándo fue la última vez que comiste algo?

—Oh Dios, no menciones la comida —dijo Kay, luego se giró cuando la barrera de seguridad zumbó y tres coches patrulla entraron en el estacionamiento—. Parece que nuestros invitados han llegado.

Su estómago dio un vuelco cuando Kyle Walker salió del primer coche, las luces de los otros vehículos iluminando la sangre que le manchaba la mejilla mientras caminaba hacia ellos conduciendo a una mujer esposada, con los ojos oscuros ardiendo.

—¿Estás bien? —logró decir.

—La señora Kirwen decidió atacar, jefa —dijo con severidad—. Me alcanzó con una de sus garras.

Rosalind lo miró con los ojos entrecerrados. —Lástima que no tuviera un cuchillo.

Kyle esbozó una leve sonrisa. —Puede que la haya persuadido de que lo soltara.

—Buen trabajo. Bien, ve a registrarla.

Se apartó mientras uno por uno, Miles Kirwen, Jackie Nithercott y un aturdido Duncan Nithercott eran conducidos al interior, luego se volvió hacia su pequeño equipo de detectives.

—Bien, Gavin y Laura, necesito que entrevisteis primero a Miles Kirwen, luego a Duncan Nithercott.

Quiero saberlo todo sobre el supuesto negocio de seguridad de Miles. Dios sabe en cuántas otras casas puede entrar por aquí, o a quién más podría haber amenazado. En cuanto a Duncan, averiguad qué sabe sobre la relación de Jackie con su hermana. Barnes, tú vienes conmigo.

Abrió de golpe la puerta trasera a tiempo para ver cómo llevaban a Rosalind a la primera sala de interrogatorios, luego hizo una pausa mientras Gavin y Laura acompañaban a Miles Kirwen a otra.

Jackie Nithercott estaba de pie con la cabeza inclinada, frotándose las muñecas mientras el sargento de guardia le hablaba en voz baja asegurándose de que cada pieza de su joyería fuera retirada y registrada en el sistema de archivo. Su marido estaba a unos pasos de ella, con la mandíbula tensa mientras miraba fijamente la parte posterior de su cabeza.

Luego hubo movimiento desde la puerta interna que conducía a las celdas, y Hughes salió con Sophie Anderley.

—La llevaré arriba por ahora —dijo—. Se está llenando aquí abajo.

—No hay problema —dijo Kay, luego se giró para seguir a Barnes—. Subiremos más tarde. ¿Puedes…?

—¡Perra! —gritó Sophie.

Kay dio media vuelta, observando las facciones angustiadas de Sophie y cómo se esforzaba contra el agarre de Hughes, luego miró a Jackie.

La mujer se había puesto pálida, y tragó saliva mientras el sargento uniformado persuadía a Sophie para que se alejara, conduciéndola hacia las escaleras.

—Espera. —Kay se apresuró hacia ellos—. Sophie, ¿qué está pasando? ¿La reconoces?

—No. —Sophie tragó saliva—. Pero es ella, lo sé. Esa mujer de ahí. Es una de ellas.

Kay cruzó los brazos, con tono paciente. —Si no la reconoces, ¿cómo puedes estar tan segura?

—Porque lo recuerdo. Es ese perfume que lleva. —Sophie se liberó de Hughes y les lanzó una mirada desafiante a ambos—. Es el mismo olor que había dentro de ese coche del que les hablé.

$$CAPÍTULO\ 56$$

Una Jackie Nithercott conmocionada miraba fijamente a Kay y Barnes cuando se acomodaron en los asientos frente a ella.

Mientras Barnes iniciaba el equipo de grabación y recitaba la advertencia formal, Kay buscaba algún signo de remordimiento en los ojos de la mujer.

En su lugar, todo lo que vio fue un resentimiento ardiente que crecía con cada segundo que pasaba.

—Jackie, cuando la entrevistamos ayer, nos informó que la noche en que Katrina Hovat fue asesinada, usted y su marido estaban celebrando su aniversario de boda en un pub. También afirmó que no tenía idea de quién era Katrina cuando la abordó el día anterior en el estacionamiento fuera de la tienda donde trabajaba —comenzó Kay—. ¿Desea cambiar algo de su declaración anterior?

—No. —Jackie levantó la barbilla desafiante—. No lo deseo.

—Pero usted sí la conocía, ¿verdad? —dijo Kay—.

Porque la identificó a través de su supuesta labor benéfica como un objetivo perfecto para su esquema ilegal de préstamos.

Jackie parpadeó y luego cruzó los brazos sobre su pecho. —No tengo idea de lo que está hablando.

Una sonrisa depredadora cruzó los labios de Kay. —Desafortunadamente, tenemos a su amiga Penelope diciéndonos algo completamente diferente. De hecho, Penelope ha sido *muy* útil explicando exactamente cómo comenzó el esquema.

—No solo eso —dijo Barnes, deslizando una copia impresa de un registro de la Agencia de Licencias de Conducir y Vehículos a través de la mesa hacia ella—, sino que dado que una de sus víctimas acaba de identificarla a usted y al coche que conduce como el mismo que Rosalind Kirwen y su marido han usado para amenazar a la gente, también podemos asumir que usted fue cómplice del asesinato de Katrina, así como de los asesinatos de Preston Winford y Alec Mingrove.

—A menos que pueda decirnos *exactamente* qué demonios ha estado pasando —finalizó Kay—. ¿Qué va a ser, Jackie? Tal como están las cosas, vamos a solicitar la sentencia de custodia máxima para usted. Especialmente porque nuestro equipo forense está, mientras hablamos, procesando su coche. ¿Cree que encontrarán evidencia de que Alec Mingrove estuvo dentro antes de ser asesinado? ¿Qué hay de Preston Winford? ¿Su coche también se usó para transportar su cuerpo?

—¡No lo sé! —Jackie se limpió la saliva que se le escapó de la comisura de la boca, luego se volvió hacia su abogado—. Quiero un trato.

Kay se rio entre dientes. —No sé qué programas de televisión ha estado viendo, pero las cosas no funcionan así por aquí.

—Especialmente cuando tenemos a sus cómplices arrestados y siendo interrogados, y suficiente evidencia para acusarla junto con ellos —dijo Barnes—. Esta entrevista es solo una formalidad dadas las circunstancias. No necesitamos una confesión para acusarla.

—Pero nos gustaría entender qué demonios ha estado pasando —añadió Kay.

El abogado indicó mudamente a su cliente que estaba de acuerdo, luego se inclinó y le murmuró al oído.

Kay observó impasible cómo el rostro de la mujer palidecía aún más, y luego alzó una ceja cuando Jackie se volvió hacia ellos.

—Me gustaría cambiar mi declaración. —Tragó saliva—. Me equivoqué cuando hablé con ustedes la última vez.

—Cuénteme lo que realmente sucedió —dijo Kay—. Desde el principio.

Jackie sorbió. —Cuando conocí a Duncan por primera vez, fue genial. Pensaba que era lo máximo, de verdad. Ya le iba bien en Londres por entonces. Nos conocimos en un cóctel una noche. Yo trabajaba en una empresa de diseño gráfico y buscaba nuevos clientes, y creo que su empresa estaba negociando la compra de una de las agencias de marketing que asistían. No le di importancia cuando me pidió que firmara un acuerdo prenupcial cuando nos comprometimos. Parecía justo.

Su labio superior se curvó entonces. —Poco me di cuenta de lo frío que podía ser, y lo controlador. Durante un tiempo, hice excusas por su comportamiento, diciéndole a la gente que no era muy bueno en situaciones sociales o que solo era despiadado porque estaba acostumbrado a eso en el trabajo. Créame, eso se vuelve agotador después de un tiempo. Así que decidí durante un almuerzo con Penelope un día que lo dejaría.

—¿Cuándo se conocieron usted y Penelope por primera vez?

—En uno de los eventos de la empresa de Duncan hace unos años. No estaba mintiendo sobre eso, detective. Pero hace unos dos años, empezamos a reunirnos para almorzar o tomar algo por la noche ocasionalmente, especialmente si ella no estaba viajando con Stephen mientras él estaba en el extranjero, o si Duncan y él estaban encerrados durante un fin de semana tratando de negociar algún trato u otro. —Jackie miró sus manos perfectamente arregladas, flexionando los dedos—. Le mencioné que no era feliz, pero que no podía irme debido al acuerdo prenupcial. Si me iba, no tendría nada. Fue entonces cuando ella sugirió que prestara el dinero que él me da como asignación mensual, para que pudiera guardar las ganancias y construir un pequeño fondo de reserva.

—¿Cómo seleccionaba a sus víctimas?

Jackie hizo una mueca. —Prefiero llamarlos clientes.

—No me importa lo que prefiera —siseó Kay, desplegando las fotografías tomadas en cada una de las escenas del crimen—. Esto es lo que les hizo.

—¡No, no, esa no fui yo! —Jackie sacudió la cabeza—. Todo fue culpa de Rosalind. Ella y ese estúpido marido suyo. Fue idea de ellos.

—¿Por qué? ¿Qué le hicieron estas personas?

Jackie respiró hondo. —Nada. Eran solo… solo una

forma de conseguir el dinero que necesitaba, eso es todo. Venían a la oficina de la organización benéfica en la ciudad para pedir ayuda. Angus fue el primero. Estaba tan desesperado por dinero, creo que habría aceptado cualquier cosa.

—¿Qué le dijo?

—Lo escuché cuando estaba hablando con uno de los consejeros. No fue difícil: las oficinas son viejas y las paredes son de papel. —Hizo una pausa y miró a su alrededor—. No como esto. Se puede oír todo desde la habitación de al lado si estás en silencio.

—Continúe.

—Esperé hasta que se fue, luego puse alguna excusa sobre llegar tarde a una cita con el dentista y lo seguí. —Jackie soltó una risa ahogada—. Lo encontré fuera de la casa de apuestas, debatiendo si entrar o no. Honestamente, uno pensaría que debería haber sido más prudente. Sabía que el consejero de la organización benéfica no le prestaría dinero, no con su historial, así que le hice una oferta que no pudo rechazar. Trescientas libras allí mismo, con otras cuatro mil dos días después. Casi me arranca la mano al coger el dinero.

—¿Le devolvió el dinero?

—Parte de él, sí. Al principio. —El rostro de Jackie adoptó una expresión de asombro—. Eso me dio la confianza para ayudar a más personas. Y lentamente, semana tras semana, mi pequeño fondo de reserva comenzó a crecer. Por fin pude ver una salida a mi maldito matrimonio.

—¿Cuándo se torció todo?

Jackie frunció el ceño. —Cuando descubrí que Duncan tenía una aventura con su asistente ejecutiva.

—¿Por qué no simplemente divorciarse de él? —dijo Barnes—. Seguramente tendría motivos, ¿no?

—Lo haría, excepto que hay una cláusula en el acuerdo prenupcial que dice que no obtengo nada si el matrimonio se deteriora después de doce años. Hay una cláusula de divorcio sin culpa, incluso si el bastardo me engaña. —Se secó los ojos—. Nunca habría firmado esa maldita cosa si hubiera sabido que se convertiría en esto. Simplemente tenía que dejarlo lo antes posible.

—Así que decidió cobrar todas las deudas —dijo Kay.

—Sí.

—¿Cómo? —Kay revisó sus notas—. Según Penelope, le ha prestado dinero a más de una docena de personas.

—Fácil —dijo Jackie, con una sonrisa torcida cortando a través de sus lágrimas—. Puse a Rosalind tras ellos.

CAPÍTULO 57

Kay no quería correr riesgos con la hermana menor de Jackie, especialmente después de ver el daño que la mujer le había hecho a la mejilla de Kyle.

Dos oficiales estaban apostados fuera de la habitación mientras un abogado de oficio se reunía con Rosalind, y los acompañaría cuando realizaran la entrevista.

Mientras tanto, Kyle estaba sentado en una silla en la sala de custodia, limpiándose la cara con una toallita antiséptica, mientras Hughes estaba a su lado con un vendaje nuevo del botiquín de primeros auxilios en la mano.

—Asegúrate de ponerte la vacuna antitetánica y hacerte algunas pruebas de sangre —dijo Barnes, con el rostro serio mientras observaba al joven agente pegarse el apósito en la mandíbula—. Por si acaso.

—Lo haré. —Kyle aflojó su chaleco antibalas y dio un suspiro de cansancio—. Me alegro de haber podido desarmarla. Creo que realmente habría usado ese cuchillo contra mí.

—¿Es suicida? —preguntó Kay—. Oí a Tom decir que estaba a punto de cortarse cuando irrumpiste en el baño.

—Creo que fue un farol para que nos acercáramos, jefa. No creo que tuviera intención alguna de entregarse pacíficamente.

Barnes silbó por lo bajo.

—¿Qué hay del marido, Miles? ¿Qué has averiguado sobre él?

—Puedo ayudar con eso. —Laura apareció en la puerta, con el rostro pálido—. Acabamos de tomar un descanso de entrevistarlo, pero resulta que tiene un historial juvenil por casi matar a otro chico en una pelea en la escuela cuando tenía trece años. Por eso no pudimos encontrarlo en el sistema: es un expediente sellado. Cuando nos lo dijo, era casi como si estuviera orgulloso de ello.

Kay suspiró.

—Jesús. ¿Cómo demonios entró entonces en el negocio de la seguridad?

—Sabe hablar bien —dijo Gavin, uniéndose a Laura y entregándole un vaso de agua—. Fue liberado cuando cumplió dieciocho años y aprovechó lo que había aprendido en prisión. Según él, comenzó trabajando para un electricista que contrataba a "chicos problemáticos", sus palabras, ojo, y vio una oportunidad en el mercado de instalación de sistemas de seguridad. Dado el tipo de gente con la que se juntaba en prisión, era un vendedor convincente.

—Hay un largo trecho entre instalar sistemas de seguridad y torturar y matar personas —dijo Barnes.

—Dave ha estado revisando el portátil que incautamos cuando los arrestamos —dijo Laura—. Su historial de búsqueda está lleno de videos paramilitares, habilidades de supervivencia y demás. También hay otras cosas, pero dice que dejará eso para el equipo de Andy Grey en la Jefatura. Por lo que dijo, es bastante desagradable, jefa.

Kay se estremeció, recordando los comentarios de Andy sobre la cantidad de personal que estaba perdiendo debido al estrés.

—¿Algo más que quieras contarnos antes de que entrevistemos a su esposa?

—Se conocieron hace seis años en la fiesta de un amigo en Rochester —dijo Gavin—. Aunque creo que lo único que tienen en común es una tendencia violenta.

—¿Ha admitido algo?

—Solo que conducía el coche cuando Sophie los vio, hasta ahora. —Laura terminó el agua y le dio una sonrisa agradecida a Hughes mientras este tomaba el vaso vacío —. Volveremos allí y le preguntaremos sobre ese armario en el que metió el cuerpo de Preston.

Kay observó a los dos detectives caminar de vuelta a las salas de interrogatorio, luego miró a Barnes.

—¿Qué opinas?

—Creo que todos vamos a tener pesadillas durante unas semanas, jefa.

Los dos agentes uniformados entraron en la sala de interrogatorios detrás de Kay y Barnes, tomando posición junto a la puerta y manteniendo un ojo atento sobre la mujer que estaba sentada en la mesa cubierta de plástico.

El abogado de oficio designado para representarla había colocado su silla lo más lejos posible de su cliente, pero ahora la arrastraba de mala gana más cerca, listo para comenzar el procedimiento.

Después de iniciar la grabación y asegurarse de que todas las presentaciones formales quedaran debidamente registradas, Kay se sentó en silencio por un momento mientras Barnes colocaba las fotografías de cada una de las víctimas frente a Rosalind Kirwen.

El abogado de oficio palideció ante las imágenes, pero para su crédito se recuperó rápidamente y bajó la mirada hacia su bloc legal, su pluma escribiendo furiosamente a través de la página.

—Rosalind, quiero empezar preguntándole si fue idea suya o de alguien más torturar y matar a estas personas —dijo Kay.

—Jackie dijo que quería darles un susto.

La voz de la mujer tenía una musicalidad subyacente que hizo que Kay se preguntara si había disfrutado lo que había hecho, y si habría continuado su ola de asesinatos de no ser por la corazonada de Gavin sobre Jackie Nithercott.

No hubo negación, ni histrionismo, ni remordimiento en su respuesta.

Solo había una frialdad que se filtraba por los poros de la mujer y se arrastraba por la mesa hasta donde Kay estaba sentada.

—¿Es usted cercana a su hermana?

—Haría cualquier cosa por ella.

—Hay un gran salto entre darle un susto a alguien y hacerles esto —dijo Kay, golpeando suavemente la fotografía del cuerpo roto de Katrina—. ¿Por qué la torturó? ¿Qué le había hecho?

—Necesitaba que se le diera una lección —dijo Rosalind, su tono ahora aburrido—. Todos ellos.

—¿Por qué?

—Porque rompieron su promesa con Jackie. Dijeron que le devolverían el dinero.

—Y lo estaban haciendo, ¿no es así? —Kay rebuscó entre los papeles frente a ella hasta que encontró lo que buscaba—. Estos son los estados de cuenta bancaria de Preston Winford. Estaba haciendo pagos mensuales regulares por lo que se ve en estos retiros de efectivo. Justo hasta abril, que es cuando lo mató, ¿no es así?

Rosalind no dijo nada.

—¿Por qué demonios mataría a alguien que estaba proporcionando a su hermana el dinero que intentaba recaudar para dejar a su marido? Porque eso es lo que estaba pasando, ¿verdad? Los intereses de estos préstamos iban a ser su fondo de emergencia. —Kay se volvió hacia Barnes, fingiendo una expresión confundida—. Eso es lo que nos dijo, de todos modos.

—¿Mató a la gallina de los huevos de oro, Rosalind? —dijo Barnes con burla—. ¿Jackie la envió a asustarlo para que le pagara más rápido y se le fue de las manos?

La mirada de Rosalind cayó sobre la fotografía de Preston, con la mandíbula apretada.

—Fue un accidente.

—¿Qué fue un accidente? —dijo Kay.

—No se suponía que muriera. Fue su culpa. Se movió y eso fue todo. No pude detener el sangrado. Solo pretendía cortarlo un poco. —Rosalind hizo un puchero—. Jackie estaba realmente cabreada.

—¿Dónde sucedió esto?

La mujer se encogió de hombros.

—Miles conoce un lugar cerca de Tenterden. Desierto, ¿sabe? Menos mal, porque nos llevó unos días decidir qué hacer con él después.

—Se refiere al armario.

Rosalind sonrió, y no fue bonito. —Miles pensó que saber sobre Preston haría que el viejo pagara más rápido, pero aun así no soltó lo que debía.

—¿Se refiere a Angus Zilchrist?

—Sí.

—Tenemos la declaración de un testigo que dice que su marido amenazó a Angus en el club de golf donde jugaba. ¿Fue eso antes o después de que mataran a Preston?

—Después —dijo con desdén—. Jackie estaba furiosa por su muerte, la de Preston, pero pronto cambió de opinión cuando algunos de los otros empezaron a pagarle esa semana. Fue entonces cuando notamos que Angus aún no había pagado nada. Le pidió a Miles que fuera a hablar con él.

—¿Este "hablar con él" incluyó amenazas contra su vida?

—No lo sé. Yo no estaba allí.

—¿Pero por qué el armario? ¿Por qué ponerlo en la unidad de almacenamiento de Angus?

—Eso es típico de Miles. Pensó que sería divertido insistir en que Angus guardara algunas cosas para nosotros, y luego decirle lo que realmente había dentro. Supongo que pensó que si lo sabía, pagaría. Encontramos unos muebles de mala calidad gratis, metimos el cuerpo de Preston en el armario y luego hicimos que Angus ayudara a Miles. —Rosalind soltó una carcajada—. Aunque no esperaba que el viejo tuviera un ataque al corazón cuando se lo dijimos. Solo tenía que pagar. Ella se puso *tan* furiosa.

—¿Quién?

—Jackie, por supuesto. Ahora tenía dos clientes que nunca le devolverían el dinero. —Rosalind suspiró—. Y entonces Penelope se enteró.

Kay levantó la mirada de sus notas. —Cuénteme sobre eso.

—Oh, estaba bien todo el tiempo que le decía a Jackie cómo ganar todo este dinero, cómo mantener todo normal en casa mientras planeaba dejar a Duncan y construir su pequeño nido de ahorros. —La mujer resopló—. Pronto cambió de opinión cuando se enteró de que alguien había salido herido. O sea, ¿qué creía que iba a pasar? Mi hermana no es una organización benéfica, ¿sabe? En fin, Penelope volvió de Estados Unidos a finales de abril, se enteró de que Jackie había decidido intentar recuperar todo su dinero de esa gente, y supongo que una cosa llevó a la otra…

—¿Qué hizo ella?

—Amenazó a mi hermana —dijo Rosalind, inclinándose hacia adelante. Sus ojos se oscurecieron—. Y *nadie* hace eso.

Kay tragó saliva, la rabia de la mujer era palpable. —¿Cómo la amenazó?

—Dijo que vendría a ustedes de forma anónima. Incluso si eso significaba arriesgarse a ser descubierta eventualmente. Dijo que no se suponía que la gente muriera, y que habíamos ido demasiado lejos.

—¿Qué hicieron? —Kay encontró la fotografía de Katrina y la sostuvo en alto—. ¿La torturaron y la mataron para silenciar a Penelope?

—Funcionó, ¿no? Penelope nunca les contó lo que estaba pasando, ¿verdad? Y no pudo hacer nada para detenernos, no una vez que su marido fue enviado de vuelta a Estados Unidos. La estúpida perra pensó que podía volver aquí pavoneándose y empezar a decirnos qué hacer —espetó Rosalind—. Entonces, cuando nos amenazó, supe que tenía que hacer algo.

—Así que fue a su casa cuando sabía que Katrina estaría allí…

—Bueno, Jackie tenía el código de seguridad, después de todo.

—¿Lo tenía?

—Claro que sí. Penelope se lo dio, por si alguna vez quería un lugar para quedarse cuando Duncan estaba siendo un idiota.

Kay hizo una pausa por un momento, necesitando tiempo para controlar la repulsión que la invadía. Finalmente, extendió la mano y tocó la fotografía de Alec Mingrove. —Hábleme de él.

—No me caía bien.

—¿Por qué no?

Rosalind suspiró, su mirada encontrando las luces

fluorescentes en el techo. —Porque mentía, todo el tiempo. Le hizo una promesa a Jackie y la rompía constantemente. Era uno de los peores. O sea, incluso después de ver el video que subimos, aún no pagó. No puedo evitarlo si la gente es estúpida, ¿verdad?

—¿Qué hicieron?

—Lo encontramos, eventualmente. O sea, ¿en qué estaba *pensando*, teniendo una cena elegante cuando llevaba dos meses de retraso en su deuda con Jackie? —Rosalind bajó la barbilla y contempló una uña raída—. Se estaba burlando de nosotros.

—Así que lo torturaron y arrojaron su cuerpo al río. ¿Por qué? ¿Por qué allí?

La mujer al otro lado de la mesa sonrió. —Pensamos que llamaría la atención de todos los demás, por supuesto. Sorprendentemente, muchos de ellos no pagaron después de ver lo que le pasó a Katrina. Miles y yo pensamos que algo más público podría llamar su atención.

—Un riesgo enorme.

—Funcionó. —Rosalind se reclinó en su silla, relajando los hombros—. Ahora solo tres personas más le deben dinero a mi hermana.

Kay miró al abogado de oficio, que estaba inmóvil, con la mirada fija en las imágenes frente a él. Solo podía suponer que ella tenía la misma expresión de shock.

—¿Por qué hicieron esto? —logró decir, maldiciendo mientras su mano temblaba al girar la fotografía de Katrina hacia la luz—. ¿Por qué matar a toda esta gente inocente?

Rosalind inclinó la cabeza hacia un lado, como si reflexionara sobre la pregunta por un momento. Luego sonrió. —Supongo que me gustaba.

Kay dejó caer la fotografía mientras Barnes se movía en su asiento, preguntándose si alguna vez dejaría de sentirse repugnada por algunos de los criminales a los que se enfrentaba.

Esperaba que no.

Se lo debía a sus víctimas.

CAPÍTULO 58

Kay levantó la última carpeta de manila de su escritorio y la dejó caer en una caja de archivo a sus pies, se frotó la base de la columna con los nudillos y luego miró por encima del hombro al escuchar voces en el pasillo.

Barnes apareció primero, con la corbata ya torcida a pesar de la hora temprana, seguido de cerca por Gavin y Laura y el distintivo aroma de pasteles salados.

—La cafetería tenía una oferta especial, jefa —sonrió Gavin, pasándole una bolsa de papel grasiento—. Supuse que no te habías molestado en desayunar esta mañana, así que ahí tienes.

—Gracias. —Kay desenvolvió el rollo de salchicha y le dio un mordisco—. ¿Alguno de vosotros durmió mucho después de irse de aquí?

—Un par de horas —dijo Barnes—. No podía dejar de pensar en Sophie, y en lo afortunada que fue. Unos días más, y...

Laura se estremeció. —No lo digas, oficial.

—Hiciste un buen trabajo con esa pista, Gav —dijo Kay, antes de lamerse las migas de los dedos.

—Solo fue un golpe de suerte —respondió el agente con un encogimiento de hombros, antes de dar un trago de una lata de bebida energética.

—Y una mierda. —Barnes terminó su comida y arrojó el envoltorio al cubo de basura junto al escritorio de Kay —. Eso fue más que suerte.

Kay se tragó el último bocado del rollo de salchicha y se limpió las manos. —¿Qué tenéis planeado para hoy?

—Voy a ir a Northfleet para reunirme con Andy Grey —dijo Laura—. Le informaré que hemos acusado a las tres mujeres y a Miles Kirwen, y le diré que necesitaremos que analicen los ordenadores antes de que la Fiscalía se ponga nerviosa. ¿Esos son los archivos que van para ellos?

—Algunos de ellos. Necesitaré que todos terminéis vuestros informes para el viernes, por favor. —Se volvió hacia Barnes—. ¿No tienes que estar en el juzgado a las diez?

—Sí, pero es un caso claro, jefa. Debería estar de vuelta a la una, como muy tarde.

—De acuerdo, hablaré contigo antes de que te vayas. Gav, ¿puedo hablar contigo un momento?

Kay observó cómo los otros dos detectives se alejaban hacia sus escritorios, luego se volvió hacia Gavin con una sonrisa. —Tenemos que hablar.

Él bajó la bebida energética y la miró fijamente. —¿Ocurre algo, jefa?

—En absoluto. Vamos, la antigua oficina de Sharp servirá.

Abriéndose paso entre los escritorios, Kay sonrió. La

energía nerviosa que emanaba del detective más joven era palpable, pero ella no quería hablar con él delante de los demás.

No sobre esto.

—Muy bien —dijo, cerrando la puerta tras él y cruzando los brazos—. ¿Cuándo vas a solicitar un ascenso?

—¿Eh?

—Vamos, Gav. Tienes oficial escrito por todas partes, y hace tiempo que es así.

—N-no lo sé, jefa. —Su frente se arrugó—. Supongo que veo con lo que tú y Barnes tenéis que lidiar y me pregunto si estoy preparado para ello.

—Oh, estás más que preparado. ¿Y si te dijera que hay rumores sobre un puesto de oficial que se abrirá aquí en Maidstone? ¿Eso te convencería?

—¿Qué hay de Barnes?

—No voy a dejarlo ir. —Sonrió—. Ya he hablado con Sharp y le he dicho que hay suficiente carga de trabajo aquí para los dos. Esta investigación lo ha demostrado.

Gavin miró al suelo y resopló antes de volver a mirarla. —Para ser sincero, jefa, he estado pensando si debería hablar contigo sobre un ascenso.

—Y aquí estamos. —Ladeó la cabeza—. Solo no se te ocurra desaparecer hacia Northfleet todavía, ¿de acuerdo? Te necesito aquí.

Él le lanzó una sonrisa torcida. —No te preocupes. No creo que Leanne me quiera por allí. Nunca me vería, ¿verdad?

—Cierto. —Kay fingió un escalofrío y abrió la puerta, haciéndole un gesto para que volviera a la sala de incidencias—. Además, imagina el trayecto. Y no hay cafeterías cerca. Ni pizza decente tampoco.

—Me derrumbaría, jefa.

—Probablemente. Ya empiezas a verte demasiado delgado de todos modos.

Él se rio, luego se detuvo junto a la destartalada fotocopiadora. —Gracias, jefa. Estaré atento a la alerta de vacante en mis correos electrónicos.

—Y si me entero de algo mientras tanto, te avisaré.

—Trato hecho.

Lanzó un saludo burlón en su dirección antes de cruzar hacia su escritorio, dirigiendo inmediatamente su atención al teléfono que comenzaba a sonar.

—¿Todo bien, jefa? —Barnes se acercó a ella disimuladamente, señalando con la barbilla a su colega—. ¿Hablaste con él?

—Sí, lo hice, y creo que está con nosotros por ahora. Especialmente si surge ese puesto de oficial aquí.

—Me alegro de saberlo.

Se volvieron al oír voces elevadas desde fuera y se acercaron a la ventana para ver a Rosalind Kirwen y a su hermana Jackie siendo conducidas hacia un furgón de seguridad.

Ambas mujeres estaban esposadas, el cabello de Jackie despeinado tras una noche en los calabozos, mientras Rosalind sacudía los hombros bajo el agarre de un fornido agente uniformado.

Detrás de ellas, Penelope Brassick seguía en silencio junto a una agente femenina que la guiaba hacia el vehículo de transporte penitenciario.

—Buen viaje y que no vuelvan —murmuró Kay.

—¿Cuándo nos volveremos a encontrar las tres? —cacareó Barnes.

Kay gimió, puso su mano en el brazo de él y lo guio hacia la puerta. —Si vas a empezar a citarme a Shakespeare, voy a necesitar otro café.

FIN

BIOGRAFÍA DEL AUTOR

Rachel Amphlett es una de las autoras de ficción criminal y thrillers de espías con más ventas del USA Today; y muchas de sus obras han sido traducidas en todo el mundo.

Sus novelas están disponibles en formato digital, impresos y como audiolibros en bibliotecas y tiendas minoristas, así como en su página web.

Rachel, una viajera entusiasta e investigadora privada por accidente, tiene ciudadanía australiana y británica.

Para más información sobre los libros de Rachel entra en: www.rachelamphlet.com.